# 도리화가
## (桃李花歌)

문순태

도서출판 오 래

# 책 머리에


　임방울의 <쑥대머리>를 좋아하면서부터 소리 광대에 대한 소설을 쓰고 싶었다. 광대라는 천대를 받으면서도, 명창이 되기 위해 목구멍에서 피를 쏟는 힘든 독공을 쌓아 온 그들의 삶에 아낌없는 갈채를 보내고 싶었다.

　소리 광대의 소설을 쓰고 싶은 생각에 사로잡혀 있던 때, 고창읍에 있는 동리 신재효의 생가를 구경하게 되었다. 여러 차례 신재효가 살았다는 이 집을 구경하고 나서, 그가 정리했던 판소리 여섯 마당과 <광대가>, <호남가>, <도리화가>, <방아타령> 등의 단잡가들에 깊은 관심을 갖기 시작했다. 그리고 이 집에서 신재효의 지침을 받아 이름을 떨쳤던 이날치, 박만순, 정창업, 김창록, 전해종, 진채선, 허금파 같은 명창들을 알게 되었다 . 특히 59세 된 동리와 24세의 사랑하는 제자 진채선 사이에 사랑의 감정이 오간 이야기는 슬프도록 아름답게 느껴졌다.

　신재효가 대원군 곁에 가 있는 채선에게 연모의 정을 느껴, 노래를 지어 보내고 그녀가 돌아올 날만을 애타게 기다리던 모습이 자꾸만 눈에 밟혔다. '스물네 번 바람 불어 만화방창 봄이 되니…'로 시작되는 <도리화가> 가락이 아련히 들리는 것만 같았다. 대원군의 사랑을 받은 채선은 동리가 죽고 나서야 고창에 돌아왔다. 신재효는 마지막 눈을 감을 때가지 진채선을 기다렸다고 하니, <도리화가>는 그의 애절한 연가가 된 셈이다.

동리 신재효는 1812년에 경주인과 관약방을 맡아 천여 석을 거둘 만큼 부자가 된 신광흡의 외아들로 태어났다. 7세 때부터 아버지에게서 글공부를 시작하였다. 열다섯 살쯤에는 사서삼경과 제자백가서를 무불통섭하였으나, 양반 출신이 아니라 하여 벼슬길에 오르지 못하고 아전 노릇을 해야만 했다. 비록 그는 아전이었으나 음률, 가곡, 창악, 속요 등에 정통하여, 풍류로 일대를 울린 사람이기도 하다.

'사나이로 조선에 생겨/ 장상댁에 못 생기고/ 활 잘 쏘아 평통할까/ 글 잘한다고 과거할까…'라고 읊은 것을 보면, 그가 반상의 신분 차별에 한이 맺혔음을 알 수 있다.

신재효는 양반이 못된 한을 한으로 삭이지 않고 풍류와 판소리 사설 정리, 명창 배출로 한을 풀어 '한량 중 멋 알기는 고창 신 호장이 날개'라고 할 만큼 유유자적한 삶을 살았다.

고창읍내 홍문거리/ 두춘나무 무지개 안/ 시내 우에 정자 짓고/ 정자 끝에 연못이라…/ 뜰 앞에 벽오동은/ 임신생과 동갑이요/ 아호는 동리오니/ 너도 공부하랴기면/ 가끔가끔 찾어오소/ 에용, 어허 우겨라 방아로구나.

그가 쓴 <동리가>만 봐도 만년에 아전 자리를 그만두고 동리정사에서 얼마나 여유롭고 느긋하게 살았었는가를 알 수가 있다. 그는 66세에 이르러 판소리에 일생을 바친 공으로 양반의 작위를 받게 되었다. 가선대부, 동지중추부사를 제수받고, 진채선을 기다리며 73세를 일기로 동리정사에서 눈을 감았다.

소설 <도리화가>는 신재효가 혈기왕성한 젊은 시절 양반이 아니라는 이유로 차별을 당한 것에 대해 절망을 안고 방황했던 시절부터 시작된다. 그리고 진채선과의 이야기 외에 <춘향가>, <심청가>, <흥보가>, <토별가>, <적벽가>, <<변강쇠 타령>> 등 여섯 마당을 정리한, 73세까지 판소리에 쏟은 삶에 비중을 두었다. 또한 아전 생활을 하면서 재산을 모은 이재의 솜씨, 모은 재산을 가난한 사람들에게 베푼 휼민정신, 풍류적 삶과 당시 신흥 부자 세력으로 등장했던 중인 서리들의 역사적 의미를 함께 다루었다.

혹자는 완판본 '춘향전'과 신재효가 개작한 <춘향가>를 비교해 볼 때, 신재효의 개작본이 원래 '춘향전'이 가지고 있었던 민중의 발랄성을 상실해 버렸다고도 하나, 동리 신재효만큼 판소리를 적극적으로 옹호하고 그것의 정리에 힘쓴 사람이 또 누가 있겠는가.

소설《도리화가》는 1991년 '음악동아'에 2년간 연재했고 1993년 도서출판 햇살에서 출판했던 것을 보완하여 이번에 오래 출판사에서 복간을 하게 되었다. 이 작품이 21년 만에 다시 햇빛을 보도록 해 준 오래 출판사 황인욱 사장께 감사드린다.

2014년 12월

문 순 태

# 차    례

# 桃李花歌

# 방랑의 시작

　포실하게 살찐 암소 엉덩이 모습을 하고 납작하게 엎드린 취령산(鷲嶺山) 쪽에서 고추바람이 쌩쌩 불어왔다. 가을걷이가 끝난 지 한 달이 지나지 않았는데도 바람결이 제법 날카롭게 일어섰다. 바람이 불 때마다 우렁이 속 같은 큰 골 깊은 골짜기에서 처절한 애원성(哀怨聲)이 들려오는 듯하였다. 그 소리는 하늘과 땅의 중간쯤에서 바람을 따라 나지막이 흘러오는 것 같았다.
　모암서원(慕岩書院) 앞의 은행나무가 몸살을 앓은 듯

우수수 황금빛 잎들을 토해 놓았다. 은행나무는 이승에 대한 모든 미련을 한꺼번에 떨쳐버리듯 옴씰하게 잎을 털어냈다.

느지거니 점심을 먹고 난 신재효(申在孝)는 《근사록》(近思錄)을 옆구리에 깊숙이 끼고 회똘회똘 꼬부라진 고샅을 지나 모암서원으로 올라가는 대밭 모퉁이를 보듬고 휘돌았다. 그는 《근사록》의 <출처진퇴사수지의편>(出處進退辭受之義篇) 첫머리를 큰소리로 외면서 걸음을 서둘렀다.

군자는 출사할 때를 기다리고 있을 때에도 안정하여 스스로를 지켜야 한다. 뜻으로는 비록 기다리는 일이 있다고 하더라도, 아무 일 없이 편안하게 한평생을 마치는 것같이 한다면 능히 상도(常道)를 잃지 않을 것이다. 비록 세상에 나아가지 못한다 할지라도 뜻이 움직여지는 자는 그 상도에 안거할 수가 없다.

신재효는 그 구절을 몇 번이고 되풀이하여 외우면서 가파른 비탈길을 추어올랐다. 그는 모암서원에 들어와서 학식과 덕망이 높은 훈도의 가르침을 받은 지 얼추 일 년이 가까워 오는 동안 세상을 보는 눈과 마음이 조금씩 열려오는 것만 같았다.

야트막한 등성이에 오르자 바람이 더욱 드세어졌다.

입첨(笠檐)이 흔들리고 도포 자락이 바람에 펄럭였다. 그는 걸음을 멈추고 서서 등성이길 양쪽에 널려 있는 푸른 오죽(烏竹)들을 바라보았다. 허리 높이의 앙증스러운 오죽은 드세어진 바람에도 휘어질지언정 꺾이지는 않고 더욱 푸르게 몸부림쳤다. 푸르고 곧은 대나무들이 그에게 군자의 상도를 일깨워 주는 것만 같았다. 자신은 조용히 때를 기다리는 군자가 되고 싶지는 않았다. 그는 느긋하게 앉아서 기다리고만 있을 수는 없었다. 아직 그가 가야 할 길이 보이지는 않았지만 하고 싶은 일은 너무 많았다.

그가 다시 서원으로 올라가는 발걸음을 서둘렀을 때, 등성이 건너편에서 누구인가 바쁘게 반달음으로 뛰어 내려오는 모습이 보였다. 잠시 후 신재효는 그가 쇠점에 사는 이필재라는 것을 알았다.

이필재는 신재효와 함께 모암서원에서 글을 읽고 있는 같은 서생들 가운데서 가장 가깝게 지내는 동문이다. 그와 남달리 가깝게 사귀고 있는 것은 서생들이 거의 스물 안쪽의 나이인 데 비해 필재와 신재효가 스물두 살 동갑내기인데다가, 필재의 어머니가 신재효와 같은 평산(平山) 신씨(申氏)라는 이유 때문이었다.

"이보게 백원이, 거기 있게!"

이필재는 등성이길을 뛰어 내려오면서 숨가쁜 목소리로 다급하게 소리쳤다. 백원(百源)은 신재효의 자였다. 신재효는 잠시 걸음을 멎고 이필재가 가까이 내려오기를 기다렸다.

"백원이, 당장 이 길로 솔재를 넘어 자네 집으로 돌아가게!"

신재효 가까이 헐근거리며 뛰어 내려온 이필재가 자꾸만 등성이 쪽을 돌아보며 다급하게 말했다. 신재효처럼 왜소한 체구에 엷고 창백한 얼굴로 숨을 헐떡거리는 이필재는 작은 손으로 신재효의 팔을 잡았다. 그의 크고 우묵한 눈은 쫓기는 듯한 초조감에 떨고 있었다.

"무슨 일인가!"

어지간한 일에는 좀처럼 흥분하거나 경망을 떨지 않는 신재효인지라 침착한 목소리로 물었다.

"큰일났네!"

이필재는 여전히 겁먹은 표정이었다.

"허허 이 사람, 누가 죽기라도 했는가?"

"백원이 자네가 죽게 생겼단 마시!"

"허허!"

신재효는 가볍게 웃고만 있었다. 그러나 조금은 궁금했다. 이필재의 다급한 태도로 짐작하건대 신재효 자신한

14

테 무슨 일이 생긴 것만은 분명한 듯싶었다.

"멀쩡한 내가 죽게 생겼다니, 무슨 경망인가!"

"서원에서 지금, 서생들이 자네가 올라오기만을 기다리고 있다네!"

"무슨 일로 나를 기다린다는 말인가!"

"백원이 자네를 당장에….'

이필재는 말끝을 흐리며 답답한 얼굴로 신재효를 마주보았다. 두 사람은 한동안 말없이 마주본 채 서 있었다.

신재효는 그제야 이필재가 무엇 때문에 겁먹은 얼굴로 호드득거리는지 얼핏 짐작이 갔다. 이틀 전 뜻밖에 고창 외정 마을 임춘식이가 모암서원에 불쑥 얼굴을 내민 순간부터, 신재효는 아찔한 현기증을 느꼈다. 자칫하다가는 서원을 떠나야 할지도 모른다는 생각을 하였다. 신재효와 임춘식은 삼 년 전까지만 해도 고창 오거리 아랫당산 서당에서 동문 수학하던 사이였다. 양반인 임춘식은 무장향교(茂長鄕校)로 들어가고, 중인 계급인 신재효는 향교 출입을 할 수가 없어 집 안에만 들어박혀 있었다. 그러다가 아버지가 고창 경주인(京主人)을 할 때부터 교분이 두터웠던 장성김호장(金戶長)의 알선으로, 서원답 서 마지기를 사주어 신분을 속이고 어렵게 모암서원에 발을 들여

놓게 되었던 것이다.

주암리 사는 외종 동생이 되는 서생 박영채와 함께 모암서원에 잠시 올라왔다가 신재효를 발견한 옛 동문 임춘식은 한동안 놀라움을 감추지 못하는 얼굴빛이었다. 그렇다고 신재효는 임춘식을 은밀하게 만나 자신의 신분을 감추어 달라는 부탁을 하지는 않았다. 임춘식이가 모암서원에서 돌아갈 때 신재효를 힐끔 뒤돌아보는 눈초리에서 양반들의 오만과 멸시를 칼날처럼 섬뜩하게 느꼈다.

서원에서 강독을 마치고 돌아온 그날 밤, 신재효는 큰 골에서 거칠게 불어오는 바람소리를 들으며 잠을 이루지 못하고 뒤척였다. 당장 임춘식을 만나서 자신의 신분을 숨겨 달라고 애걸하고 싶은 마음이 간절했으나 그렇게 하지는 않았다. 신재효는 모암서원을 떠날 마음의 준비를 하고 있었다.

다음날 서원에 갔을 때까지만 해도 아무 일이 없었다. 신재효는 박영채의 눈치를 되작거려 살피느라 글을 읽는 것에는 건성이었다. 훈도의 말도 머리에 들어오지 않았다. 아침나절 강독을 마치고 점심을 먹기 위해 마을로 내려오면서 조금은 마음이 놓였다. 어쩌면 임춘식이가 신재효의 신분에 대해 입을 열지 않았을지도 모른다는 생각이 들었다.

"내 말대로 그만 돌아가게나."

이필재가 신재효의 팔을 붙든 채 등성이 아래로 내려가려고 하였다.

"자네도 나를 서원에서 내치고 싶은 게로구만."

신재효는 이필재의 크고 우묵한 눈을 들여다보면서 물었다.

"지금 그런 말 할 여유가 없네."

그러면서 이필재는 자꾸만 서원 쪽 등성이를 돌아보았다.

"내 얼굴에 침을 뱉게나. 내 갓을 벗겨 짓밟고, 거짓 양반의 허울인 내 도포를 쥐어뜯어 버리게나!"

신재효는 갑자기 목소리를 빳빳하게 돋우어 이필재를 향해 소리쳤다. 오히려 이필재가 당황해하는 얼굴빛이었다.

"나는 백원이 자네가 양반이 아니라는 것을 진작부터 알고 있었다네."

이필재의 그 말에 신재효의 얼굴이 서리맞은 떡갈나무 잎처럼 변했다. 한동안 그는 할 말을 잃은 채 기력이 빠진 목자를 무겁게 내려뜨렸다. 갑자기 온몸에서 힘이 탁 풀려 버렸다.

"내 누이가 고창 모양성 아래 동산으로 시집을 갔네.

지난봄에 자형이 집에 왔기에 자네를 물었더니, 자네 춘부장이 관약방을 하는 사람이라고 하데. 그때 알았네. 허나 나는 아무한테도 자네 이야기를 하지는 않았네. 그저 양반이 못 된 자네가 아깝다는 생각만 했다네."

이필재는 한껏 목소리를 낮추어 조심스럽게 말했다.

신재효는 이필재가 붙잡은 손을 거칠게 뿌리쳤다. 그리고는 오히려 싸움꾼처럼 화가 난 얼굴로, 고개를 빳빳하게 세워 늦가을 햇살이 찐득하게 내리꽂히는 하늘을 쳐다보며 성큼성큼 서원 쪽으로 추어 올라갔다. 바람에 갓양태가 출렁이고 도포 자락이 펄럭였다.

"이보게 백원이, 자네 왜 이러는가!"

이필재가 다급하게 소리치며 그의 뒤를 따랐다. 그는 다시 신재효의 팔을 잡고 놓지 않았다.

"나는 아무것도 무섭지가 않네. 자네한테는 정말 송구한 마음뿐이여. 아니 양반 어른한테 자네라고 해서도 안 되겠지!"

"백원이 왜 이러는가. 따지고 보면 자네가 잘못이네. 그런데 왜 이렇게 기세가 등등한가!"

이필재의 그 말에 신재효는 우뚝 발걸음을 멈추었다. 그리고 조금도 꿀리지 않는 당당한 얼굴로 이필재를 노려보았다.

"서생들이 나를 기다리고 있는데, 비겁하게 이대로 도망칠 수야 없지 않겠소. 그리고 떠날 바에야 훈도께 하직 인사라도 드리고 가고 싶은 게요."

신재효는 갑자기 존댓말로, 그러나 조금은 쏘아붙이는 말투로 퉁명스럽게 말하고 나서 다시 걷기 시작했다. 이필재는 신재효가 갑작스럽게 존댓말을 튕겨대자 기분이 머쓱해졌다. 그러나 그의 힘으로는 신재효를 붙잡을 수 없다는 것을 알아차리고, 이내 뒤처지기 시작했다.

아기다복솔이며 떡갈나무들이 촘촘히 들어찬 등성이에 올라서자, 서원 밖 돌계단 아래까지 여남은 명도 더 되는 서생들이 웅게웅게 몰려나와 있는 모습이 보였다. 신재효는 잠시도 머뭇거리지 않고 등성이를 추어오르던 걸음으로 계속 걸었다. 서생들은 서원 쪽으로 가까이 오고 있는 신재효를 발견하자 우르르 돌계단 아래로 내려섰다. 이필재는 이십여 보 간격을 두고 지싯지싯 조심스럽게 신재효의 뒤를 따랐다.

"경주인 양반 나리 행차시다. 길 비켜라!"

돌계단 아래에 내려와 있던 서생들 중에서 누구인가 권마성을 흉내 내며 큰소리로 말했다. 신재효는 걸음을 멈추고 돌계단 아래 버티고 서 있는 서생들을 한눈으로 휩쓸어 보았다. 그들은 신재효의 아버지가 고창으로 내려오기 전에, 서울에서 경주인 노릇 한 것을 비아냥거렸다.

경주인은 중앙과 지방 관청의 연락 사무를 맡아 보는 향리로 경저리(京邸吏) 혹은 저인(邸人)이라고들 불렀다. 경주인이 하는 일은 상경하는 자기 소관의 지방민에게 침식을 제공하고, 번상(番上)으로 중앙에 올라오는 관리나 군인들이 각 관청에 배치되어 국역에 종사할 때에 신변을 보호해 주는 일을 맡기도 했다. 또한 관리나 노비들이 도중에 도망을 하거나 지방에서 상경하지 않을 경우에는 중앙의 각 관청에서 경주인에게 보상을 하게 하였다. 그밖에도 중앙과 지방과의 문서 전달도 맡는 한편, 지방에서 여러 가지 상납물이 기일 안에 도착하지 않으면 경주인이 이를 대납하기도 했다. 이 때문에 상납을 독촉받고도 즉시 납부하지 않으면 경주인을 잡아 가두는 일도 있었다.

대부분의 경우는 경주인이 먼저 소관 지방의 공물을 대납한 뒤에, 몇 배의 이자를 붙여 지방 관청에 요구하여 많은 이득을 보았다. 이와 같은 폐단을 없애기 위하여 대동법(大同法)이 실시된 후부터는 종전에 지방민을 경주인으로 삼던 제도를 폐지하고, 서울에 사는 사람을 경주인으로 고용, 일정액의 보수를 지급하고 지방 관청과의 연락 사무를 담당케 하였다.

그러나 곧 전의 폐단이 다시 되살아났을 뿐만 아니라, 서울의 관리와 양반들은 다투어 경주인의 자리를 사들여서 자기네들 하인들에게 그것을 맡기고 공공연하게 이익을 보았다. 이 때문에 경주인 자리가 높은 값으로 매매되어 그 값이 오천 냥까지 호가하는 일도 있었다.

또한 지방관을 비롯하여 이속(吏屬)들이 경주인에게서 빌려 쓴 돈이나, 경저에 숙박한 비용은 정해진 날짜 안에 갚아야 하였는데, 그것을 갚지 못하면 저채(邸債)라는 빚을 지게 되고 높은 이자를 붙여 청구하게 마련이었다. 이 때문에 지방 관청마다 사오천 냥의 저채를 지고 있었다.

신재효의 아버지 신광흡(申光洽)은 대대로 경기도 고양에서 살아왔다. 고창현의 경주인이 되어 서울로 옮긴 후, 다시 고창 고을의 관약방을 맡아 내려왔다. 아전(衙前)이기는 하였으나 여기서 생기는 이익이 적지 않아 재산을 모을 수 있었고, 작은 고을에서는 존경을 받을 만큼 덕망을 얻기도 하였다.

"경주인 양반 나리, 어인 일로 행차를 멈추시나이까?"

서생들 중에서 참나무처럼 체구가 단단하고 키가 큰 한실 부락 기효근이가 팔짱을 끼고 서서 다시 비아냥거렸다. 신재효는 서생들 앞을 지나 서원으로 올라가는 돌계단 위로 걸음을 옮겨 놓았다. 이때 기효근이가 팔짱을 낀

채 그의 앞을 가로막았으며 뒤이어 다른 서생들이 우르르 달려들어 팔과 목덜미를 찍어 잡았다. 신재효는 그들을 뿌리치려고 하였으나 그의 왜소한 힘으로는 당해 낼 수가 없었다.

"이것 놓으시오!"

아침나절까지만 해도 서로 말을 놓고 지내 왔던 신재효는 그들에게 존댓말을 썼다.

"흥! 경주인 양반 나리께서 호령을 하시네!"

턱 끝으로 신재효를 노려보던 기효근이가 콧방귀를 뀌고 가래침을 울거내더니 신재효의 얼굴에 뱉었다. 그는 얼굴의 가래침을 닦지 않았다.

"이것 보시오, 양반님네들. 잠시 서원에 들어가서 훈도께 하직인사나 여쭙고 떠나겠으니 놓아주시오."

신재효는 애원하듯 말했다.

"요것 보게나. 우리 서원에 신분을 속이고 들어올 때는 언젠데, 이제 와서 네 맘대로 순순히 나갈 수 있을 것 같으냐?"

기효근이가 신재효의 멱살을 댕댕하게 거머잡고 마구 흔들어 댔다.

"엎드려 빌라면 빌겠으니, 용서해 주시오."

신재효는 목이 잠긴 목소리로 사정했다. 그러나 그들

은 신재효를 놓아주지 않았다. 그들은 신재효의 멱살과 팔과 뒷덜미를 잡은 채 서원 아래 후미진 굴참나무 숲 속으로 끌고 갔다.

이필재는 서생들을 말리지 못하고 저만큼 거리를 두고 서서 멀뚱히 지켜보고만 있다가, 그들이 신재효를 끌고 내려가자 훈도에게 알려야겠다는 생각으로 돌계단을 뛰어 올라갔다.

신재효는 목덜미를 잡힌 채 돌사다리길을 미끌리며 개처럼 끌려갔다. 그리고 잠시 후 질펴하게 물이 고인 작은 웅덩이에 개구리처럼 처박혔다.

"네 놈이 감히 아산 오정동의 사간공 후손이라고?"

누구인가 발로 신재효의 등을 밟았다.

그는 장성 김호장의 도움으로 모암서원에 들어올 때, 고창 고을에서 가까운 오정동(梧井洞)의 사간공(思簡公) 신호(申浩)의 후손이라고 했었다. 사간공 신호는 평산 신 씨 시조 신숭겸(申崇謙)의 후손으로, 호의 13대 손인 도천당(道川堂) 신초성(申楚成)이 숙종 15년(1689)에 임곡 종산리에서 살았다. 그가 괴질을 피해 두 아들을 데리고 고향을 떠나 고창 아산면 오정동에 정착하면서부터 평산 신 씨의 집성촌을 이루었다. 신재효 역시 평산 신 씨로 신숭겸의 후손이다. 조선조에 와서는 병조참판으로 증직된 중명(仲

明)이 원조(遠祖)가 되고, 동지중추부사에서 승정원 도승지로 증직된 천륭(千隆)은 6대조이며, 용양위 부호군을 지낸 계룡(繼龍)은 5대조이다. 또한 고조 기현(起賢)은 공조 참의를 지냈고, 증조 태하(泰夏)는 영조 4년에 이인좌(李麟佐), 정희량(鄭希亮)의 난을 평정한 공으로 한성좌윤(漢城左尹)을 지냈다.

신재효는 자신의 이같은 가계가 어찌하여 중인배로 낙척하였는지 늘 안타깝기만 하였다.

"중인 신분으로 양반을 팔아?"

누구인가 다시 허구리를 걷어차며 소리쳤다.

"이놈이 그래도 전주 대립을 썼어!"

이번에는 그의 갓을 우두둑 쥐어뜯었다. 찢어진 갓도래를 물구덩이 속에 던졌다.

"갓 쓰고 도포만 입으면 양반이 되는 줄 아느냐!"

여럿이서 한꺼번에 발길질을 하며 신재효의 도포를 찢었다. 신재효는 물구덩이에 고개를 처박고 엎드린 채 일 년 가까이 동문수학하던 서생들로부터 발길질을 당하는 순간 나이 많은 어머니의 얼굴을 떠올렸다.

"너는 이 에미가 초산 월조봉에서 백일 동안 치성하여 열한 달 만에 낳은 귀하고도 귀한 외아들이여!"

신재효의 어머니는 그가 집 밖을 나갈 때마다 몸조심

24

할 것을 몇 번이고 당부하며 이 말을 되풀이하곤 하였다. 그는 어머니가 지금의 이 광경을 보기라도 한다면 기절을 할 것이라고 생각했다.

모암서원의 서생들은 신재효를 초주검이 되도록 짓밟고 나서 웅덩이 속에서 꺼내더니, 짙은 갈색으로 시들어 버린 풀밭 위에 던져놓았다. 그들은 돌아가면서 저마다 침을 뱉으며 한마디씩 욕지거리를 퍼부어 댔다. 신재효는 그들이 욕지거리를 뱉어 낼 때마다 어머니의 말을 떠올렸다.

"너는 이 에미가 초산에까지 가서 백 일 치성을 드린 후에 부처님께서 점지해 주신 귀하고도 귀한 하나뿐인 자식이여!"

어머니의 말이 다시 고막을 울렸다.

서생들은 신재효가 의식을 잃고 까무러진 다음에야 굴참나무 숲 쪽으로 하나 둘 사라졌다. 신재효가 얼마 후에 정신을 수습했을 때는 아무도 보이지 않았다. 훈도에게 알리기 위해 모암서원의 돌계단을 숨가쁘게 뛰어 올라가던 이필재도 다시는 그 앞에 나타나지 않았다.

신재효는 어금니를 우두둑 소리가 나게 갈며 두 손으로 무릎을 짚고 일어서려다 말고 풀밭 위에 허물어지고 말았다. 그는 몇 번이고 다리에 힘을 주어 일어서려고 하였으나, 사지가 풀잎처럼 힘이 빠져 두 발로 땅을 딛고 하늘을 똑바로 쳐다볼 수가 없었다. 그는 한동안 풀밭 위에 반듯하게 누워 있었다. 서러운 생각 대신에 자꾸만 어금니가 떨려 왔다. 그동안 두 눈에 불을 켜고 읽었던 수많은 글귀들이 모두 부질없이 바람 속으로 흩어졌다. 바람은 더욱 차가워졌으며, 온몸이 흙탕물에 젖은 탓으로 오싹오싹 한기가 엄습해 왔다.

신재효는 작은 쥐똥나무 가지를 휘어잡고 가까스로 일어섰다.

도래가 뜯겨져 나간 갓을 멀리 팽개치고 걸레처럼 찢겨진 도포도 벗어 던져 버렸다. 자신의 참담한 심정에 매지매지 가슴이 저며 왔다. 그 꼴을 식구들이 본다면 얼마나 놀랄까 싶었다. 신재효는 서생들이 그를 두들기고 버린 실팍한 작대기를 집어 몸을 의지하고 절뚝거리면서 논둑길로 내려섰다. 논둑길을 휘돌아 솔재 쪽으로 몸을 돌렸다. 그런 몰골로는 그가 모암서원에 들어온 후로 일 년 가까이 숙식을 하고 있는 모암리 박 생원 댁으로 가고 싶지는 않았다. 그 길로 솔재를 넘어 고창으로 갈 요량이었다.

그래도 고창 오거리 아랫당산 서당에 다닐 때가 좋았던 것 같았다. 서당에 다닐 때까지만 해도 양반집 자제와

26

평민집 아들들은 탈 없이 한데 잘 어울렸었다. 오히려 가난한 양반집 자제들은 비록 중인배이기는 해도 관약방을 하는 아버지의 덕으로 호사하는 신재효를 은근히 부러워하기도 했다.

신재효는 고향 오거리 아랫당산 서당에서 공부를 할 때까지만 해도 남달리 총명하여 부러움을 받았다. 일곱 살 때부터 아버지 밑에서 공부를 한 덕으로 성적이 뛰어나 여러 차례 장원례(壯元禮)를 베풀고 동문들에게 푸짐하게 음식을 내기도 했다. 그때마다 양반집 자제들 앞에서 우쭐대곤 했었다.

그러나 신재효는 중인배라는 신분 때문에 서당 공부를 마친 후에 서원이나 향교에 들어갈 수 없었다. 이 년 남짓 집 안에 독선생을 모시고 사서삼경(四書三經)과 제자백가서(諸子百家書)를 읽었다. 신재효는 글을 읽을수록 학문의 깊이에 빨려 들어 만물의 이치를 확연하게 깨닫고 싶은 욕심에 휘말렸다. 아버지는 이제 그만하면 중인배로서는 더 배울 것이 없으니 이재(理財)에 눈을 돌려 착실하게 가산을 불려 나갈 것을 당부했다.

그러나 신재효는 공부를 더 계속하고 싶어했다. 그가 잠시 신분을 속인 것은 다른 양반집 자제들처럼 공부를 하고 등과하여 출세를 하자는 것은 아니었다. 다만 마음속에 첩첩이 쌓여 가는 학문의 오묘한 깊이를 깨닫고 만유(萬有)의 이치를 터득하여 세상을 바로보고 싶은 것뿐이었다.

아버지는 신재효가 고창을 떠나 솔재 너머 장성 땅 모암서원으로 가는 순간까지도 그만하면 이속이 되는 데는 부족함이 없으니 제발 집에 머물러 있어 달라고 당부를 하던 것이었다. 아버지의 소망은 신재효가 중인배의 가장 큰 소망인 고을의 아전이 되는 것으로 만족하려고 하였다. 아들이 아전이 되지 못한다면 관약방을 그대로 물려주어 생계를 편안하게 꾸려 나가도록 하게 할 생각인 듯싶었다.

# 봉선을 만나다

　신재효는 작대기에 몸을 의지하고 논둑길을 지나 응 달진 오솔길로 접어들었다. 하늘과 골짜기가 점점 좁아졌 다. 그의 마음은 추수를 끝낸 골짜기의 텅 빈 다랑이논처 럼 황량하기만 했다. 세상에 대한 원망과 분노가 일었다. 어느덧 해가 서쪽으로 기울기 시작하더니 골짜기의 바람 이 그의 마음처럼 음산해졌다.

　신재효는 절뚝거리며 소나무들이 울울한 오솔길을 추 어오르면서, 그에게 욕지거리를 퍼붓고 발길질을 하던 모

암서원의 서생들 얼굴을 하나하나 되작거려 떠올렸다. 그
들에 대해서 앙심을 품고 싶지는 않았다. 그들이 잘못한
것이라고도 생각하지 않았다. 그는 세상을 원망할 뿐이
었다. 이목구비가 똑같은 사람을 양반과 중인, 상것으로
갈라놓은 세상을 탓하고 싶었다. 반상의 가름은 사람의
속마음과 행동까지를 변하게 만들어 놓고 만 것이라고
생각했다. 조부 대까지만 해도 한성부 종이품 벼슬을 지
낸 가계가 어찌하여 갑작스럽게 지체가 변변하지 못한 집
안으로 전락하고 말았는지 몰랐다. 아버지에게 그 연유
를 물어 보았으나 시원스럽게 대답을 해 주지 않은 것 또
한 곡절로 머릿속이 어지러웠다.

그는 서당에서 글공부를 하다가 자신은 양반집 출신
이 아니라서 아무리 공부를 많이 한다 해도 과장에 나가
지 못한다는 사실을 알고 있었다. 어린 마음에도 크게 낙
망하여 아버지에게 그 연유를 따진 일이 있었다. 그러나
그의 아버지는 "대장부가 꼭이 과거에 등과하기 위해서
학문을 연마하는 것만은 아니니라. 벼슬이 전부가 아니
다. 애비는 벼슬을 하지 못해도 호사하고 잘살고 있지 않
느냐"고 하며 한숨 섞인 말로 아들을 타이를 뿐이었다.
그러면서 아버지는 "우리가 장절공 신숭겸 할아버지의 자
손임을 잊어서는 안 되느니라" 하고 힘주어 말했다.

산자락 골짜기 아래쪽에서 장끼 한 마리가 푸드득 날
개를 치며 날아갔다. 신재효는 걸음을 재촉했다. 아무래
도 해가 기울기 전에 솔재를 넘지는 못할 것 같았다. 그렇
다고 의관도 갖추지 못하고, 더구나 온몸이 흙범벅이 되
어 아무 집이나 찾아들어가 하룻밤 머물 염치도 없었다.

성적골에 당도했을 때는 사위가 어둑어둑해졌으며 아
흔아홉 골짜기에서는 짙은 안개와도 같은 어둠이 무겁게
깔리기 시작했다. 골짜기 위로 반등산(半登山)의 긴 등허
리만이 삐주룩하게 하늘과 맞닿아 있었다. 반등산은 고
창에서도 가깝게 보였었다.

그는 성적골 마을 앞에서 잠시 미적거렸다. 황주 변
씨들이 모여 사는 성적골은 산골 마을답지 않게 비교적
포실해 보였다. 마을 앞 당산나무에서 한동안 발걸음을
멈추고 서서 하룻밤 묵어 갈 만한 집을 찾기 위해 두렷
거렸다. 웬지 마음이 내키지가 않았다. 그는 한 발짝이
라도 모암리로부터 더 멀리 떨어져 있고 싶은 마음뿐이
었다.

신재효는 다시 걸었다. 솔재 턱밑에 있는 골짜기의 막
다른 마을 비단골까지 가자면 아직도 한참을 더 절뚝거리
며 걸어야 할 것 같았다. 그는 닥나무를 많이 심어 종이를
만들어 생계를 꾸려 가는 비단골에서 하룻밤을 쉬어 갈 요

량이었다. 비단골에는 양반이 없다는 것을 알고 있었다.

비단골에 당도하기도 전에 날이 저물었다. 그는 어둠 속을 더듬으며 산길을 계속 걸었다. 지척을 분간할 수 없도록 산속이 완전히 어둠에 갇히게 될 무렵에야 개 짖는 소리를 들을 수가 있었다. 비단골 어귀에 당도하자 등골에 식은땀이 흠뻑 괴었다. 서른 가구도 안 되는 작은 마을이었으나 마을 앞 당산나무는 성적골 것보다 더 크고 우람했다.

지난 정월에 모암리 서원으로 가는 길에 머슴 또삼이와 함께 비단골을 지날 때 마을 사람들이 모두 당산나무 아래에 모여 당산제를 지내는 것을 보았다. 그때까지만 해도 그는 전주 큰 갓을 비뚜름이 얹고 도포 자락을 휘날리며 하인배를 거느린 양반의 행색이 분명했다. 아무도 그를 중인배로 대하지 않았다. 또삼이는 한껏 목청을 돋우어 큰소리로 서방님이라는 호칭을 연신 불러댔고, 신재효는 조금도 궁색함이 없이 의젓하게 큰기침을 토하곤 했었다.

그러나 일 년도 못 되어 서원에서 뭇매를 맞고 내쫓김을 당한 지금 그의 몰골은 누가 봐도 상것의 행색이었다.

신재효는 비로소 비단골 마을 앞 당산나무 아래서 몸을 의지해 온 작대기를 멀리 팽개치고 흙 묻은 옷을 턴 다음 매무새를 고쳤다. 그는 어둠이 더욱 염염하게 짙어지기를 기다리며 오랫동안 당산나무 밑동에 엉덩이를 붙이고 앉아 있었다. 땅속의 한기가 찌릿찌릿 뼈를 핥았다. 냉기가 몸 깊숙이 스며 추위를 견딜 수 없게 되자, 그보다 한 살 아래인 부인 김 씨의 따뜻한 품속을 떠올렸다. 몸은 비록 약질이었으나 마음만은 언제나 모닥불처럼 후끈한 여자였다. 그가 모암서원으로 떠나오던 날 새벽에 부인 김 씨는 가족들 중에서 맨 먼저 일어나 찬물로 몸을 씻고 삼거리 미륵 당산에 나가서 남편이 학업에 전심하고 무사히 돌아오기를 빌어 주었다. 신재효는 부인한테도 미안한 생각이 들었다. 부인 김 씨는 그에게 시집온 지 오 년이 되도록 수태를 못했다. 간절한 마음으로 손자를 기다리는 시부모들 앞에서 죄스러운 마음에 얼굴을 제대로 들지 못하면서도 살림은 꼼꼼하면서도 당차게 잘 꾸려 나갔다.

부인은 친척간의 관계도 도탑게 이끌어 갔다. 사 년 전 시아버지의 회갑 때였다. 멀리 고양에서 온 신재효의 백부와 숙부가 잔치를 끝내고 돌아갈 때, 부인은 친정 아버지가 용전으로 쓰라고 놓고 간 돈꾸러미를 내어 주며 노자에 보태라고 주었다. 백부와 숙부는 가세가 구차하여 걸핏하면 고창까지 찾아오곤 하였는데, 그때마다 부인 김 씨는 용전을 여축해 두었다가 슬며시 내어 주곤 하던 것이었다.

　신재효는 살을 저미는 듯한 추위 때문에 더 오래 앉아 있지 못하고, 저려 오는 무릎을 펴고 일어섰다. 하늘에는 별들이 꽃처럼 돋아 반짝거렸으나 달 기운이 비치지 않아 골짜기 마을의 밤은 칠흙처럼 어두웠다. 그는 하룻밤 묵어 갈 만한 집을 찾기 위해 희미하게 불이 켜진 비단골 마을 당산에서 가까운 집들을 둘러보았다. 그때 마을 위쪽 솔재 턱밑 쪽에서 덩더꿍 북소리가 들려 왔다. 또르르 북채 구르는 소리까지 들렸다.

　신재효는 당산나무 밑 어둠 속에 서서 북소리가 들려오는 쪽에 귀를 기울였다. 북 장단에 맞춰 마치 피리의 흐느낌처럼 가냘프면서도 앳된 여자 목소리의 노래가 들려 왔다.

　신재효는 북 장단과 노랫소리를 찾아서 발걸음을 옮기기 시작했다. 마을의 맨 끄트머리, 솔재로 휘어 오르는 언덕바지를 바람막이로 하여 개똥불 같은 불빛이 희미하게 출렁거려 보였다. 지난 정월 솔재를 넘어올 때까지만 해도 후미지고 외딴 그곳에 인가가 있었던 것 같지가 않았었다.

　소리에 끌려 가까이 다가가 보니 산막처럼 초라한 단칸 초옥이었다. 마을과 멀리 떨어진 외딴집에서 흘러나오는 북 장단이며, 여린 풀잎이 바람에 떠는 소리처럼 앳된 여자 아이의 노랫소리가 골짜기의 어둠을 갉는 듯하였다. 신재효는 처음에는 자신이 귀신에 홀린 것이 아닌가 하여 여러 차례 주위를 살폈다.

와 계시오, 와 계시오니까, 우리 낭군이 와 계시오니까. 어찌 이리도 더디 오셨나이까. 그새에 부모님은 기체 만강하옵시며, 서방님 천리 행차 평안하시오니까. 어찌하여 급제를 못하시었소. 입은 행색 초라한 꼴, 보기에는 과객이오나, 내 보기에는 옛적의 내 낭군이 틀림없소이다. 넋을 잃어도 내 낭군, 과객이라도 내 낭군. 기다리고 기다리다 낭군 얼굴 다시 보니 이제는 죽어도 여한이 없소이다.

비록 앳된 목소리이기는 해도 한마디 한마디 소릿말이 분명하고, 소리의 높고 낮음, 깊고 얕음이 뚜렷했다. 처음 듣는 노래였다. 잡가도 시조도 아니었다.
소리가 끝나자 북 장단도 따라 멎더니 꾸짖는 듯한 굵은 남자의 목소리가 들려 왔다.
"이 대목은 귀신이 우는 것같이 애원 처절하면서도, 도망간 네 어머니를 다시 만난 것만치나 반가운 마음으로 소리를 내야 헌다. 그런데도 네 소리는 대쪽 모양으로 꼬장꼬장허고 송곳 끝 모양 뾰쭉뾰쭉허기만 허니 원!"

　신재효는 어둠 속에 희끄무레하게 드러나 보인 산막 같은 단칸 초옥이 아무래도 하룻밤 신세를 지기에는 너무 궁색한 듯싶었다. 그냥 발걸음을 돌려 마을 쪽으로 다시 내려가려다 말고, 방금 소리를 끝낸 여자 아이를 양정 없이 꾸짖는 남자 목소리를 듣고 나자 불현듯 호기심이 생겼다.

　그는 헛기침을 두어 번 토해 인기척을 내고 나서 주인을 찾았다. 한참 후에야 방문이 열리면서 망건도 쓰지 않은 봉두난발 텁수룩한 얼굴에 키가 경중한 남자가 허리를 구부리며 토마루로 내려가서 사립 쪽을 살폈다.

　"솔재를 넘어 고창까지 가는 길에 날이 저물어 하룻밤 신세를 질까 하고 염치 불구하고 찾아왔습니다."

　신재효는 짐짓 평소 그답지 않게 허리까지 굽적거리면서 말했다.

　주인은 사립을 밀고 나와 어둠 속에서 신재효의 행색을 살폈다.

　"처지는 딱하오만 보시다시피 단칸 누옥이라…."

　"알고 있습니다. 하오나 벽에 등이라도 좀 붙였다가 새벽 일찍이 재를 넘겠으니…."

　신재효는 지칠 대로 지친데다 오한이 들어 마을까지

다시 내려갈 기력도 없었다.

　"좌우당간 들어오시지요. 잠시 후에 내가 마을에 내려가서 손님이 하룻밤 묵어가실 만한 댁으로 모셔다 드리겠습니다요."

　주인은 친절하게 말했다. 신재효는 기왕 내친 걸음에 잠시 주인 남자와 이야기를 하고, 조금 전에 앳된 여자 아이가 부른 소리가 무슨 노래인가를 알아보고 싶어, 지싯지싯 토마루 쪽으로 따라 들어갔다.

　두꺼운 흙벽의 코굴에서 관솔불이 연기를 내뿜으며 타고 있어, 작은 방안을 환히 비추었다. 누더기 같은 헌 옷가지들이 걸려 있는 횃대 밑에 북을 앞에 놓고 여남은 살 안팎의 여자 아이가 무릎을 세우고 앉아 있다가 똥그랗게 눈을 떠올리며 방안으로 들어서는 신재효를 빤히 쳐다보았다. 방안에는 여자 아이뿐이었다.

　"앉으시지요."

　주인 되는 사내가 아랫목에 너저분하게 깔린, 누덕누덕 기운 낡은 이불을 한쪽으로 밀치며 앉기를 권했다. 신재효는 못내 쑥스럽고 부끄러운 마음을 누르며 조심스럽게 자리를 잡았다. 지금껏 이렇듯 누추한 방을 구경해 본 일이 없었던 것 같았다.

　"실례가 많소이다."

신재효가 주인 사내와 여자 아이를 번갈아 보며 입을 열었다. 주인 사내는 밖에서 보았던 것보다 그리 나이가 많은 것 같지가 않았다. 잘해야 마흔이 조금 넘었을까 싶을 정도였다.

"댁이 고창이시오?"

주인 사내가 관솔불빛에 비쳐 보인 신재효의 행색을 살피며 물었다. 그는 신재효의 비단옷에 흙범벅이 된 것을 이상한 눈으로 흠칫거렸다.

"장성에 좀 댕겨가는 길입니다."

"혹여 오시는 길에 봉변을 당하신 것이 아닌지요. 의복이 젖고 얼굴이 상하신 것을 보니….."

그제야 신재효는 불빛에 자신의 몰골을 살펴보고, 부어 오른 눈퉁이와 아래턱을 만져 보았다. 아직도 온몸의 뼈마디가 저려 오고 얼굴이 욱신거렸다.

"면괴스럽습니다."

"도적을 만나신 게로군요. 귀한 댁 나리이신 것 같은데, 어쩌다가 이런 봉변을….."

그러면서 주인 남자는 세운 무릎 위에 턱을 고이고 앉아서 낯선 손님을 말똥말똥 들여다보고 있는 여자 아이를 시켜 함지박에 물을 떠오라고 하여 상한 얼굴을 닦도록 해 주었다.

"시장하실 텐데 대접해 드릴 것은 없고…, 이것으로 요기라도 하시지요."

주인 남자는 방 윗목의 작은 멱서리 속을 뒤지더니 잘 익은 홍시 서너 개를 내놓았다. 신재효는 조금도 배고픔을 느끼지는 않았으나 손님을 대접하려는 주인의 고마운 마음을 생각하여 홍시를 입에 넣었다.

"실은 노랫소리에 이끌려 염치 불구하고 찾아 들어왔습니다."

신재효가 홍시를 두 개째 먹고 나서 함지박의 물을 치우고 들어오는 여자 아이를 보며 입을 열었다. 입성은 초라했으나 애기나리꽃잎처럼 갸름한 얼굴에 이목구비가 뚜렷했으며 눈망울에 촉기가 넘쳐 보이는 아이였다.

"부끄럽습니다요. 제 여식한테 창악을 가르치고 있었습니다."

"무슨 노랜지요?"

"열녀 춘향 <수절가> 한 대목입니다요."

"아, 그랬었구만요."

"남원에 살 때 모친한테 배운 것을 딸년한테 가르쳐 볼랴고 허는디, 아직은 워낙 나이가 어려서요, 작년부텀 바탕소리를 가르쳐 왔습지요."

주인의 언행으로 짐작건대 그는 비록 가난하고 천해

보이긴 해도 생짜 농투성이 무식은 아닌 듯싶었다. 신재효를 대하는 태도에 흐트러짐이 없었고 마음 씀씀이 또한 무던해 보였다.

"주인장께서는 <수절가>를 다 배우셨는지요?"

"그저 모친이 가르쳐 준 대로 건성으로 대충만 따라 배웠습죠."

"자당께서는….."

"만신이었습죠."

만신(萬神)은 무당이다. 그러나 주인 사내는 조금도 그것을 감추려고 하지 않고 자기 어머니가 무당이었다는 것을 말했다.

"올 봄 이곳으로 이사 오기 전에 우리는 남원골 주포방에서 살았습니다. 저의 모친은 만신이 되기 전부텀 무극재 양 진사 어른이 지은 '춘향전'을 놓고 <수절가>를 배웠다고 허시데요."

"무극재 양 진사가 누굽니까?"

주인 남자는 자신이 알고 있는 대로 남원 주포방 이언리에서 살았었다는 양주익에 대한 이야기를 해 주었다.

양주익은 경종 임금 2년(1722) 임진왜란 때 남원에서 의병을 일으킨 양대박(梁大樸)의 6대 손으로 태어났다. 문과에 급제하여 병조 참의까지 올랐으나 풍류를 즐겨 기방출입이 잦았다. 워낙 청빈한 성품이라 술값조차 넉넉하지 못한 그는 기생들과 어울리기를 좋아하면서도 해웃값(花債)을 변변히 줄 수가 없는지라, 늘 춘향이 이야기를 대신 들려주었다. 기생들은 양 참의를 존경하여, 해웃값 받을 생각은 않고 춘향이 이야기 듣는 것을 좋아했다.

훗날 양주익은 그의 해박한 지식과 문장 솜씨를 발휘하여 기생들한테 들려주었던 이야기들을 한데 모아 '춘향전'을 지었다. 세상을 뜰 때 양주익은 《무극재집》(無極齋集) 문집 첫머리에 '저춘몽연'(著春夢緣)이라 쓴 것을 칼로 갉아 없애고, 자손들에게 자신이 '춘향전'을 지었다는 말을 하지 말라는 유언을 남겼다고 한다.

"양주익이라는 사람이 '춘향전'을 지었다는 말은 금시초문이오."

주인 남자의 이야기를 다 듣고 난 신재효가 입을 열었다.

"남원골 안에서는 무극재 선생이 '춘향전'을 지었다는 것은 누구나 다 알고 있습죠. 저의 모친도 그분이 지은 '춘향전'을 필사하여 소리를 배웠답니다."

그러면서 주인 남자는 시렁 위에서 낡은 버들고리를 내려놓고 그 안에서 누렇게 색깔이 뜬 피지 뭉텅이를 꺼냈다.

"이것이 모친께서 무극재 선생의 '춘향전'을 필사하여

배운 것이지요."

신재효는 두툼한 피지 뭉치를 받아들고 첫 장을 펼쳤다.

서투른 언문을 베껴 쓴 내용은 말이 안 되게 잘못 초록한 것이 많았다. 춘향 모 퇴기를 '춘향 모 태기'로, 사또 자제 도령님을 '사도 자저 도롱님'으로, 광한루를 '광언루', 백옥 같은 고운 얼굴을 '배곡 같은 고훈 어굴', 태사당혜(太史唐鞋)를 '대사당여'로 등 들머리에서만도 눈에 거슬리는 대목이 수두룩했다. 베껴 쓴 것을 대여섯 장이나 넘기며 훑어보았으나 문맥이 잘 통하지 않고 앞뒤가 맞지도 않았으며 무슨 말인지 알 수 없었다.

"양주익께서 지었다는 원본을 구해 볼 수는 없는지요."

신재효가 피지 뭉치의 필사본을 덮으며 물었다.

"주포방 양씨 종가에 가시면 보실 수가 있겠습지요."

그러나 신재효는 그것 때문에 애써 남원골까지 찾아가고 싶은 생각은 없었다. 기실 그는 그때까지만 해도 환취(광대의 옛말)들이 부르는 창악에는 별 관심이 없었던 것이다.

주인 남자는 자신의 딸을 만신이나 기녀로 키우겠다는 말을 하였다. 가난하고 미천한 신분으로 입성 먹성 걱정 않고 살 수 있는 것은 그 길뿐이기 때문이라고 하였다.

"기녀를 만들자면 가무음곡을 익혀야지요."

신재효의 말에 주인 남자는 씁쓸하게 웃었다.

"애비가 무식한 데다가 배운 것이라고는 무가 풀이나 창악 대목뿐이라서요. 무가라면 망자굿풀이, 칠성풀이. 손님풀이, 장자풀이, 삼신제풀이, 성주풀이, 당산제풀이, 조상풀이를 죄다 배웠구만요. 딸년한테도 바리데기를 가르쳐 주었답니다."

"이목구비가 반듯하고 총명해 보이니 가무음곡을 가르쳐 보시지요."

"그러자면 기방에 넣어야 할 턴듸, 어린것을 떼어놓기가…."

집 가까이서 수리부엉이 우는 소리가 들렸다. 밤이 이슥해진 모양이었다. 턱을 괴고 앉아 있던 여자 아이가 꾸벅꾸벅 졸았다.

"누추하오만, 밤이 깊었으니 그냥 저의 집에서 유하시지요."

"폐가 되지만 않으신다면야…."

주인 남자는 딸아이를 깨워 방문 쪽에 눕도록 하였다.

"덮을 것이 변변찮으니 군불이나 뜨뜻하게 지피겠습니다."

주인 남자는 버들고리와 북을 치우고 나갔다. 군불을 지피느라 삭정이 부러뜨리는 소리가 들렸다. 신재효는 코굴 가까이 다가앉아 흙벽에 등을 기대고 두 다리를 길게 뻗었다. 저릿저릿 삭신이 아려오면서 졸음이 무겁게 쪄눌렀다.

주인 남자가 들어오자 신재효는 입은 동이 채로 뒷문 쪽에 몸을 뉘었다. 코굴에서 관솔 옹이가 타느라 맵싼 연기가 방안 가득하게 퍼졌다. 구들은 따뜻했으나 숭숭 뚫린 문구멍에서 황소바람이 들어왔다.

신재효는 다음날 아침 햇살이 방안에 꾸역꾸역 기어들어올 때까지 일어나지 못하고 있었다. 신열이 올라 정신이 혼몽해지면서 온몸이 들돌처럼 무겁게 가라앉았다. 그는 자신도 모르게 신음까지 내고 있었다. 주인 남자가 조반을 들자고 하였으나 몸을 일으킬 수조차 없었다.

"아이구, 신열이 펄펄 끓는구만요."

주인 남자가 참나무 껍질 같은 손바닥으로 그의 이마를 짚어 보며 걱정스러운 목소리로 말했다.

"손님, 몸살이 나신 것 같은디, 어쩌면 좋습니까요."

신재효는 다시 윗몸을 일으키려고 하였다. 그러나 무거운 바위에 짓눌린 것처럼 꼼짝할 수가 없었다. 더구나 머리가 두 쪽이 날 것만 같이 지근거렸다.

"주인장, 안 되겠어요. 일어나지 못할 것 같구려."

그는 가까스로 혼몽한 정신을 수습하여 그렇게 말했다.

44

"어쩌면 좋습니까요?"

앓아누워 있는 신재효보다 주인 남자가 더 답답한 얼굴빛이었다.

"주인장, 노자는 넉넉히 드릴 터이니, 고창 내 집에 좀 댕겨와 주십시오."

"댕겨오구말굽쇼. 당장 댕겨오지요 머."

"지필묵 좀 주겠소?"

신재효는 집에 서찰을 보낼 생각이었다.

"아랫마을 서당에서 빌려 올 테니 잠시만 기다려 주시지요."

주인 남자는 부리나케 밖으로 뛰어나갔다. 신재효의 머리맡에는 여자 아이가 무릎을 세워 쪼그리고 앉아서 헝겊에 물을 적셔 그의 이마에 얹었다. 물기 있는 헝겊이 이마를 덮자 조금은 혼몽해 있던 정신이 바늘귀만큼 트여오는 것 같았다.

"네 이름이 뭐냐?"

신재효가 앓는 소리로 물었다.

"봉선이구만요."

여자 아이가 또렷또렷한 목소리로 대답했다.

"그러고 보니 네 얼굴이 봉선화처럼 맑고 환하게 생겼구나. 봉선이 성씨는 무엇이냐?"

"버들 유짭니다."

묻자마자 곧 대답했다.

신재효는 주인 남자가 지필묵을 가져오는 사이 봉선의 입을 통해, 그녀는 본디 무장에서 태어났으며 돌이 지나자 부모를 따라 남원까지 갔고, 새해에 열세 살이 되며, 봉선의 어미는 삼 년 전에 한 마을에 살았던 유기장수 총각과 도망을 쳤다고 거침없이 이야기했다. 봉선이 입을 통해 신재효는 그녀의 아버지 유 서방은 도망친 아내를 찾으려고 봉선이를 데리고 전라도 안통 여러 장터를 다 뒤지다가 끝내 마음을 돌려 먹고, 고향을 떠나 솔재 밑으로 옮겨 왔음을 알았다. 봉선이 아버지 유 서방은 비단골의 종이점에서 닥나무 껍질 벗기는 일을 하며 두 식구 입에 풀칠을 한다고 하였다.

신재효는 부친에게 간단히 서신을 적어 보냈다. 그동안 탈 없이 모암서원에서 글을 읽고 있다는 것을 먼저 쓰고, 서원의 동문들과 함께 며칠 동안 훈도를 모시고 지리산 산놀이 구경을 하기로 했으니 심부름 보낸 인편에 갈아입을 옷과 노자를 보내 달라고 하였다. 그리고 지금 쓰고 있는 갓 양태가 상했으니 지난해까지 썼던 헌 갓도 좀 보내 달라고 당부하였다.

신재효는 유 서방한테 서찰을 건네주며 행여라도 자신이 봉변을 당하고 비단골에 앓아누워 있다는 말은 입

46

밖에 내지 말아달라고 단단히 일렀다.

"오는 길에 의원을 모셔 올깝쇼?"

유 서방이 서찰을 고의춤 속에 넣고 방에서 나가다 말고 물었다.

"고창 의원이라면 내 얼굴을 다 알고 있으니 안 됩니다. 잠시 신열이 난 것뿐이니 내 걱정은 마시오."

그러면서 신재효는 홍문거리에 있는 관약방을 찾아가면 아버지를 만날 수 있을 것이라고 하였다.

유 서방이 집을 떠난 후, 봉선이는 잠시도 그의 머리맡을 떠나지 않고 이마의 헝겊에 찬물을 적셔 가며 수발을 들었다. 해가 지붕 위에 솟을 때까지 한참 푹 자고 나자 신열이 가라앉고 머릿속도 한결 맑아진 듯싶었다. 잠에서 깨어나 보니 그때까지도 머리맡에 봉선이가 앉아 있었다.

"해가 지려면 아직 멀었느냐?"

신재효가 눈을 뜨고 봉선이를 쳐다보며 물었다.

"집시랑 끝 그림자가 두어 뼘이나 기울었습니다요."

봉선이가 방문을 열고 밖을 내다보며 말했다.

"아직은 네 아버님이 고창을 출발하지 않았겠구나."

"나리가 사시는 고창에도 기방이 있겠지요?"

봉선이가 엉뚱한 것을 물었다.

"있다마다."

"만신님보담은 기녀가 되고 싶구만요."

"기녀가 되자면 창악이나 무가보다는 가무음곡을 배워야 한다."

"기방에 들어가면 배울 수가 있겠지요."

"그렇겠지."

"아버지한테 시조도 몇 도막 배웠구만요."

봉선이는 날름날름 부끄러움 없이 자랑스럽게 말했다.

"창악이나 무가만 배운 것으로 알고 있었는데 시조도 배웠다니 놀랍구나."

"한 도막 읊어 볼까요?"

"어디 한번 들어 보자."

봉선이는 세운 무릎을 구부려 바르게 앉더니 잠시 숨을 가다듬느라 지그시 눈을 감았다.

봄밤에 꽃과 달
다 같이 고을세라
이내 시름 그지없어
저 달에 물어 보자.
이 몸이 죽어 가서
비익조 될 양이면

푸르른 하늘 아래
임과 같이 날개 펴리.

　봉선이는 살세성으로 소리를 밀었다 당겼다 하면서
만강에 돛단배가 순풍에 흐르듯 시조 한 수를 읊었다. 간
밤에 얼핏 사립문 밖에서 들었던 <춘향가> 대목을 부를
때보다 한결 양성이 두드러지게 들렸다.
　"좋은 노래로구나."
　신재효는 봉선이의 타고난 목소리에 적이 놀랐다.
　"만복사 《저포기》라는 이야기책에 나오는 노래라고
들었습니다."
　"네가 어찌 매월당의 《저포기》를 다 알고 있느냐?"
　"옛날에 남원골에 만복사가 있었다고 들었습니다."
　"솔재 깊은 산골에 보옥이 자라고 있구나."
　신재효는 혼잣말처럼 나직하게 감탄하고 있었다.
이대로 산골에 묻혀 두기가 아까운 아이라는 생각이 들
었다.

　유 서방은 해가 설핏해서야 머슴 또삼이와 함께 돌아
왔다. 두 사람이 돌아왔을 때 신재효는 신열이 가라앉고
정신도 맑아져서 자리를 털고 일어나 앉아 있었다. 또삼

이가 그의 행색을 보고 깜짝 놀랐다. 또삼이는 봇짐 속에서 의관과 엽전 꾸러미를 내놓으면서 옷부터 갈아입으라고 성화였다.

"신기는 좀 어떻습니까요?"

유 서방이 물었다.

"봉선이의 구완으로 말끔히 나았소. 참으로 총명한 딸을 두었더군요."

"과찬이십니다."

"참으로 놀랬어요."

신재효는 또삼이에게 집 안 사정이며 부모의 안부를 물었다.

"다 무고하십니다요. 아씨께서도 편안허시굽쇼."

또삼이는 봇짐 속에서 부인의 언문 편지를 꺼내 주며 말했다.

그날 밤 네 사람은 함께 단칸방에서 날을 밝혔다. 주인 유 서방은 잠자리에 들기 전 신재효에게 뚜벅 권삼득(權三得)을 아느냐고 물어 왔다.

"이름은 들었소만 만난 적은 없소이다."

그때 완주 권삼득은 신재효보다 마흔한 살 위로, 이름이 난 팔대 명창의 한 사람이었다.

"그분은 양반집 자손이면서도 글공부를 하지 않고 소

리나 허고 지내기 땜시 가문을 더럽혔다고 해서 그분의
아버지가 문중이 모인 자리에서 덕석몰림을 해 작두에 목
을 베어 죽이려고 했다는디요."

유 서방이 말했다.

"사람 소리, 새 소리, 짐승 소리의 세 가지 소리를 다
얻었다고 하여 삼득이라고 부른다는 이야기를 들었습
니다."

"그분의 아버지가 작두로 목을 베려고 할 때, 마지막
소리 한가락만 뽑게 해달라고 사정하고, 덕석몰림을 당
한 채로 목청을 뽑았는디, 그 소리가 어찌나 처량하게 애
를 끊는 듯하던지 듣는 사람들이 죄다 눈물을 흘렸다는
구만요. 노랫소리에 감탄한 그분의 아버지는 차마 죽일
수가 없어서 족보에서 이름을 지우기로 허고 쫓아냈다고
하더이다."

그러면서 유 서방은 권삼득을 한번 만나 그의 소리를
듣는 것이 소원이라고 하였다.

"그게 무어 그리 어려울 것 있소. 언제고 날짜를 잡아
서 봉선이와 함께 고창으로 나를 찾아오시오. 그러면 내
흔쾌히 그분 소리를 들을 수 있게 해 주지요."

신재효의 말에 유 서방은 권삼득의 소리를 들은 것만
큼이나 좋아하였다.

"그 어른이 남원 구룡폭포에서 소리 수련을 허셨다는데, 남원에 살면서도 뵙지를 못했었구만요."

"내 원 참, 귀한 양반집 어른이 호사를 마다허고 왜 하필이면 천한 광대가 되당가요?"

신재효와 유 서방의 이야기를 잠자코 듣고만 있던 또삼이가 불쑥 곁방망이질을 하듯 끼여들었다.

"네깐 놈이 어찌 풍류객의 속마음을 알 수 있겠느냐."

신재효가 또삼이에게 핀잔을 주었다.

그 무렵까지만 해도 판소리는 관아나 양반의 사랑에서, 혹은 과거에 등과한 사람에게 불려가서, 과거 등과 증서인 홍패(紅牌) 고사를 할 때, 또는 문희연(聞喜宴)에서, 그리고 농촌이나 장터, 활터, 대사습(大私習) 놀이에서 광대에 의해 불리어졌다. 그러다가 성종임금 3년에는 임금이 형조에 전지하여, 여러 고을 재인, 백정 등 행걸(行乞)하는 자가 떼를 지어 다니면서 우희(優戲)를 하고 인가를 엿보며 일은 하지 않고 먹으니, 앞으로는 무리를 지어 행걸하는 자들을 금하라고 하였다.

그러나 권삼득은 선비다운 기질을 지켜 관아나 양반의 사랑에 불려가거나 과거 급제자의 홍패 고사에도 응하지 않았다. 장터나 활터를 찾아다니면서 소리를 팔지도 않았다. 그는 다만 자기 소리를 듣고 싶어 찾아오는 사람에게는 신분이나 직분 고하를 가리지 않고 기꺼이 소리로 대접하여 보냈다.

신재효는 다음날 아침 일찌거니 의관을 갖추어 또삼이를 앞세우고 비단골 유 서방의 집을 나섰다. 그는 유 서방의 집을 나오기 전에 유 서방 몰래 엽전 한 꿰미를 방안에 놓아두었다.

"언제고 봉선이를 데리고 나를 한번 찾아와 주시오. 내 생각에 봉선이는 기녀가 되는 것이 좋을 듯싶구려. 그만한 양성에 인물치레를 했으니, 장차 호사하고도 남을 명기가 될 것이오."

신재효는 성적골 쪽으로 향했다. 유 서방은 성적골까지 따라왔다가 돌아갔다. 신재효는 성적골에서 모암리를 뒤로하고 장성 사거리 쪽으로 나갔다. 뒤따라오던 또삼이가 모암서원으로 가지 않고 어디로 가는 거냐고 물었다.

"냉큼 따라오기나 하거라."

신재효는 백양사를 들러 내장산 영은사까지 가 볼 계획이었다. 한 바퀴 휘돌며 바람이나 쏘이고 싶었다. 어머니가 아들을 낳기 위해 백일치성을 드렸다는 월조암에도 한번 가보고 싶어졌다.

두 사람이 장성현의 창고가 있었다는 창촌을 지나 산을 보듬고 돌아 황룡강변의 사거리에 당도했을 때는 한

낮이 기울었다. 사거리의 본디 이름은 死去里로, 갈재[盧嶺]를 넘기가 죽어 가는 길만큼이나 위험하다고 하여 붙여진 것이었다. 윗네거리 아랫네거리가 사방으로 길이 뚫려 동으로는 담양, 서로는 고창에 이르게 되고, 남으로는 광주, 북으로는 갈재 너머 초산 땅과 연결된다.

갈재를 넘어 전주 쪽으로 갈 길손들은 사거리 주막에서 사람들이 여남은 명쯤 모이기를 기다렸다가 함께 재를 넘곤 하기 때문에 사거리 주막은 언제고 붐볐다.

# 퉁소장이 국 노인

　신재효가 또삼이와 함께 사거리 주막에 이르렀을 때도 하인을 거느리지 않은 협수룩한 시골 선비 차림의 사내들 서넛이 술청에서 따로따로 술상을 받고 있었다.

　"선비도 갈재를 넘으시려우?"

　주막에 들어서자 술청에서 잔을 기울이던 초라한 행객 차림의 갓쟁이가 뚜벅 물어 왔다. 술청의 그들은 한낮에도 산짐승과 도적이 출몰하는지라 함께 재를 넘을 동행을 기다리는 중이었다.

"백양사로 가는 길이외다."

신재효는 떨떠름한 목소리로 말하고 또삼이를 시켜 주모에게 잠시 쉬어 갈 빈 방이 있는지 알아보게 하였다. 그는 상것이라면 쳐다보려고조차 않는 가난한 시골 양반 부스러기들과 술자리를 같이하고 싶지가 않았다. 주모가 술청을 돌아 모퉁이 방으로 안내하였다. 또삼이와 함께 술상을 앞에 놓고 앉으니, 열린 방문으로 늦가을의 백암 산이 손에 잡힐 듯 한눈에 들어왔다.

또삼이가 가득 채워 준 술잔을 기울이려는데 난데없 이 가까이서 찬 서리 맞은 갈대밭을 겨울바람이 스치는 듯 퉁소가락이 들려 왔다. 가락은 높은 음에서 낮은 음으 로 숨을 죽이면서 긴긴 겨울 밤 청상과부의 흐느낌처럼 구곡간장을 아프게 쥐어뜯는 소리로 변했다.

신재효는 술잔을 놓고 퉁소가락에 취해 있었다. 주막 안에서 들려오는 소리가 분명했다. 퉁소가락은 다시 가 늘고 애원처절하게 가슴을 파고들었다.

"또삼아, 주모를 좀 불러라."

말이 떨어지기가 바쁘게 또삼이가 일어서서 문 밖으 로 목을 뽑아 큰소리로 주모를 불렀다.

"나리, 쇤네를 부르셨사옵니까?"

이내 마흔 안쪽 중년의 곱상하게 생긴 주모가 쪼르르

달려와 웃음으로 얼굴을 뒤발질하고 물었다.

"저 소리가 어디서 나는 겐가?"

신재효가 물었다.

"퉁소 소리 말씀이옵니까?"

"그러하오."

"아, 네. 떠돌이 퉁소쟁이 영감 올습니다요. 우리 주막에 이레째나 빌붙어 있습지요. 쇤네가 밥값 대신에 술손님들 주흥이나 돋구라고 퉁소를 불게 했습죠. 듣기 싫으시면 구만두게 할깝쇼?"

주모가 여전히 찐득찰처럼 찐득하게 눈웃음을 감치며 물었다.

"아, 아니오. 내 방으로 좀 모셔 올 수 있겠소?"

"퉁소쟁이 영감태기를요?"

"그렇소. 내 술 한잔 대접하고 싶어서 그러오."

"그럽지요."

주모가 되똥거리며 물러간 후 이윽고 퉁소가락이 뚝 멎었다. 그리고 그의 앞에 반백의 맨머리 바람에, 왜소하고 초라한 행색을 한 노인이 오른손에 청죽으로 만든 퉁소를 꼭 쥐고 서 있었다. 납작하게 생긴 암 대 퉁소의 아랫부분에 대의 뿌리를 깎아 여의주를 물고 있는 용머리 모양이 또렷하게 조각되어 있었다.

"어서 들어오시지요."

신재효는 노인의 앉을 자리를 만들어 주며 맞아들였다. 그는 술잔을 비우고 나서 한 잔 가득히 따라 노인에게 권했다. 노인은 단숨에 술사발을 비우고 수염을 훔치며 신재효를 마주보았다.

"노인장의 퉁소 솜씨가 보통이 아니던데, 어디까지 가십니까?"

신재효가 다시 두 잔째 빈 잔을 채우며 물었다. 그가 빈 잔에 술을 따르는 동안 노인은 몸 둘 바를 몰라해하며 거듭 고개를 주억거렸다.

"솜씨랄 것도 없는 소리를 좋게 들어주셨다니 감사합니다. 딱 정하고 길을 떠난 것은 아니고, 그저 바람 부는 대로 퉁소를 벗 삼아 떠돌음하고 있습죠."

"퉁소를 좀 구경해도 되겠습니까?"

"그러합죠."

노인은 퉁소를 내밀었다. 손때가 반드럽게 배어 든 오래 된 퉁소였다. 두어 뼘 남짓 되어 보이는 퉁소의 몸에는 손가락으로 여닫는 지공이 취구와 가장 가까운 아래쪽에 하나, 그리고 위쪽에 네 개가 있었다.

"어떻게 불면 소리가 납니까?"

신재효가 퉁소를 두 손으로 받쳐 잡아 취구를 입에

대고 물었다.

"네, 취구의 혀에 입김을 불어넣으십시오. 입김의 반은 밖으로, 나머지 반은 대통 속으로 집어넣으면 소리가 되어 나옵죠. 그리고 이렇게 손가락 끝으로 다섯 개의 지공을 열고 닫으면 열두 가지 음이 됩죠."

노인은 신재효가 잡은 손을 교정해 주면서 말했다.

"자, 불어 보시지요. 입술을 한일자로 하시고, 취구를 아랫입술에 붙여서 침을 뱉드끼 퉤퉤 입김을 불어넣어 보시지요. 입김을 불어넣으면 약한 소리가, 세게 불어넣으면 높은 소리가 납죠. 자, 어서 불어 보시지요."

그러나 노인이 시키는 대로 입김을 불어넣어 보았지만 훅훅 헛바람 소리만 새어 나왔다.

"소리가 안 나는데요?"

신재효가 실망하며 물었다.

"그렇습죠. 삑삑거리는 소리라도 낼랴면 한나절은 입바람을 불어야 허고, 사흘은 넉넉히 불어야 소리를 낼 수 있을 겝니다요. 현금 십 년이요, 퉁소 이십 년이라는 말이 있지 않던가요."

"그러면 노인장한테 한 사흘 배우면 모깃소리만큼은 낼 수가 있겠구만요."

"배우시려굽쇼?"

놀라며 묻는 것은 또삼이였다.

"또삼이 너 주모한테 이 방에서 사나흘 묵어가겠으니 이 방에 다른 객을 받지 말라고 이르고 오너라."

신재효의 말에 퉁소장이 노인과 또삼이가 함께 놀라는 얼굴로 마주보고만 있었다.

"자, 노인장. 나에게 사흘 동안 소리를 낼 수 있게 좀 가르쳐 주십시오."

그러면서 신재효는 갓과 도포를 벗고 다시 퉁소를 손에 잡았다.

신재효는 노인이 시키는 대로 입이 아프도록 쉬지 않고 계속해서 훅훅 입바람을 내었다. 황종, 대려, 태주, 협종, 고선, 중려, 유빈, 임종, 이칙, 남려, 무역, 응종 등 열두 가지 음의 율명은 다 낼 수 없다손치더라도 삐삐거리는 소리라도 내고 싶은 성급한 욕심에 입구석이 아픈 것도 몰랐다.

때때로 노인은 퉁소를 자기 입에 대고 다섯 개의 지공을 여닫으며 갖가지 음을 내는 시범을 보여 주기도 하였다.

그날 밤 신재효는 볼이 아프도록 입바람 씨름을 하였다.

사흘이 지나서야 문풍지가 깊은 겨울 밤 한풍에 떠는 소리 정도를 낼 수가 있었으며, 소리의 높고 낮음을 조절

할 수가 있었다.

"열두 가지 율명 중에서 황종 하나만이라도 잘 조절할라치면 일 년은 좋이 걸립죠."

사흘째 되는 날 밤에 퉁소장이 노인이 말했다.

"노인장, 내일부터 백양사로 내장산 영은사로, 고창 선운사에서 부안 내소사까지 한 바퀴 돌아댕길 생각인데, 함께 가지 않겠소?"

신재효는 퉁소장이 노인과 더 오래 같이 있으면서 퉁소가락을 더 배우고 싶었다.

"나리한테는 짐이 될 터인뎁쇼."

"아니지요. 퉁소를 가르쳐 주시면 되는 일이지요."

"정처가 없는 노구나 매인 데는 없소이다마는…."

"날이 밝으면 함께 떠납시다. 주모한테 미리 말을 해 두시구려."

"헌데 왜 하필이면 절간들을 찾아 유람을 허십네까요? 절간에 가봤자 염불 소리뿐인뎁쇼."

"절간이 아니라면 어디가 좋겠소이까. 노인장이 이끄는 대로 따르지요."

"이 노구를 따르시면 황천밖에 더 있겠남요?"

"황천에 가서라도 퉁소만 배울 수만 있다면야 따라가지요."

신재효는 객쩍은 말을 하며 웃었다. 모암서원에서 쫓겨 나온 후 처음으로 떠올린 웃음이었다.

　　"이 몸은 황천에 가서도 퉁소를 불겠소이다."

　　퉁소장이 노인도 웃었다. 신재효는 퉁소장이 노인이 어딘가 비단골 유 서방과 닮은 데가 있음을 발견했다. 사는 것이 구차하고 신분이 천하면서도 그것에 매임 없이 유유자적하게 바람 부는 대로 흐르면서 살아가는 그들이 부럽기까지 하였다.

　　다음날 새벽 신재효는 서둘러 또삼이를 깨웠다. 그리고는 갓과 도포를 또삼이에게 입게 하고 자신은 또삼이의 중치막을 걸치고 초립을 썼다. 괴나리봇짐에 미투리까지 신은 그의 행색은 영락없이 하인배의 모습이었다. 그는 놀란 눈으로 상전을 멀뚱히 쳐다보고만 있는 또삼이를 재촉하며 앞서 주막을 나섰다.

　　"노인장, 어서 나오시오."

　　신재효는 주막에 대고 큰소리로 말하고 퉁소를 입에 대고 문풍지 떠는 소리를 내며 황룡강을 따라 성큼성큼 올라갔다.

# 방랑 또 방랑

늦가을의 윤기가 자르르 흐르는 햇살 사이로 백암산
이 출렁여 보였다. 또삼이의 옷으로 갈아입은 신재효는
여전히 퉁소를 입에 문 채 경중거리며 떡갈나무와 굴참나
무가 빼곡히 들어찬 산자락의 야트막한 모롱이를 돌고
있었고, 그 뒤로 퉁소장이 영감과 도포를 입은 또삼이가
차마 갓을 쓰지 못하고 손에 든 채 어기적거리며 따랐다.
앞서가는 신재효의 발걸음이 어찌나 빠른지 두 사람은 한
사코 뒤처지기 시작했다.

통소장이 영감은 신재효의 서투른 통소 소리에 허허거리며 웃음을 날렸으나, 상전의 옷으로 바꿔 입은 또삼이는 사뭇 울상이었다. 처음 입어 보는 비단옷에 도포 자락에 마음이 편하지가 않았다. 가죽신은 그의 발에 너무 작기도 했지만 차마 신을 수가 없어 갓과 함께 손에 들고 맨발로 걷자니 발바닥이 아파서 미칠 것만 같았다. 통소장이 영감이 두 손에 갓과 가죽신을 들고 발바닥이 아파 어기적거리며 걷고 있는 또삼이의 꼬락서니를 돌아보며 자꾸만 푸웃푸웃 웃었다.

"우리 서방님이 실성을 허셨남! 어쩌자고 이놈의 누더기를 입으시고 저러시는지!"

또삼이는 걱정이 되어 그를 돌아다보며 웃는 통소장이 영감을 보며 말했다.

"자네 상전은 참 재미있는 젊은일세그려!"

"그런 말 맙쇼. 우리 약방 마님이 아셨다가는 이 몸이 성치 못할 것입니다요."

통소장이 영감의 느질거리는 말투에 또삼이가 퉁명스럽게 쏘아붙였다.

"자네 상전은 어느 댁 서방님이신가?"

"고창 고을 관약방 나리의 자제시랍니다."

"그렇다면 양반은 아니로구먼!"

64

"이거 보슈. 우리 관약방 나리께서는 고창에서 오백 석 부자랍니다요. 양반들도 우리 댁 나리 앞에서는 고개를 숙인답니다요."

또삼이가 자랑스럽게 말했다.

"그래 시방 어디로 가시는 길이신가?"

"서원에서 동문수학허는 유생들과 단풍놀이를 간다고 허시더니 뜽금없이 이러시는구먼요."

"비록 양반은 아닐지언정 생각이 트인 젊은이로구먼."

"어찌 그런 말을 하시우?"

"내가 여러 곳을 떠돌아댕겨서 사람 볼 줄을 아네."

"모두가 노인장 탓이로구먼요. 그 눔에 퉁소 소리 땜시…."

"이 사람아, 어차피 상전의 옷을 바꿔 입었으니, 갓을 쓰고 가죽신을 신게나!"

퉁소장이 영감이 비아냥거리는 말투로 말하며, 뒷짐을 지어 허리를 펴고 아랫배를 내밀어 갈지자로 양반걸음을 흉내냈다.

"어서 의관을 갖추고 나 모양으로 걸으래두!"

그러나 또삼이는 못마땅하다는 눈초리로 퉁소장이 영감을 흘겨보며 여전히 두 손에 갓과 가죽신을 든 채 어기적거리며 걸었다.

저만큼 앞서가던 신재효가 두 사람이 가까이 오기를 기다리고 서 있다가 또삼이의 행색을 보더니 박장대소를 했다. 참으로 오랜만에 흔쾌히 웃어보았다.

　　"네 꼴이 그게 뭐냐. 풀상투 맨발에 도포 자락이라니 원! 양반도 상것도 아닌 행색이로구나. 옳거니, 네 꼴이 바로 중인의 행색이로다. 양반도 상것도 아닌 영락없는 중인배로다!"

　　신재효는 한바탕 껄껄대고 웃었다.

　　"서방님, 쇤네를 그만 놀리시고 어서 의관을 바꿔 입으십시오."

　　또삼이는 울상이 되어 간청했다.

　　"에끼 이놈, 아무리 내가 천한 신분이라고 해도 그렇지, 뻘건 대낮에 어찌 옷을 벗으란 말이냐!"

　　신재효는 또삼이를 나무람하고 나서 다시 겅중거리며 걸었다. 햇살은 넉넉했고 바람은 건듯 불어 산자락의 단풍잎들을 가볍게 흔들었다. 백암산 골짜기가 가까워질수록 만산홍엽의 자태는 흐드러지게 불을 뿜듯 하였으며, 향긋한 단풍 냄새가 뼛속까지 스며드는 것 같았다.

　　가식적이고 하찮은 신분의 껍질을 벗어 버린 신재효는 난생 처음으로 자유로움을 느꼈다. 몸도 마음도 날아갈 듯 가벼워졌다. 그의 귀에는 바람소리와 새소리, 그리고 퉁소 소리만이 가득 들어왔다. 그의 눈에는 오색의 단풍과 야청 이불 같은 무변한 하늘만이 보였다. 양반이니 중인배니 상것이니 하는 차별은 보이지 않았다. 가벼운 마음속에 희락만이 가득 괴어 왔다.

바로 이것이로구나. 내 어찌 일찍이 이렇듯 선묘한 멋을 몰랐던고, 신재효는 마음속으로 깊은 탄식을 하였다.

그들은 백양사 조금 못미처 약수정골 주막에서 잠시 쉬었다. 약수정골에서 흰바위산을 향해 골짜기로 추어올라가면 백양사가 나오고, 흰바위산을 왼쪽으로 비껴 해 뜨는 쪽으로 가면 담양에 이르게 된다. 정읍 쪽으로 새재를 넘어 담양 쪽으로 빠지는 길손들과, 백양사에 불공을 드리러 가는 불도들이 이곳에서 잠시 쉬어 가는 길목이라 약수정골 주막은 언제나 북적거렸다.

주막의 술청에 앉으니 대패로 깎아 세운 듯한 흰바위 얼굴이 처마 끝에 우뚝 마주섰다. 주막에서 쉬고 있던 길손들이 또삼이의 이상한 행색을 살피며 쿡쿡 웃었다.

술상이 나오자 신재효는 먼저 퉁소장이 영감한테 잔을 채워 권했다.

“노인장은 백양사에 와 보신 일이 있소?”

신재효는 퉁소장이 노인이 잔을 비우기를 기다렸다가 뚜벅 물었다.

"솟대패가 안 댕겨 본 데가 있겠소."

퉁소장이 노인은 신재효의 근본이 양반이 아니라는 것을 알자 전처럼 깍듯한 예로 대하지 않았다.

"솟대패나 광대는 노래나 춤 나부랭이로 푼돈이나 벌어서 입에 풀칠을 허는 것은 매한가지나, 재인청을 거쳐 한 곳에 머무르며 살아가는 광대와, 떠돌이 신세를 면허지 못 허는 솟대패는 근본이 다릅죠."

"노인장께서는 왜 솟대패가 되었소?"

"역마살 때문입죠."

그러면서 퉁소장이 영감은 자신이 떠돌이 솟대패가 된 내력을 입심 좋게 까발렸다.

그의 고향은 담양 추월산 밑이었다. 아버지는 재인청 출신의 이름난 광대였다. 그는 광대의 아들답지 않게 열세 살 때까지는 서당에서 글을 배웠다. 천자문을 떼고 통감 네 권 째까지 마칠 무렵에 그가 살던 한실마을에 남사당이 들어왔다. 남사당의 굿장단 소리를 듣고 있자니 가슴이 불이 붙은 듯하고 피가 들끓는 것 같았다. 그는 서당에서 뛰쳐나가 온종일 남사당 옆에 붙어 있었다. 그리고 다음날 아침 남사당을 따라 부모 몰래 마을을 떠났다. 사람 좋은 꼭두쇠 영감이 흔연스럽게 그를 맞아 주었다. 처음에는 삐리로 들어가 무동짓을 하다가 줄타기를 배웠다. 줄 밑에다 요강을 갖다 놓고 학습을 하였다. 촛불을 켜놓고 한밤중까지 줄 위에서 타령 장단에 맞춰 재주를 넘는 것도 배웠다. 죽기 아니면 살기라고 하여 살판이라고 하는 재주넘기를 배울 때는 온몸의 개털이 빳빳하게 솟고 등골이 오싹했다. 염불타령으로 올라가서 좌우로 어정거리다가, 재담을 한바탕 걸쭉하게 늘어놓은 뒤에 갖가지 재주를 보여주는 줄타기를 꼬박 네 해 동안이나 익혔다.

　처음 무동짓을 할 무렵까지만 해도 꼭두쇠의 동모 노릇을 하자니 남사당에서 도망치고 싶을 때가 한두 번이 아니었으나, 줄타기를 익힌 다음에는 예쁜 여자들이 귀찮을 정도로 줄줄이 따랐다. 그가 꼭두쇠의 동모 노릇을 그만두자 꼭두쇠 장 영감은 어디에선가 열네댓쯤 먹은 미소년을 데려와서 대신 무동짓을 시켰다. 물론 새로 들어온 미소년이 동모 노릇도 하였다. 여자라고는 한 명도 없는 남사당패에서, 꼭두쇠를 비롯한 여러 사내들은 동모를 마치 여편네처럼 돌봐주며 한껏 욕정을 풀었다. 열다섯 안팎의 삐리나 무동짓을 하는 소년들은 기실 남사당패 사내들의 욕정을 풀어 주는 노리갯감의 역할까지도 해야만 했다.

　그는 우선 동모 노릇을 하지 않기 위해서도 죽기 아니

면 살기로 줄타기를 배워 '귀신같다'는 말을 들었다. 그의 아슬아슬한 줄타기 재주도 그렇거니와 구수한 전라도 사투리로 욕지거리를 섞어 가며 내뱉는 재담에 관객들은 박수를 치고 돈을 던져 주는가 하면, 줄에다가 비단을 매달아 주기까지 하였다.

"전라도 강진, 해남 아랫녘에서부터 충청도 웃녘 보은, 충주꺼정 안 댕겨 본 데가 없소이다. 한창 이름을 날릴 적에 고창도 서너 차례 갔습지요."

퉁소장이 영감은 화려했던 지난날들을 떠올리느라, 버릇처럼 왼쪽 눈을 가볍게 감으며 잠시 생각에 잠겨 말이 없었다.

"퉁소는 언제 배운 게요?"

신재효가 뚜벅 물었다.

"나주에서 살판놀이를 하다가 앗차 허는 사이에 줄을 헛디뎌 낙상을 허고 말았쉐다. 죽는 줄만 알았습죠. 허리를 다쳐 팔 년 만에야 집으로 돌아왔넌디, 그 사이에 부모님은 돌아가시고 동생이 장가를 들어 조카를 낳고 농사를 짓고 삽디다요. 허구헌날 방장 지고 누워 있자니 환장허겠드구먼요. 남사당 풍물 소리가 귀에 쟁쟁하고, 줄을 타던 발바닥이 근질거려서 하루도 못 있겠습디다요."

그는 다친 허리가 어지간히 낫자 집을 나와 다시 남사

70

당패가 되었다. 허리 때문에 다시 줄타기는 할 수가 없어 대신 퉁소를 배워 남사당패의 풍물잡이가 되었다. 풍물잡이로 따라다니기 시작하면서부터는 풀칠하기도 힘겨웠다. 좋아하는 여인네도 없었고, 그나마 쫓겨나지 않기 위해서 꼭두쇠의 비위를 맞추느라 설설 기며 살아야만 했다. 이러구러 나이 오십이 되자 남사당패들로부터 늙다리로 따돌림을 받는 것이 눈꼴사나워 홀몸으로 뜨내기 생활을 하게 되었다.

"한때는 줄꾼 국기봉이라 하면 모르는 사람이 없었습죠."

퉁소장이 영감은 슬픈 목소리로 말하고 나서 신재효의 손에서 퉁소를 가져다 입에 물고 흐느끼는 듯한 산조 가락을 흘러 냈다.

세 사람은 잠시 후 술기운이 거나해져서 주막을 나와 흰바위산 골짜기를 향해 걷기 시작했다. 또삼이는 신재효가 잔을 채워 주는 대로 벌쭉벌쭉 받아 마셨는지라 사뭇 휘청거리기까지 하였다.

백양사에 당도한 신재효는 두렷두렷 산등성이의 단풍을 둘러보는 것 같더니, 절간 구경은 하지도 않고, 절간 들머리 소요대사(逍遙大師) 부도(浮屠) 앞에 질퍽하게 퍼지르고 앉아서는 서투른 솜씨로 퉁소를 불었다. 백양사 안에는 문정왕후(文定王后)의 시주로 지어진 극락보전(極樂寶殿)을 비롯하여 볼 만한 불적들이 많았으나, 신재효는 그런 것들에는 관심이 없는 듯하였다.

"절간 구경은 하지 않으시려우?"

퉁소장이 영감이 소요대사 부도에 새겨진 뱀, 용, 거북, 원숭이, 개구리, 게 등을 쓰다듬으며 물었다. 그러자 신재효는 한참 동안이나 퉁소장이 영감의 묻는 말에는 대꾸 한 마디 없이 퉁소만 불다가 "노인장은 이 절을 왜 백양사라고 하는지 그 유래를 알고 있소?" 하고 엉뚱한 질문을 하였다.

"그것을 어찌 알겠습니까요."

"나는 알고 있지요."

신재효는 퉁소를 만지작거리며 자랑스럽게 백양사에 얽힌 전설을 말했다.

"숙종 때 환양선사가 바위 밑에 있는 영천굴에서 제자들을 모아 놓고 설법을 했지요."

환양선사가 설법을 할 때는 나무와 바람까지도 숨을 죽였다. 제자들이 무아지경 속에서 설법을 듣고 있을 때, 흰 양 한 마리가 백학봉으로부터 내려와 선사 앞에 이르러 귀를 기울였다. 선사의 백련경 설법이 끝나자, 흰 양이 눈물을 흘리면서 "이 짐승도 원래는 신이었는데 하늘로부터 죄를 짓고 양이 되었는바, 옥황상제께서 백학봉 밑에 고명한 스님이 설법을 하고 있으니, 네가 그 스님의 설법을 듣고 감동을 받게 되면 다시 옛날과 같이 하늘로 돌아올 수 있게 해 주겠다고 약속했는데 선사의 설법에 크게 감동한 나머지 눈물까지 흘렸노라"면서 몇 번이고 고개를 조아리며 고마움을 나타낸 뒤 어디론가 사라져 버렸다. 이런 연유로 하여 이 절을 백양사라고 하였다.

"진각국사와 서산대사, 소요대사, 진묵대사, 연담선사, 양악선사, 경담율사 같은 큰스님들도 모두 백양사를 거쳐 가셨지요."

신재효의 긴 설명에 퉁소장이 노인은 더 할 말을 잃었다.

신재효는 다시 서투른 솜씨로 퉁소를 불기 시작했다. 그는 소요대사 부도 앞에 꼼짝 않고 앉아서 열심히 퉁소 소리만 내고 있었다. 퉁소장이 영감과 또삼이도 그 옆에 주저앉고 말았다.

절간에 하루의 마지막 석양이 스쳐가고 흰바위의 싸늘한 산 그림자가 골짜기에 깔려오기 시작해서야 천천히 일어선 신재효는 "오늘밤은 절간에서 묵읍시다" 하고 퉁소장이 영감에게 말했다. 그제야 퉁소장이 영감과 또삼이도 허리를 펴고 일어섰다. 신재효는 마침 절간으로 들어가는 늙은 중 앞으로 뛰어가 미리 준비하고 있던 엽전 몇 냥을 두 손으로 받쳐들며 "스님, 얼마 안 되는 이 돈을 시주로 바치고 싶습니다. 그리고 우리 세 사람이 절간에서 하룻밤 쉬어 가게 해 주십시오" 하고 허리를 굽히며 정중하게 말했다. 늙은 중은 신재효가 손바닥 위에 받쳐 들고 있던 엽전들을 받고 나서 따라오라고 하였다. 세 사람은 늙은 중을 따라 넓은 대중방으로 안내되어 들어갔으며 이내 저녁 공양까지도 얻어먹었다.

공양을 마치자 또삼이는 신재효의 비단옷을 훌훌 벗어 횃대에 걸고는 거의 알몸이 되다시피 하여, 쩔쩔 끓는 방바닥에 네 활개를 잘 편 채 드러눕자 이내 코를 골며 깊은 잠에 빠졌다. 신재효는 또삼이가 잠이 든 후에도 퉁소장이 영감 옆에 바짝 붙어 앉아서 퉁소를 배웠다.

"참으로 직심이십니다."

퉁소장이 영감이 신재효의 열성에 탄복하며 말했다.

"퉁소 소리를 낼 수 있을 때까지는 노인장을 놓아주지 않겠소. 그러니 내게 퉁소 부는 법을 잘 가르쳐 주십시오."

신재효는 떼를 쓰듯 하였다.

"황종, 태주, 협종, 중려, 임종, 남려, 무역의 일곱 가지 소리를 다 배우자면 내 무덤 속꺼정 따라와야 헐 터인데 그럴 수 있겠소?"

　그러면서 퉁소장이 영감은 다시 처음 퉁소를 잡는 것에서부터, 취구에 입술을 대고 입김으로 불어넣는 것하며, 손가락으로 다섯 개의 지공을 여닫으며 소리를 조절하는 법 등을 자상하게 가르쳐 주었다. 모든 지공을 닫고 맨 아래 구멍을 열어 소리를 내는 중려성과, 취구에 가까운 쪽으로부터 네 번째와 다섯 번째 구멍을 열어 내는 임종성, 다섯 번째와 네 번째 구멍은 완전히 열고 세 번째는 반쯤만 열어 내는 남려성, 다섯 번째 네 번째 세 번째 구멍을 모두 여는 무역성, 다섯 번째 네 번째 세 번째 두 번째 구멍을 한꺼번에 여는 황종성, 그리고 모든 지공을 다 열어내는 태주성에 대하여 하나하나 소리를 내가며 가르쳐 주었다.

　그러나 신재효는 어느 한 가지 소리도 완전하게 낼 수는 없었다. 그래도 포기하지 않았다.

　"삑삑거리는 귀뚜래미 우는 소리만 내자도 사흘은 걸리는디, 벌써 일곱 가지 소리 내는 법을 다 배웠으니 이만하면 충분합니다."

　퉁소장이 영감이 웃으면서 말했다.

　"아닙니다. 말로는 일곱 가지 소리에 대해서 알고 있기는 하나, 아직은 단 한 가지 소리도 제대로 낼 수 없으니 답답하기만 할 뿐이오.”

“입술로 소리를 내려고만 하면 조급해집니다.”

“마음만 같아서는 당장이라도 일곱 가지가 아니고 열두 가지 소리를 다 낼 수 있을 것만 같은데도 마음대로 되지 않는 건 무슨 까닭인지요.”

“세월이 소리를 내게 해 줄 것입니다요. 퉁소를 손에서 놓지만 않으신다면 꼭 좋은 소리를 얻을 수 있을 겁니다.”

퉁소장이 영감은 말을 하면서 꾸벅꾸벅 졸았다.

신재효는 퉁소장이 영감이 잠든 뒤에까지도 퉁소를 입에서 떼지 않았다. 마음 같아서는 오만가지 신묘한 소리를 다 낼 수 있을 것만 같은데도 입술 끝으로 취구에 바람을 튀튀 불어넣을 때마다 아름다운 소리 대신에 여치 울음처럼 삐삐거리기만 하였다.

다음날 아침이 되자 신재효는 해가 떠오르기 전에 서둘러 백양사에서 나왔다. 그날은 점잖게 의관을 갖춰 입었다. 신재효의 손에는 여전히 퉁소가 들려 있었다. 그러나 그는 전날처럼 퉁소를 입에 문 채 걷지는 않았다. 그날도 햇살은 부드럽게 빛났으며 바람은 숨을 죽여 잔잔했다. 먼 길을 걷기에는 아주 좋은 날씨였다.

세 사람은 백양사에서 약수정골로 되돌아 나왔다. 백양사에서 흰바위산의 능선을 타고 초산 영은사까지 가는 산길이 있으나, 길이 험하고 산적들이 우글거려 하는 수 없이 왔던 길로 되돌아 나와 입암산 새재를 넘기로 하였다.

"영은사에는 뭣하러 가십니까요. 절 구경도 단풍 구경도 안 허시면서요."

제 옷으로 바꿔 입어 한결 마음이 편한 듯 가벼운 발걸음으로 성큼성큼 앞서 걷던 또삼이가 기분 좋은 목소리로 물었다.

"우리 가모께서 부처님으로부터 나를 점지 받으신 곳이 바로 초산 월조봉이랍니다. 영은사에 가면 가모께서 백일치성을 드린 월조암이 있지요."

신재효가 뒤따라오고 있는 퉁소장이 영감을 돌아보며 큰소리로 말했다.

"단풍이라면 내장산이 제일입죠."

퉁소장이 영감은 잠시 걸음을 멈고, 그들이 넘어야 할 새재의 첩첩한 산길을 올려다보며 말했다.

신재효는 모암리 서원에서 동문수학하던 서생들로부터 도포를 뜯기우고 물구덩이에 처박혀 초주검이 되도록 몰매를 얻어맞고 내쫓김을 당하는 순간, 이상하게도 어머니가 백일치성을 드려 그를 점지받았다는 초산의 월조암에 가보고 싶은 생각이 들었었다.

신재효는 십일삭동이였다. 다른 사람보다 한 달 동안이나 더 어머니의 뱃속에 들어 있었다. 어머니가 초산 월조암에서 백일치성을 드린 후 태기가 있은 지 열한 달 만인 임신년 동짓달 스무엿샛날에 낳았다.

신재효를 낳았을 때 그의 아버지 신광흡의 나이 마흔둘이었고, 어머니 경주 김 씨는 스물일곱이었다. 그의 아버지는 일찍이 서울에서 고창 고을의 경주인 노릇을 할 때 전주 이 씨 집안의 규수를 맞아들였으나 혼인한 지 스물두 해가 지나도록 소생이 없었다. 신광흡은 아내가 세상을 뜨자, 자신의 나이보다 열다섯 살 아래인 경주 김 씨를 재취로 맞아 곧장 고창으로 내려왔다.

신광흡은 아들 재효가 태어나던 해에 집 뜰에 벽오동 두 그루를 심었다. 대부분 딸을 낳게 되면 벽오동을 심고, 딸이 자라서 시집을 갈 때 잘라 장롱을 만들어 주는 것이 상례였다. 그러나 신광흡이 벽오동을 심은 뜻은 달랐다.

"도연명이 집 앞에 버드나무 다섯 그루를 심어 놓고 오류 선생이라고 한 것을 신재효 너도 알고 있을 게다. 나는 네가 태어난 해에 벽오동 두 그루를 심어 놓고 봉황

78

이 날아들기를 기다렸느니라. 너는 곧 봉황같이 귀한 사람이 되어야 하느니라."

신재효가 열다섯 살이 되자, '壬申年 申在孝'라는 성명과 생년 간지(生年干支)를 쓰고 관부의 낙인이 찍힌 호패와 함께 동리(桐里)라는 호를 지어 주며 일러 준 말이었다.

# 소리 기생 금선이

　신재효와 퉁소장이 영감, 그리고 또삼이 등 세 사람이 새재를 넘어 초산 땅 입암리에 당도했을 때는 정오가 다 되었다. 마을 앞을 지나면서 요기를 할 만한 주막을 찾고 있는데 마을 안에서 북 장단에 맞춰 여인의 노랫소리가 들려 왔다. 얼핏 듣자니 그가 이틀 전 비단골의 외딴 집에서 흘러나온 앳된 여자 아이의 노랫소리와 비슷했다. 그러나 지금 들려 오는 노랫소리는 상청으로 달라붙이는 수리성이며, 소리를 하다가 기이한 가락으로 입안에서 돌리는 품하며, 통성으로 터뜨리다가 음정을 줄이는 서재침이 뛰어난, 제법 목이 트인 여자의 노래가 분명했다.

신재효는 잠시 걸음을 멈추어 선 채 노랫소리에 귀를 기울였다. 그는 어렸을 때부터 아버지가 집으로 소리꾼들을 자주 초대하여 소리판을 벌였었기에, 소리꾼들이 여러 가지로 목 쓰는 법을 어느 정도 알고 있었다.

"뉘 집에선가 소리판이 열린 모양입니다요."

퉁소장이 영감이 마을 안쪽을 굽어보며 말했다.

"소리판이라니요?"

"부잣집 환갑잔치에 광대를 불러온 겁죠."

"그렇다면 잔칫집으로 갑시다."

신재효는 앞장을 서서 마을 안길로 접어들었다.

"잔칫집에는 뭣 하러 가십니까요?"

또삼이가 투정을 부리듯 튕겨댄다.

"잔칫집에 가면 광대의 소리도 듣고 요기도 할 수 있지 않겠느냐."

"서방님두 참, 잔칫집에서 걸식을 하게요?"

"잔말 말고 냉큼 따라오거나 허그라!"

신재효는 뒤도 안 돌아보고 바쁜 걸음으로 당산나무 앞을 지나 큰 두껍다리를 건넜다. 마침 마을에서 나오는 젊은이가 있어 어느 댁에서 무슨 잔치가 있느냐고 물어 보았다.

"오 참봉 댁에서 참봉나리 환갑잔치가 있습죠. 초산에서 광대들꺼정 불러왔답니다요."

젊은이는 그러면서 잔칫집으로 가는 길을 친절하게 알려 주기까지 하였다.

솟을대문이 활짝 열린 마당에 마을 사람들이 꽉 차있었다. 안채 토마루 앞에 차일을 치고, 차일의 중앙 뒤쪽에 산수 병풍이 펼쳐졌고 병풍 앞에는 큰상을 받은 오 참봉 내외가 비단옷을 입고 앉아 있었다. 상다리가 휘어질듯한 회갑상 맞은편, 차일의 중앙에는 두루마기에 양태가 좁은 갓을 비뚜룸하게 쓴 중년 남자가 북 장단을 치고, 그 옆에는 녹의홍상으로 잘 차려 입은 스물 안팎의 잘생긴 여자 소리꾼이 오른손에 부채를 펴 들고 소리를 뽑고 있었다. 소리꾼과 고수 중간에는 앙증맞은 개다리소반이 놓여 있고, 소반 위에는 냉수와 소금 그릇이 보였다. 고수는 왼손으로 북통을 잡고 오른손에 북채를 쥐어장단을 맞추며 '얼씨고, 좋다'를 연발 흥을 돋우었다.

"소리보다는 고수 솜씨가 더 낫구먼요. 소리꾼이 꽃이라면 고수는 나비와 마찬가진듸, 저 여자 소리꾼은 흔한 산국이고 고수는 나비 중에 나비로구먼요."

옆에 서 있던 퉁소장이 영감이 신재효의 귀에 속삭이

듯 말했다. 그러나 신재효가 듣기에는 소리가 더 마음에 들었다. 여자 소리꾼의 뛰어난 미모에 마음이 끌린 때문인지도 몰랐다.

"고수라고 하면 소리꾼의 밀고, 달고, 맺고, 푸는 소리의 생사맥을 알아야만 북채를 잡을 수가 있습죠. 그럴라치면 고수는 소리꾼의 속마음을 손금 들여다보듯 환하게 알고 있어얍죠."

퉁소장이 영감이 다시 말했다.

"소리꾼의 속마음을 알다니요?"

"다 알아얍죠. 소리꾼한테 정인이 있는가 없는가…, 기쁜 마음인가 슬픈 마음인가 허는 것꺼정 말입니다."

"그런 것을 어찌 다 알 수가 있단 말이오?"

"광대가 되면 광대의 마음을 꿰뚫어 볼 수가 있습지요."

"광대가 되면?"

"그러고 말굽쇼."

소리꾼 여자는 <심청가> 한 대목을 뽑고 있었다. 그녀는 맛있게 담금질하면서, 엇모리가락으로 심 봉사가 개천에 빠져 봉은사 화주승의 도움을 받은 대목을 노래 한 후 아니리를 계속했다.

심 봉사가 퍼떡 정신을 차려, 거 뉘가 나를 살렸소이까. 예, 소승은 몽은사 화주승이온듸, 시주하러 나왔다가 몽은사로 돌아가는 길에 개천에 빠져서 허우적거리는 봉사님을 구하였소. 허허, 죽을 사람을 살려 주시니 이 은혜 참으로 백골난망이외다. 화주승 허는 말이, 심 봉사님께서 눈을 뜰 수가 있소마는…. 심봉사가 귀가 번쩍 뜨여 스님 스님, 어찌허이면 이 몸이 눈을 뜰 수 있겠습니까요. 눈을 뜰 수가 있고말고요. 공양미 삼백 석만 불전에 시주허이면 정녕코 눈을 뜰 수가 있소마는…. 참말이오? 참말이고말고요. 대자대비허신 부처님을 모시고 있는 소승이 어찌 거짓말을 하오리까. 여보시오 스님, 그러면 내가 공양미 삼백 석을 시주허리다. 화주승 심 봉사 말을 듣고 어이가 없어, 심 봉사님 가세로는 삼백 석은 고사허고 단 석 되도 마련키 어렵거늘 어찌 그런 말을 허시오. 내 기필코 삼백 석을 부처님 전에 바칠 것이니 약조를 헙시다. 여보시오 심 봉사님, 부처님 전에 거짓말 허시면 눈뜨는 일은 고사허고 앉은뱅이가 될 터니 그리 아시오. 심 봉사 화주승과 내월 보름날꺼정 공양미 삼백 석을 몽은사 부처님 전에 시주허기로 약조허고 집으로 돌아와 곰곰이 생각허이니 참으로 눈앞이 캄캄허구나.

아니리를 끝낸 소리꾼은 다시 부채를 허공에 휘저으

며 중모리로 넘겼다.

"허허, 저리 되면 심청이의 효성이 돋보이지를 않을 텐듸…."

소리를 듣고 있던 신재효가 안타까운 얼굴로 나지막이 말했다.

"심청이 효성이 뭐라굽쇼?"

퉁소장이 영감이 물었다.

"나 같으면 저 대목을 말이오…, 공양미 삼백 석을 시주키로 약조한 것 말이오. 기왕이면 심 봉사 자신이 아니고 심청이가 화주승헌테 말하는 것으로 하겠소. 그래야 심청이의 효성이 살아나지요."

소리꾼은 중모리가락으로 남경 뱃사람이 인당수 인제수를 드리고자 십오 세나 십육 세 먹은 처녀를 사려고 한다는 데까지 끝내고 잠시 쉬었다.

소리가 끝나자 잔칫집에 모인 사람들에게 음식 대접이 있었다. 신재효 일행도 참봉네 하인들의 안내를 받아 자리를 정하고 대접을 받았다.

"또삼이 너 냉큼 고수를 만나서 소리꾼이 언제 초산으로 떠날 것인지 알아보고 오너라."

음식상을 물린 신재효가 또삼이에게 넌지시 일렀다.

"그 사람들은 뭣 땜시…."

신재효 마음을 헤아리지 못한 또삼이가 뜨악한 표정을 지었다.

"냉큼 시키는 대로 하거라."

신재효는 소리꾼 일행과 초산까지 동행을 하고 싶었다. 그런 신재효의 의중을 십분 알아차린 퉁소장이 영감은 내심으로만 벙긋이 웃음을 삼킬 뿐이었다. 풍류를 가까이 하려는 그가 마음에 들었다.

잠시 후에 또삼이가 고수를 데리고 왔다.

"이리 앉으시지요. 내 북채를 잡아 보지는 않았으나 잠시 전에 소리를 들었는데 응고하는 솜씨가 대단하더이다."

신재효는 일단 고수를 추어올려 주고 나서 자리를 비켜 앉았다.

"과찬의 말씀이옵니다."

키가 작달막하고 몸피가 왜소해 보이는 고수는 신재효의 나이 비록 젊으나 입성이며 사람을 대하는 태도가 범상치 않아, 잠시 그 옆에 앉으며 인사치레에 대한 답례를 하였다. 그는 신재효를 회갑잔치의 내객으로 알고 흔연스럽게 대해 주었다.

"잠시 전 <심청가>를 부른 광대가 초산에서 왔다는디, 초산 어디에 사는 누구오이까?"

신재효가 점잖게 목소리를 깔고 물었다.

"예, 초산 기생 금선이옵니다."

"비단 금자에 선녀 선자라, 과시 비단같이 고운 선녀이더이다. 인물치레도 출중하고 소리 또한 수리 양성이 풍부하여 좌중을 사로잡을 만합니다. 허나, 금선이가 하많은 수국이라면 고수 어른은 나비 중에서도 으뜸인 신선나비고요."

옆에서 잠자코 듣고 있던 퉁소장이 영감은 신재효의 말솜씨에 적이 놀랐다. 고수 역시 양반 행색의 젊은이가 하찮은 광대한테 깍듯하게 예를 갖추어 말하는 태도에 감동하여 묻는 대로 머리까지 주억거리며 흔쾌히 대답을 해 주었다.

"나도 초산까지 가는데, 우리 동행을 합시다."

신재효의 말에 고수도 좋다고 하였다. 그는 고수를 통해서 금선이에 대한 일신상의 이야기들을 대충 알아냈다. 금선이는 스물한 살로 성씨는 윤 씨이고, 열여섯 살 때 초산 사는 양 진사가 머리를 얹었고, 집을 마련해 주어 기방을 차리게 하였으나, 양 진사는 이년 전에 세상을 떴다는 것까지도 말해 주었다.

"고수 어른, 오늘 밤에 내 금선이 집에서 소리판을 벌이고 싶소만, 어렵지 않겠지요?"

신재효는 갑자기 금선이라는 소리 기생의 소리가 더

듣고 싶어 고수한테 넌지시 물어 보았다.

"여부가 있겠습니까요. 내 금선이 한테 통기를 해두지요."

그렇게 하여 회갑 잔칫집에서 금선이를 우연히 알게 된 신재효는 초산까지 그녀와 동행하기 위해 입암리에서 함께 떠났다. 금선이라는 소리 기생은 가까이 볼수록 자태가 고왔다. 야리야리한 몸매에 얼굴은 갸름했고 두 눈이 시원스럽게 빛났다. 걷는 모습 또한 사뿐사뿐 나비 춤추듯 하였다. 말을 할 때는 고개를 숙인 채 희고 가지런한 치아를 살며시 드러내고 희미하게 웃음을 떠올리는 모습이 마치 아침 이슬을 머금은 난초처럼 청초한 미색을 뿜었다.

통소장이 영감과 고수는 저만큼 앞서가고, 신재효와 금선이는 그들과 십여 보 뒤에 나란히 걸었다.

"그래 이 먼 길에 와서 목이 쉬도록 소리를 하고 받은 행하는 얼마나 되느냐?"

신재효가 금선이에게 물었다. 행하(行下)라면 광대들이 잔칫집에 부름을 받고 가서 소리를 불러 준 것에 대한 보수를 말했다.

금선이는 한사코 말을 하지 않았다.

"행하를 바라고 하는 짓이 아니란 말이더냐?"

"그렇지는 않지요."

"그렇다면 말을 해보아라."

"정히 알고 싶소이까?"

"알아야 허고 말고. 나도 훗날 광대가 될지도 모를 일이고…."

"나리께서도 원!"

"부잣집 잔치라 듬뿍 받았겠지."

"모두 열 냥을 받았사오나, 다섯 냥은 박 선달님께 바쳐야 허니, 남은 것은 다섯 냥이지요. 닷 냥 중에서 고수 어른께 두 냥을 떼어주면 세 냥이…."

"박 선달이라는 사람한테 닷 냥을 바쳐야 한다니!"

"박 선달님이 초산 기생도가를 하고 있답니다요. 잔 칫집에 나가려면 박 선달님의 부름이 있어야 헌답니다. 오늘 입암리에 온 것도 박 선달님이 가라고 해서 온 거지요."

"기생도가라는 것은 처음 듣는 말이구나. 그런 것이 다 있다니…."

"나리께서 사시는 고창에도 있을 텐디요. 기생 있는 곳이면 어디나 기생도가가 있고, 기생들의 끄나풀을 한 손에 쥔 박 선달님 같은 사람이 있습지요."

"그래, 그 박 선달이라는 사람이 오라 하면 가고, 가라 하면 와야 하는 게냐?"

"잘 말씀하셨습니다요."

"박 선달이라는 사람이 참 부럽구나. 내가 박 선달이라면 금선이를 마음대로 할 수 있을 테니 말이다."

"그렇다고 마음대로는 하실 수는 없습니다."

"어째서?"

"박 선달님이 마음대로 할 수 있는 것은 우리를 잔칫집에 보내고 안 보내는 일뿐이랍니다."

"하기는 그렇구나."

"하기야 이름 있는 광대라면 박 선달님 같은 사람한테 매달리지 않아도 된답니다. 이름이 날리면 대갓집에서 아무개를 보내라고 지목을 해 오니께요."

그러면서 금선이는 자신도 이름을 날리는 소리꾼이 되고 싶은 것이 소망이라고 하였다.

금선이는 열두 살 때 초산 기생청에 동기로 들어갔다. 그곳에서 꼬박 사 년 동안 춤과 시조, 가야금, 예의범절 등을 배웠다. 시조는 평시조와, 사설시조, 엇시조를 배웠다. 풍류 선생이라고 부르는 사람한테서 가야금과 병창을 배웠으며, 소리 선생한테서는 <춘향가>와 <심청가> 한 대목씩을 각각 익혔다.

기생들의 예의범절을 가르치는 사람은 기생청 안에서 관록이 붙은 행수기생이었다. 행수기생은 동기들을 모아 놓고 회초리로 때려가며 엄하게 가르쳤다. 걸음 걷는 법,

앉는 법, 시선 두는 법, 절하는 법 등도 가르쳤다. 손님방에 들어갈 때에는 언제나 한쪽으로 살짝 비켜서서 방문을 조용히 열어야 하고, 문턱은 밟지 말아야 하며, 소리가 나지 않게 방안으로 들어서서는 나붓이 내려앉은 다음, 나비가 나래를 접듯이 반절을 하며 이름을 밝히게 되어 있다.

금선은 초산 기생청에 들어간 지 사 년 후에 머리를 얹었다. 기생이 머리를 얹는다는 것은 곧 혼례를 올리는 것과 같다. 그 시절의 돈푼이나 있는 양반집 한량들은 동기의 머리를 얹어 주는 것을 큰 자랑으로 삼았다. 머리를 얹어 주게 되면 금반지며 금비녀 등 값진 패물 외에도 살림을 장만해 주고, 더러는 집을 사주기도 했다. 그 때문에 아무리 양반이라 해도 돈이 없으면 동기의 머리를 얹어 줄 수가 없었다.

나이가 어리고 예쁜 동기가 욕심이 날 때는 화초머리를 얹어 준다. 화초머리를 얹어 주게 되면 너무 어려서 데리고 살지는 못하나, 동기가 자라면 함께 살 수도 있다.

"금선이에게 <심청가>와 <춘향가> 한 대목씩을 가르쳐 준 소리선생은 누구냐?"

신재효는 그녀에게 소리를 가르쳐 준 사람을 만나보고 싶었다.

"그냥 소리 선생이라고만 불렀으니께, 이름은 모르겠구만요."

"지금도 그 소리 선생이 초산에 있겠구나."

"삼 년 전에 죽었구만요. 그 소리 선생이 죽었을 때, 그 밑에서 소리를 배운 초산의 기생들이 모두 소복을 입고 상여를 맸지요. 피붙이가 없이 기생청마다 떠돌아댕기면서 소리를 가르쳤다고 허드만요."

그러면서 금선이는 떠돌이 소리 선생의 죽음을 아쉬워했다. 그가 죽지만 않았더라면 그에게서 소리를 더 배울 수가 있었을 텐데, 이제 초산 안에서는 그녀를 가르쳐 줄 만한 소리 선생이 없음이 안타깝다고 했다. 금선이가 죽은 소리 선생한테서 배운 것은 바탕소리 외에 겨우 <춘향가> 중에서 춘향이와 이별하는 대목과, <심청가> 중에서 심청이가 공양미 삼백 석 때문에 남경 선인들에게 팔려가는 대목뿐이었다. 그녀는 <심청가>도 <춘향가>도 어느 것 하나 똑떨어지게 처음부터 끝까지 완창을 할 수 없는 것이 안타까울 뿐이었다.

"죽은 소리 선생은 <춘향가> <심청가> 외에도 여러 가지 소리판을 알고 계셨지요."

"여러 가지라면 어떤 것들 말이냐?"

"토생원 용궁 갔다 온 이야기, 흥보와 놀보 이야기도

알고 있었구만요."

"대단한 소리 선생이었던 것 같구나."

"그분 살았을 때 한 가지라도 똑 떨어지게 배워 둘 것을, 그러지 못했으니 후회뿐이랍니다."

"그렇게도 소리가 배우고 싶으냐?"

"토막 소리만 한다는 것이 부끄럽고 답답합니다."

"찾아보면 너에게 소리를 가르칠 만한 선생이 있을 것이다. 참 있구나. 완산에 가면 권삼득이라는 양반 광대가 있다더라."

"저도 그 양반 이야기는 죽은 소리 선생한테서 여러 번 들어서 알지요. 허나, 아무리 광대라고는 해도 양반 가문의 지체 높으신 분이 어찌 이런 천기한테 소리를 가르쳐 주시겠습니까."

"아니다, 권삼득이라는 분은 그렇지가 않다더라. 누구나 소리를 배우기를 원해 찾아오는 사람한테는 차별하지 않고 가르쳐준다고 하더라. 내가 너를 그 양반한테 데려다 주마."

"진정이십니까요?"

금선은 고개를 들고 펄쩍 뛰며 좋아했다.

"내가 네 눈에는 빈말이나 하고 다니는 그런 사람으로 뵈이느냐?"

"아닙니다요. 그렇지가 않사옵니다."

"그렇다면 나를 믿거라."

"진정 믿어도 되오리까?"

금선이는 신재효가 아직까지 한 번도 듣지 못한 김성옥(金成玉), 송흥록(宋興祿), 염계달(廉季達), 모흥갑(牟興甲) 같은 명창들의 이름도 알고 있었다.

"김성옥 선생은 가까운 여산에 살고 계신다는 말을 들었구만요."

그러면서 죽은 그녀의 소리 선생한테서 들었다는 소리꾼 김성옥에 대한 이야기를 해 주었다. 김성옥은 그녀의 죽은 소리 선생과는 가까운 사이라고 했다.

강경 일끝리 태생인 김성옥은 무릎이 붓고 아프며 정강이가 마르는 학슬풍으로 다리를 쓰지 못하고 수년 동안 병석에 누워 있으면서 판소리 장단 중에서 가장 느린 진양조가락을 만들어 냈다. 이 진양조는 대개의 경우 애원성과 같은 비조(悲調)를 띠는 것으로 전라도의 육자배기 가락과 비슷하다. 김성옥이 진양조를 만들어 냄으로 하여 소리판의 장단은 중모리, 중중모리, 자진모리 외에 새로운 가락이 하나 더 불어나게 된 것이다.

송흥록이 문병을 가서 늦은 중모리로 "요즘 병세가 어떠하시오" 하고 물은즉, 누워 있던 김성옥이 "고독의 비애가 아주 크네" 하고 진양조가락으로 대답하였다. 진양조를 처음 들은 송흥록은 크게 감탄하였고 그 이후부터 진양조장단을 오랫동안 연마하여 완성을 보게 되었다고 했다.

송흥록은 전북 운봉 비전리 출생이다. 그의 장기는 <적벽가>, <수궁가>, <변강쇠 타령>, <옥중가>이고, 특히 애사비조의 비곡(悲曲)에 뛰어났으며 귀곡성(鬼哭聲)에 이르러서는 경지에 이르렀다. 어느 날 밤, 진주 촉석루에서 수천의 청중들을 모아 놓고 소리를 하였는데, 그의 슬픈 곡을 들은 사람들이 모두 눈물을 흘렸다. <옥중가>에서 귀곡성을 내는 대목에서는 갑자기 벼락이 일고 여러 개의 촛불이 한꺼번에 꺼지면서 하늘로부터 귀신 우는 소리가 들려왔다고 하였다.

"그 송흥록이라는 광대도 완산의 권삼득 양반만큼이나 나이가 많으시겠구나."

금선이의 이야기를 듣고 나서 신재효가 뚜벅 물었다.

"아니옵니다. 송흥록, 김성옥, 그리고 죽은 우리 소리 선생이 모두 동갑이니께, 올해 서른네 살이로구만요."

"그 나이에 멀쩡한 사람의 눈에서 눈물을 뺄 만큼 명창이 되었단 말이냐."

신재효는 놀라서 잠시 입을 벌리고 하늘을 쳐다보았다.

"대구 맹열이라고 하는 기생과 정인 관계였다 하더이다."

금선이는 다시 죽은 소리 선생한테 들은 이야기라면서 송흥록과 맹열이라는 대구 관기와의 사이를, 소리판에서 아니리를 넘기듯 구성지게 이야기했다.

송흥록이 깊은 산에 들어가 십 년 독공을 마치고 나오자 그의 이름이 세상에 자자하였다. 어느 날 대구 감영에 불려가서 소리를 하였는데, 좌중이 모두 과연 명창이라면서 칭찬을 하였으나, 기생 맹열만이 아무 말도 하지 않았다. 송흥록이 그녀에게 "왜 말이 없느냐"고 묻자, "천기가 듣기로는 아직 멀었습니다. 입에서 피를 세 동이쯤 쏟아야 진짜 명창 말을 들을 수가 있을 것 같습니다" 하고 말했다. 송흥록은 그 길로 고향인 비전리로 돌아가 폭포 밑에서 다시 독공을 쌓기 시작했다. 그는 석 달 후에 피를 쏟았다. 엄청난 피를 쏟고 나자 목이 터졌으며 소리가 폭포에서 십 리 밖까지 찌렁찌렁 울렸다.

득음을 한 송흥록은 다시 대구로 가서 소리를 하였는데, 이때 기생 맹열은 송흥록의 소리에 넋을 잃고 말았다. 그 후 맹열은 운봉까지 송흥록을 찾아가서 자기를 버리지 말고 거두어 달라고 애원하였다. 맹열은 송흥록의 첩이 되어 살다가, 얼마 후에 진주 병사 이경하에게로 가버리고 말았다. 송흥록이 진주까지 맹열을 찾아가자, 이 병사가 그를 불러들여 "<수궁가> 중에서 토끼 배 가르는 대목을 불러 보거라. 네가 한 번 웃기고 한 번 울리면 삼백냥을 내릴 것이로되 그렇지 못하면 너의 목숨을 빼앗고 말겠다"고 하였다. 송흥록이 별의별 몸짓과 아니리, 발림으로 재주를 다 부려 보았으나 이 병사는 끝내 웃지 않았다. 답답한 송흥록은 이 병사 앞으로 기어들며 "아이고 아이고, 어찌하여 웃지 않으시오. 정녕 이 몸을 죽이려고 작정을 하시었소?" 하고 말하자, 이 병사가 빙긋이 웃었다. 다시 토끼 배 가르는 대목을 애원성으로 슬프게 뽑아대니 모두 눈물을 흘렸다. 송흥록은 이 병사한테서 맹열을 되찾았으나 끝내 맹열은 그의 곁을 떠나고 말았다.

"송흥록 선생이 맹열을 보내면서 그 자리에서 부른 진양조의 <단장곡>이 유명하지요."

금선이가 신재효를 올려다보며 말했다.

"그래 그 <단장곡>을 알고 있느냐?"

"소리 기생치고 송흥록 선생의 <단장곡>을 모른다고 할 수는 없지요."

"어디 한번 불러 보거라."

"장단도 없이 이렇게 길을 걸으면서요?"

"장단이 무슨 소용이냐."

"아니 하겠나이다."

"그러지 말고 어서 하래도!"

"싫소이다."

"내 귀에만 들리게 아주 낮은 소리로 하거라."

신재효는 송흥록이 사랑하는 정인을 보내면서 즉흥적으로 불렀다는 <단장곡>이 듣고 싶었다. 그는 금선에게 떼를 쓰듯 하였다.

"하오면 낮은 소리로 하지요."

맹열아 잘 가려무나
맹열아 맹열아 맹열아 맹열아
맹열아 맹열아 잘 가려무나
너 가려거든 정마저 가져가지
몸은 가고 정은 남으니
쓸쓸히 빈 방안에
외로이 애태우니 병이 안 될쏘냐.

금선은 느린 진양조가락으로 노래를 불렀다. 맹열의 이름을 거듭 불러대는 소리에 애간장이 타는 듯하였다.

"송흥록 그 사람 참으로 멋을 아는구나."

노래를 듣고 난 신재효가 감탄한 어조로 말했다.

"풍류와 멋으로 말하자면 광대들을 따를 수가 없지요."

"네 말이 옳은 것 같구나."

금선이는 송흥록과 동년배로 나무꾼 출신의 염계달과, 덜미 소리를 지르면 십 리 밖까지 들린다는 모흥갑에 대한 이야기도 해 주었다.

"내가 그 사람들을 다 만나게 해 주마, 권삼득 양반을 위시하여 송흥록, 염계달, 모흥갑 같은 소리꾼들을 다 만나게 해 주겠다."

신재효는 자신 있게 말했다. 기실 그들을 한번 만나보고 싶은 마음은 신재효 자신이 더 간절했다.

"언제나 그분들을 만나게 해 주시겠습니까?"

"나와 인연을 맺고 있으면 머지않으리."

"나리는 귀한 댁 선비님 같은데, 어찌하여 소리꾼들을 만나고 싶어하시는지요?"

"글쎄, 나도 모를 일이로구나, 아마 나도 그 사람들한테서 풍류가 무엇인가를 알고 싶은 것인지도 모를 일이로구나."

신재효는 금선이와 동행하는 동안에 소리 광대들에 대한 많은 이야기를 들었다. 여러 가지 소리 대목과 소리에 얽힌 이야기도 알게 되어, 머릿속에 소리로 가득찬 것만 같았다. 다만 금선이의 말마따나 토막소리만을 듣게 된 것이 안타까웠다. 심청전 춘향전 흥부전 등 저마다 광대들에 의해서 불려지고 있는 소리의 여러 바탕의 사설에 대해서도 알고 싶었다.

그들은 해가 설핏해서야 초산에 당도하였다. 신재효는 약속한 대로 미적거리지 않고 금선이 집으로 따라 들어갔다. 그는 지금껏 기생집은 한 번도 출입해 보지 않았다. 고창에도 기생집이 있지만 아버지 체면 때문에 감히 기웃거릴 수가 없었다.

신재효는 퉁소장이 영감과 또삼이는 금선이네 행랑채에 들게 하고 자신은 금선이를 따라 촛불이 켜진 안방에 들었다.

금선이의 방은 화려하게 꾸며져 있었다. 화조 일지병풍이 펼쳐진 아랫목에는 두툼한 진홍색 보료가 깔려 있고, 윗목에는 장롱이며, 경대, 화초장이 가지런히 놓여 있었다. 한쪽 구석에 가야금이며 북, 장고도 보였다.

"시장하실 테니 저녁부터 지어 올릴까요?"

옆방으로 들어가 소복으로 갈아입고 신재효 앞에 모습을 나타낸 금선이가 나붓이 내려앉아 반절로 인사를 사뢰고 나서 물었다. 신재효는 금선이의 소복한 모습을 짯짯이 뜯어보고만 있었다. 소복 차림의 그녀 자태가 흰 제비꽃처럼 고왔다. 불빛에 비춰 보이는 모습이 청초했다.

"어인 소복이냐?"

신재효가 싫지 않게 물었다.

"천기의 머리를 얹어 주신 어른의 삼년상이 지나려면 아직 일 년이 더 남았답니다."

"그것은 마치 오늘 밤 금선이한테 범접을 말라는 경계의 말로 들리는구나."

"비록 천한 기생이오나 도리는 지켜야 하지 않겠사옵니까."

"그러고 보니 네가 바로 춘향이로구나. 허나 너의 늙은 낭군 양 진사는 돌아올 수 없는 불귀의 객이 되었으니 이를 어쩔거나."

신재효는 큰소리로 웃었다. 그는 금선에게 먼저 행랑채에 든 퉁소영감과 또삼이 방에 저녁상을 들여 넣어 주고, 고수를 시켜 기생도가를 맡고 있다는 박 선달을 모셔 오라고 당부했다.

"박 선달이라는 사람에게 내가 오늘 밤 술을 대접하고 싶다고 하거라."

"박 선달은 왜 부르시옵니까?"

"나도 기생도가를 경영할까 해서 그런다."

"별 말씀을!"

"농이 아니다. 어서 모셔 오너라."

신재효가 박 선달이라는 사람을 불러오게 한 것은 특별한 일이 있어서가 아니다. 처음 출입해 보는 기방에서 혼자 술을 마시기가 어쩐지 멋쩍게 생각되었기 때문이었다. 금선이와 단둘이 대작할 수도 없었고, 그렇다고 기생집에서 퉁소장이 영감이나 또삼이와 자리를 같이하기도 어딘가 체모가 설 것 같지가 않아서였다.

그날 밤 초산 기생도가 박 선달이라는 사람과 마주앉은 신재효는 크게 실망하고 말았다. 그는 체구가 우람한 데다가 성질도 왁살스러워 풍류와는 거리가 멀었다. 기생도가보다는 차라리 술도가를 하면 제격일 것 같았다. 게다가 그는 신재효가 묻는 말에도 못들은 척 거푸 술만 마셔 댔고, 금선이가 무슨 말이고 할라치면 왕방울 눈을 무섭게 치뜨고 쏘아보는 바람에, 방안 분위기까지 무겁게 가라앉았다. 그의 앞에서 금선이는 눈치를 보느라 입도 제대로 뻥긋하지 못했다.

"오늘 아주 잘 마셨수다. 기생들이 필요하다면 언제든지 말만 하시지요."

박 선달은 술이 취하자 집에 볼일이 있다면서 먼저 나가 버렸다.

"저 사람은 기생도가는 격에 맞지 않고, 차라리 소장수나 술도가를 해야 어울리겠다. 저런 성질로 어찌 나긋나긋한 기생들을 다룬단 말이냐. 에잇 참!"

신재효는 박 선달이 돌아간 뒤 뒷맛이 개운하지가 않아 찜찜한 기분을 삭이느라 연신 헛기침만 하였다.

"그러기에 뭣 땜에 박 선달님을 부르셨나이까?"

금선이도 박 선달 때문에 무겁게 짓눌렀던 마음을 푸느라 후유 한숨까지 몰아쉬었다.

"차라리, 행랑채에 든 퉁소장이 영감님을 오시라고 해라. 애시당초 그 영감과 대작을 할 것을 그랬구나."

신재효는 금선이를 시켜 퉁소장이 영감을 불러들였다. 퉁소장이 영감이 한사코 마다하는 것을 금선이를 두 번씩이나 행랑으로 보내 그를 불러들였다. 퉁소장이 영감은 자신의 초라한 몰골로 기생방에 들기가 자괴스러운지 방문 밖에서 한참 동안이나 지싯거리며 들어 올 생각을 하지 않고 서 있기만 하였다.

"노인장, 죄송합니다. 진작에 노인장을 모셔 왔어야 했는데 말입니다."

신재효는 퉁소장이 영감을 재촉하여 금선이의 방에 들어오게 하여 술부터 권했다.

"한잔 드시고 퉁소나 불어 주시오."

신재효가 권한 술잔을 단숨에 주욱 비운 퉁소장이 영감은 허리춤에서 퉁소를 꺼내 간장을 끊는 듯 처절애원한 퉁소 소리를 뽑아 올렸다. 퉁소 소리는 흐느끼듯 자지러지다가 고저를 타며 울었다. 끊길 듯하다가 이어지고, 이어지는 듯하다가 다시 끊기면서 취한 마음을 후벼 파기도 하고 메어치기도 하였다.

금선이와 고수도 퉁소장이 영감의 퉁소 솜씨에 감탄을 금치 못하였다. 퉁소장이 영감이 입에서 퉁소를 떼며 깊은 숨을 몰아쉬자 금선이가 한 곡을 더 들려 달라고 술까지 권하며 정중하게 청을 넣었다.

퉁소장이 영감이 금선이의 청을 받아 한 곡조 더 불자, 이번에는 금선이가 답창을 하겠다면서, 신재효가 처음 듣게 된 가루지기타령 한 토막을 뽑았다.

헌데 신재효가 듣기에 사설의 내용이 어찌나 음란한지 술기운이 올라 불쾌해진 얼굴이 꾸릿꾸릿할 정도였다. 그런데도 금선이는 얼굴 한번 붉히지 않고 중모리로 뽑아 올려 좌중을 웃겼다.

이상히도 생겼다. 맹랑히도 생겼다. 늙은 중의 입일는지 턱은 있고 이는 없다. 소나기를 맞았는지 언덕지게 패였구나. 콩밭 팥밭 지냈는지 돔부꽃이 비치었다. 도끼날을 맞았는지 금바르게 터져 있다. 생수처 논바닥인가 물이 질퍼덕 고였구나. 무슨 일을 하려 관듸 질음질음 허고 있노. 천리 행동 내려오다가 주먹 바위가 신통도 허구나. 만경창파 조 개인지 혀를 낼름 내밀었으며, 임실 곶감을 처묵었는지 곶 감씨가 물려 있고, 만첩산중 울음인지 저절로 벌어졌다. 연 계탕을 처묵었는지 닭벼슬을 달았구나. 파명당을 허였는지 더운 김이 모락모락, 무엇이 그리 즐거운지 반은 웃어 두었 구나. 곶감 있고 울음 있고 조개 있고 연계 있으니 제사상 걱정 없네.

금선은 소리를 마치고 그제야 부끄러움을 느끼는지 두 손바닥으로 얼굴을 가렸다.

"아니 왜 그치느냐. 어서 계속 하거라."

정신없이 웃고 있던 신재효가 다그치듯 재촉을 하 였다.

"더는 모르옵니다."

"사설이 그것뿐이란 말이냐?"

"그렇지는 않으나 알고 있는 것은 그 한 대목뿐입 니다."

"허허, 애석해라. 그 좋은 소리를 왜 그 한 대목만 알 고 있을까."

금선이는 여전히 손바닥으로 얼굴을 가린 채 서도에서 태어난 천한 계집 옹녀와 남도 출신 잡놈 변강쇠가 벌이는 음란한 행각을 내용으로 한 가루지기타령에 대한 이야기를 해 주었다.

"허허, 그런 재미있는 소리판도 다 있다니!"

신재효는 시종 놀라움을 감추지 못했다.

"죽은 소리 선생한테서 배웠느냐?"

"아니옵니다. 기생청에서 은밀히 배웠습니다요."

"그 가루지기타령인가 하는 것을 다 알고 있는 사람이 누구란 말이냐?"

"초산에는 없을 것이옵니다. 헌데 왜 그리 가루지기타령에 마음을 쓰십니까요."

"사설이 재미있지 않느냐. 그보다 더 재미있는 사설이 또 어디에 있단 말이냐."

"손님들 앞에서는 오늘 밤 처음으로 흉내를 내봤습니다요. 허물을 용서하시어요."

"허물이라니, 당치 않은 소리! 아주 좋은 소리가 아니더냐. 내 기필코 그 가루지기타령인가 하는 사설을 첨부터 끝까지 알고 말리라!"

그날 밤 신재효는 밤이 늦도록 취하게 술을 마셨다. 삼경이 지나자 통소장이 영감과 고수가 물러가고 방에는 신재효와 금선만이 남게 되었다.

몸을 가눌 수조차 없을 만큼 대취한 신재효는 그날 밤 금선이의 안방에서 잠이 들고 말았다.

아침 느직하게 일어난 그는 금선이에게 술값과 해웃돈을 두둑하게 주고 서둘러 금선이 집을 나섰다. 그때까지도 그는 작취미성으로 머릿속이 혼몽해 있었다.

신재효 일행이 금선이 집을 나서 내장산 길목으로 접어들려는데, 나들이옷으로 갈아입은 금선이가 헐근거리며 뒤따라왔다. 그녀는 작은 옷 보퉁이까지 들고 있었다.

"고수도 안 데리고 어디를 가느냐?"

신재효가 가을날 아침 햇살을 담뿍 받고 있는 금선이를 보며 물었다.

"나리를 따라가려고요."

금선이가 희미하게 웃음을 떠올리며 대답했다.

"나는 지금 내장산 영은사로 가는 길이라는 것을 몰랐더냐?"

"알고 있지요."

"그렇다면 금선이도 영은사에 갈 일이라도 생겼다는 게냐?"

"영은사뿐입니까요. 권삼득, 송흥록, 염계달, 모흥갑 같은 선생님들을 만날 때까지 나리를 따라다닐 생각입니다요. 간밤에 약조를 하시지 않았던가요."

　신재효는 놀랍기도 하고 난감해지기도 하였다. 간밤에 그런 말을 입 밖에 뱉기는 했으나, 당장에 그런 소리꾼들을 만나게 해 주겠다는 요량은 아니었다. 차차 기회를 봐서 그 사람들을 만나게 해 주겠다는 것이었는데, 이렇듯 옷 보퉁이까지 들고 따라 나서고 있으니 참으로 어리둥절할 수밖에 없었다.

　"그것은….'

　"설마 내치시지는 않으시겠지요."

　"당장에는 그 사람들을 만날 수 없는 일이다. 그 사람들과 교분이 있는 처지도 아니고."

　"무에 그리 어려운 것이 있겠습니까요. 시방이라도 완산에 가면 권 선생님을 만나 뵈올 수 있을 것이고, 남원에 가면 송 선생님을…."

　금선이의 말하는 태도가 당돌하기까지 하였다. 그렇다고 마음 약한 신재효의 성품으로 당장 그녀를 매정하게 돌려보낼 수도 없었다. 신재효는 이러지도 저러지도 못하고 한동안 그 자리에 서서 먼 산만 바라보고 있을 뿐이었다.

　"노구는 여기에서 헤어질까 합니다."

　신재효가 결정을 내리지 못하고 난감한 얼굴로 서 있

기만 하는데 퉁소장이 영감이 퉁소를 두 손으로 마주잡고 말했다.

"헤어지다니요…"

"여기서 그만 고향으로 돌아갈까 합니다."

"아니, 왜 그러십니까? 아직은 나한테 퉁소를 다 가르쳐 주시지 않았지 않습니까?"

"북풍이 더 드세어지기 전에 고향에 돌아가서 땅속에 묻힐 준비를 해얍죠."

퉁소장이 영감은 갑자기 슬픈 얼굴이 되었다.

"고향이 어디신데요?"

"담양이라고 했습죠."

"그렇다면 영은사에 들렀다가 같이 가시지요."

신재효는 어쩐지 퉁소장이 영감과 헤어지기가 싫었다. 이상하게도 그와 함께 있는 동안에는 세상의 온갖 부귀영화가 부질없는 뜬구름 같이만 생각되었다. 그러기에 마음이 편했다. 세상살이를 서두르고 싶지도 않았다. 양반이 아니라는 신분의 한스러움도 사라져 버렸다. 그의 퉁소 소리를 듣고 있으면 자신의 삶이 한갓 퉁소 소리처럼 바람을 타고 정처 없이, 그러면서도 아주 태평하게 하늘 끝으로 흘러가는 듯한 기분이었다.

"이 퉁소를 받으십시오. 그동안 폐가 많았소이다."

109

퉁소장이 영감이 퉁소를 내밀었다.

"이 귀한 퉁소를 왜 주시려고 하십니까?"

"정표입죠. 이 퉁소를 간직하고 계시면 필시 십이 명률을 터득하게 될 것이옵니다."

퉁소장이 영감은 퉁소를 신재효의 손에 쥐어 주고 총총히 발길을 돌렸다. 신재효가 또삼이를 시켜 노자를 주게 하였지만 퉁소장이 영감은 한사코 거절했다.

신재효는 퉁소장이 영감의 뒷모습이 완전히 시야에서 사라질 때까지 그대로 서 있었다. 멀리 퉁소장이 영감의 초라한 모습이 사라져 버린 산모퉁이로부터 한 줄기 서러운 상여 소리 같은 퉁소 소리가 바람을 타고 흘러오는 것만 같았다.

"좌우지간에 집을 나섰으니, 가는 데까지 가보자."

신재효가 금선이를 보며 말했다. 금선이의 얼굴이 활짝 밝아졌다. 그들은 내장산을 향해 천천히 걷기 시작했다. 한동안 말없이 걷다가 신재효는 문득 손에 들고 있던 퉁소를 입에 대고 입바람을 불기 시작했다. 지공을 여닫으니 청아한 소리가 흘러 나왔다.

# 꽃은 꽃이요 사람은 사람

남원의 지리산, 영암 월출, 장흥 천관산, 부안의 능가
산과 함께 호남 5대 명산 하나인 정읍 내장산 초입에 들
어서자 골짜기 안에서 초겨울의 칼바람이 매섭게 불어왔
다. 주황빛으로 타오르는 단풍 빛깔이 퇴색하면서 어느덧
시나브로 잎이 떨어지기 시작하였다. 내장산 초입에 들어
서자 월영봉, 서래봉, 불출봉, 망해봉, 연지봉, 까치봉, 신
선봉, 연자봉, 장군봉 등 아홉 개의 봉우리들이 까치봉을
중심으로 말발굽처럼 좌우로 솟아오른 것이 한눈에 들어

왔다. 영은사 가까이 이를수록 아홉 개 연봉들이 추경 9폭 병풍을 둘러쳐 놓은 듯 눈길을 끌었다.

"아, 과시 내장산의 단풍은 조선 팔경의 하나로구나. 추색이 시들었으나 아직 단풍의 고운 자태가 기암 절경 속에 그대로 남아 있는 것을 보니 탄성이 절로 나오는구만."

신재효는 산색의 아름다움과 기암 고봉의 소려한 장관을 둘러보며 감탄의 소리를 연발하였다.

"절경을 옆에 두고 내 어찌 이제야 찾아오게 되었는지 모르겠구나."

신재효는 거듭 감탄해 마지않으면서 영은사를 찾아 골짜기 안으로 깊숙하게 들어갔다. 사람의 그림자 하나 보이지 않는 골짜기 안은 적막하기 이를 데 없었다.

"얼마를 더 가야 영은사가 있느냐?"

신재효가 촐랑거리며 앞서 걷고 있는 금선이를 향해 물었다.

"영은사라면 한참을 더 올라가야 하옵네다. 헌데 영은사까지는 뭣허러 올라가시려고 그러십니까요. 단풍 구경 허셨으면 그만 돌아가시지요."

"여기까지 와서 영은사를 찾아보지 않고 그냥 돌아가다니…."

"아직 산길이 멀어서 그럽지요. 한참을 올라가야 하는데….."

"밤을 새워서라도 영은사에 꼭 가봐야 할 일이 있다. 그러니 잔소리 말고 냉큼 앞장서서 길이나 안내하거라."

그러면서 신재효는 걸음을 재촉하였다. 일행은 한참 동안 굴거리나무며 단풍나무, 상수리나무 등이 빼곡하게 들어찬 골짜기를 따라 걷다가 영은사로 올라가는 오른쪽 등성이길로 휘어들어 약수터에 당도하였다. 금선이가 먼저 약수터에 이르러 두 손바닥으로 샘물을 움켜 마셨다.

"이 약수를 마시면 장사가 된답니다요."

금선이가 샘물을 움켜 마시고 나서 말했다.

"장사가 된다고 그랬느냐?"

"작년 가을에 단풍 구경 왔을 때 영은사 스님한테 들었구만요. 옛날 희묵대사라는 스님께서 이 약수를 마시고 장사만큼 힘이 세졌다고 하셨지요. 왜적과 싸운 승군들도 이 약수를 마신 후에 적을 맞았다고 허드만요. 그래서 이 약수를 장군수라고 한답니다."

"그렇다면 나도 어디 장군수를 좀 마셔 볼거나."

신재효는 그렇게 말하고 나서 샘물 앞에 쪼그리고 앉아 두 손바닥으로 샘물을 움켜 마셨다. 차가운 날씨였으나 샘물은 오히려 미지근하게 느껴졌다.

"나리께서도 장사가 되고 싶으신가요?"

신재효가 약수를 손바닥으로 움켜 마시고 일어서자 금선이가 살포시 웃는 얼굴로 그를 마주보며 물었다.

"장사가 되고 싶냐고? 차라리 난봉꾼이 되고 싶구나."

신재효는 그렇게 말하며 은근한 눈빛으로 금선이를 저울질하듯 야리야리한 그녀의 허리를 쓸어 보았다.

"나리께서는 죽었다 깨어나도 난봉꾼은 못 되십니다요."

"뭐라고? 그건 어찌해서…?"

"쇤네가 척 보면 압니다요. 나리께서는 풍류객은 되실지언정 난봉꾼은 못 되십니다. 난봉꾼 되기가 어디 그렇게 쉬운 일입니까요? 헌데 나리께서는…."

"내가 어째서…?"

"난봉꾼은 인물치레만으로는 아니 되옵니다. 인물치레만으로는 광대놀음꾼이나 되겠습지요. 난봉꾼이 되랴면 인물치레보담은 여자만 보면 체면 내던지고 달라붙는 체면치레에다가 염치 불고하고 졸라대는 염치치레에, 동지섣달 석간수 모양으로 차갑게 얼어붙은 여자 마음을 말로다가 살살 녹이는 입담치레, 한번 물었다면 음기를 쪽 빼는 양기치레에다가, 변강쇠 모양으로 단번에 입이 떡 벌어지게 허는 양물치레…. 허나 내가 보기에 나리께서는…."

그러면서 금선이는 한사코 손바닥으로 자신의 얼굴을 가리고 호호거리며 느물스럽게 굴었다. 그런 금선이를 보고 신재효는 마음속으로 저 기생이 생긴 모양새보다는 훨씬 음충맞은 계집이로구나 하고 생각하였다.

"그렇다면 내가 네 말대로 난봉꾼 자격이 있는지 없는지 한번 너하고 시험을 해보자꾸나."

신재효는 금선에게 농말을 던지며 산길을 재촉하였다.

영은사는 약수터에서도 톱날처럼 봉우리들이 삐죽삐죽 솟아 있는 서래봉을 마주보며 가파른 산길을 한참 동안이나 올라가야만 있었다. 영은사는 백제 무왕 37년에 영은조사(靈隱祖師)가 내장산의 서래봉 아래에 50여 채가 넘는 절간을 세운 대가람이었다. 그 후 고려 숙종 때 행안선사(幸安禪師)가 중건하였으며, 명종 때 희묵대사(希黙大師)가 3창을 하기에 이르렀으나 정유재란 때 불타 버렸다. 그 후 인조 때 부용대사(芙容大師)가 다시 중건하였고, 정조 때 영운대사(映雲大師)가 5창하여 오늘에 이르고 있었다.

신재효는 자신이 태어난 것은 영은사에 모신 부처님의 은혜로 믿고 있었기에 비록 이곳에 찾아오지는 못했어도 영은사에 대한 역사는 대강이나마 알고 있는 터였다.

— 꽃은 꽃이요 사람은 사람

영은사는 깎아지른 듯 한 바위가 병풍처럼 드리워진 서래봉 아래 산 중턱에 자리잡고 있었다. 온몸이 땀에 흠씬 젖어 영은사에 올라 온 일행은 산문에 이르자 아름드리 은행나무 밑에 퍼지르고 앉으며 가쁜 숨을 몰아쉬었다.

"여기서 보니 더욱 장관이로구나. 어쩌면 저렇듯 바위를 마치 목수가 대패로 반듯반듯하게 밀어 놓은 듯하단 말이냐. 꼭 하늘을 떠받치고 있는 돌담 같구나."

신재효는 초겨울 하늘을 찌를 듯이 솟은 서래봉의 기암절벽들을 쳐다보며 감탄해 마지않았다. 등성이 아래쪽에서 바람이 불어오자 수목의 메마른 잎들이 물결치듯 하였다.

산문 밖 은행나무 밑에서 잠시 땀을 식힌 신재효는 금선이와 또삼이 한테는 절 구경을 하도록 하고 그 자신은 마음을 한껏 다듬어 불전 안으로 들어섰다. 그는 부처님 앞에 엎드렸다.

"대원경지(大圓鏡智)하신 본존이시여, 어인 이유로 이 몸을 이토록 막막한 세상으로 보내셨나이까. 이 세상의 모든 것, 풀잎 하나 나무 한 그루에도 저마다 불성을 주시고 생명을 점지하신 연유가 있을 터인데, 이 몸은 대체 무슨 뜻으로 양반도 아닌 신분으로 세상에 보내셨나이까. 한갓 수초처럼 바람 부는 대로 물결치는 대로 흐르듯

116

한세상 그럭저럭 살라고 보내셨나이까. 백일치성을 올린 제 어미의 지극 정성이 불천에 닿아 그냥 은혜하는 마음으로 한 생명 점지하셨나이까. 원하옵건대, 대원경지하신 본존이시여, 부디 저에게 살아갈 길을 열어 주시옵소서. 초부가 되오리까, 풍류객이 되오리까. 아니면 주유천하를 일삼는 낭유도식(浪遊徒食)으로 평생을 마치오리까. 세상에 태어난 것을 탄식하며 기녀들과 어울려 음풍농월이나 하면서 음황(淫荒)하게 명을 마치오리까.”

신재효는 오랫동안 본불 앞에 엎드린 채 마음속에 켜켜이 쌓인 원망과 절망감과 분통함을 털어놓았다. 그러나 그는 부처님의 답을 듣지 못했다.

그날 밤 신재효는 영은사 객방에서 묵어가기로 하고 여장을 풀었다. 그는 저녁 공양을 마치고 잠자리에 들기 전에 영은사의 주지 영조(英照) 스님과 마주앉았다. 스님은 선승답지 않게 기골이 장대하였다. 어릴 적에 출가하여 법랍 40이 지났는데도 얼굴의 살결이 탱글탱글하게 느껴졌고 안광이 등촉의 불빛 속에서도 화염처럼 밝고 이글거리는 듯하였다.

“그래, 빈승을 찾아오신 연유가 무엇인지요?”

신재효가 주지스님 앞에 넙죽 엎드리자 영조 스님도 합장하며 허리를 구부린 후 천천히 고개를 들며 입을 열었다. 영조 스님은 신재효가 영은사에 찾아온 속마음을 환히 읽고 있는 듯 섬광처럼 빛나는 눈빛으로 신재효의 얼굴을 짯짯이 들여다보았다.

"소생은 고창 사는 신재효라는 사람입니다. 소생의 가친은 광자 흡자로 한양에서 경주인 노릇을 하다가 수년 전에 고창으로 내려와 관약방을 하고 계십니다…."

신재효는 영조 스님에게 그의 가계를 얼추 설명하고 나서 그의 어머니가 영은사에서 백일치성을 올리고 나서 잉태한 일이며, 몇 년 전까지 고창 오거리 아랫당산 서당에서 글공부를 하였으며, 이 년 남짓 집에서 독선생을 모시고 사서삼경이며 제자백가서를 읽었고, 글공부를 계속하고 싶어 양반을 사칭하고 장성 모암서원에 들어갔다가, 신분이 발각되어 뭇매를 맞고 쫓겨난 일 등을 모두 털어놓았다. 영조 스님은 여전히 두 눈을 크게 뜨고 신재효의 이야기를 듣고 있었다. 스님은 이야기를 다 듣고 나서도 아무 대꾸가 없었다.

"부처님께서는 그래도 무슨 뜻이 있어서 소생을 이 세상에 점지하셨을 것이 아니옵니까?"

"윤회의 연기에 따라 생하고 멸하지요."

신재효의 물음에 스님은 한마디로 잘라 대답했다.

"소생은 아무리 글공부를 많이 한다 해도 출사를 할

수가 없습니다.”

“출사만이 값진 삶이 아닙니다.”

“그렇다면 부처님께서는 무엇 때문에 소생을 이 세상에 내놓으셨는지요.”

“천지간의 삼라만상은 저마다 제자리를 차지하고 있으면서 각기 역할을 다하고 있는 것입니다. 하찮은 들꽃한 포기라도 제자리를 제대로 차지하고 아름다이 꽃을 피워 벌 나비를 불러오지요. 이렇듯 땅 위의 만물들이 각기 할 일을 다 해야 만이 제왕이라고 해도 목숨이 건재할수가 있는 게요. 그러니… 들꽃이나 한 마리의 벌 나비라도 생명이 부실하면 그 나라의 제왕도 결코 오래 갈 수가없는 게요. 들꽃도 벌 나비도 결국은 부처님 안에서는 하나이기 때문이지요.”

신재효는 영조 스님의 그 말이 잘 이해가 되지 않았으나 되짚어 묻고 싶은 생각은 없었다. 주지스님과의 면담을 청했던 것이 후회스럽기까지 하였다.

“소생에게 부처님의 계시를 일러주십시오. 소생이 장차 어찌 살아야 할지 그 길을 가르쳐 주셨으면 합니다.”

신재효의 그 말에 스님은 눈을 감은 채 한참 동안이나 말이 없었다.

“부처님은 중생에게 인생의 길을 안내하지 않습니다.

다만 부처님께서는 생로병사의 고통으로부터 풀어 주시고 윤회의 수레바퀴에서 벗어나 열반에 드는 길을 가르치실 따름입니다."

"그렇다면 소생은 어찌 살아야 합니까?"

"부처님의 눈에는 다 하찮은 것들이지요. 선한 삶도 악한 삶도 한갓 헛된 꿈에 불과합니다. 선한 삶은 선한 꿈에 불과하고 악한 삶은 한바탕 악몽에 불과한 게지요."

"그렇다면 왜 부처님께서는 사람이 태어날 때 양반과 중인과 천민으로 구별하셨는지요?"

신재효는 약간 불만 섞인 목소리로 물었다.

"들꽃이면 다 같은 들꽃이고 사람이면 다 같은 사람인 게지, 명산에 피는 꽃과 이름 없는 야산에 핀 꽃에 무슨 차이가 있겠습니까. 인과응보의 연기에 따라 저마다 귀하게도 태어나고 천하게도 태어납니다만 이것 역시 부질없는 시빗거리에 불과합니다. 높은 벼슬에 호의호식하는 사람이나 천한 일에 유리걸식하는 사람이나 따지고 보면 다 무상한 일이지요. 꽃은 꽃이고 사람은 사람인 거와 마찬가지요."

"그렇다면 아무렇게나 함부로 살아도 된다는 말씀이로군요."

"아니지요. 어디 들꽃이 제멋대로 핀답니까. 계절에

맞게 그 크기와 그 빛깔과 향기로 피어나지 않습니까. 하
찮은 들꽃도 제멋대로 피지 않는데 하물며 사람이 어찌
함부로 산다는 말이오."

주지스님은 초면인 신재효를 꾸짖기라도 하는 것처럼
언성을 높였다. 신재효는 할 말을 잃고 한동안 고개를 숙
였다. 부끄러움을 느꼈다.

"빈승이 그대에게 해 주고 싶은 말이 있소. 젊은이는
먼저 사람으로 태어나게 하신 부처님께 감사하는 마음부
터 가지시오. 그러고 큰 축복으로 아셔야 합니다. 매미라
는 한갓 미물도 여름 한철 울기 위해서 칠 년 동안이나
땅속에서 고통을 겪어야만 한다오. 그리고 그 매미는 곧
죽게 되지만 닥쳐올 죽음에 대해서 번뇌조차도 느낄 줄을
모르오. 그저 여름 한철 목청껏 울어대는 것을 행복으로
알 뿐이라오. 젊은이도 그 들꽃과 매미 모양으로 그대의
자리를 지키면서 열심히 살아가시오. 그리고… 살아가는
동안 늘 마음속에 극락을 만드시오."

"극락을 만든다니요?"

신재효가 고개를 들며 물었다.

"사람은 살아가는 동안에 수많은 극락과 지옥을 만
든다오. 그것은 마음먹기에 달려 있는 법이오. 극락을 품
고 살아가려면 늘 편안한 마음가짐이 필요하답니다. 마

음이 편안하면 그것이 바로 극락인 게요. 허면…, 편안한 마음이란 어디서 오느냐…. 헛된 욕심을 버리고 넉넉하고도 느긋한 마음으로 자기가 하고 싶은 일을 하면 저절로 극락이 만들어진다오. 젊은이가 신분이나 탓하고 출사 못한 것을 원망하여 방탕하게 산다면 그게 지옥이오. 그 대신에 다른 욕심 버리고 지금의 신분에 알맞게…, 하고 싶은 일 하면서 넉넉한 마음으로 산다면 저절로 입에서 노랫가락이 흘러나오게 될 게요. 그게 극락이오. 내 말 알겠소? 아직도 내 말을 못 알아듣겠으면 저절로 개득이 될 때까지 영은사에 머물면서 부처님 앞에 엎드려서 곰곰 생각해 보시오. 며칠이고 부처님 앞에 엎드려 생각해 보면 알게 될 게요."

영조 스님은 빙긋이 웃었다.

그날 밤 신재효는 잠을 이루지 못하고 한숨을 몰아쉬며 몸을 뒤척였다. 무엇인가 명쾌한 해답이 손에 잡힐 듯하면서도 이것이다 싶은 생각이 아니었다. 다만 그는 영조 스님 대하기가 부끄러울 뿐이었다.

그날 밤 늦도록 잠을 이루지 못하다가 새벽 무렵에야 얼핏 눈을 붙인 신재효는 이상한 꿈을 꾸었다. 성적골에서 만난 봉선이며 황룡강 변 사거리 주막에서 만난 통소장이 노인이 꿈에 나타났다. 그는 봉선이와 퉁소장이 노인을 앞세우고 끝없는 들길을 걷고 있었다. 들길은 분명 들길인데 무릎 아래로 구름이 흐르고 어깨 위에 새들이 날아와 앉았다. 봉선이는 퉁소장이 노인의 퉁소가락에 장단을 맞춰 소리를 뽑았으며 신재효는 그 가락에 맞춰 덩실덩실 춤을 추었다. 그는 마치 구름 위로 나는 것처럼 기분이 좋았다.

신재효는 아침 예불을 알리는 북소리에 잠이 깼다. 꿈에서 깨어난 그는 한동안 우두커니 앉아 있었다. 어느새 들어 왔는지 또삼이가 방문 쪽에 서 있었다.

"일어나셨구만요. 냉큼 소세하시고 떠나셔얍지요."

또삼이는 어느새 떠날 행장을 차린 듯싶었다.

"떠나다니…?"

신재효는 또삼이가 무슨 말을 하고 있다는 것을 알면서도 짐짓 그렇게 물었다.

"그만 집으로 돌아가셔얍지요."

"집으로?"

"쇤네가 집을 나선 지 이레나 지났습니다요."

또삼이는 걱정스러운 얼굴을 하고 말했다.

"참, 그 퉁소장이 노인…, 헤어질 때 어디로 간다고 하더냐?"

신재효는 꿈속의 일을 떠올리며 다급하게 물었다. 그러면서 그는 퉁소장이가 헤어질 때 정표로 주었던 퉁소를 꺼냈다. 갑자기 국 노인이 그리워졌다. 어쩌면 간밤의 꿈에서 부처님이 그에게 무엇인가를 계시해 주고 있는 것처럼 생각되었다.

"퉁소장이 고향이 어디라고 하더냐?"

신재효가 또삼이를 향해 다시 물었다.

"글쎄올시다…, 담양 어디라던가…."

"담양이라고 했겠다? 담양 어디라고 하더냐?"

신재효는 노인의 손때가 끈끈하게 배어 든 퉁소를 정겹게 만지작거리면서 다시 물었다. 퉁소장이 노인은 그 퉁소를 주면서 오래도록 간직하고 있으면 필시 십이 명률을 터득하게 될 것이라고 했었다. 신재효는 갑자기 솟대패로 일생을 보낸 퉁소장이 노인의 삶이 부러웠다. 영조 스님의 말마따나 퉁소장이 노인도 비록 보잘것없는 사람일지 모르지만 제자리를 지키면서 아름다운 퉁소 소리로 여러 사람들의 마음을 흥건히 적셔 줌으로써 자기 할 일을 후회 없이 다했음이 분명했다. 그리고 그 노인은 자기가 하고 싶은 일을 하면서 마음속에 늘 극락을 만들고 살아왔을 것이라는 생각이 들었다. 노구를 이끌고 퉁소 하나에 모든 삶을 의지한 채 떠돌음하는 퉁소장이 노인의 얼굴에서 신재효는 극락의 평안함을 읽을 수가 있었다.

"그렇구나. 퉁소장이의 고향이 담양 추월산 밑 한실 마을이라고 했지. 한실에서 살면서 천자문을 떼고 통감 네 권 째까지 마칠 무렵에 남사당패가 들어왔고 부모 몰래 남사당패를 따라 고향을 떠났다고 했지. 그리고 이제 죽을 채비를 하기 위해서 고향으로 돌아간다고 했지."

신재효가 흥분한 목소리로 말했다.

"헌듸…, 그 퉁소쟁이 노인은 뭣 땜시 그러십니까요?"

"다시 만나고 싶어서 그런다."

"다시 만나다니오?"

"그 노인한테서 배울 것이 있다. 내 평생토록 배워도 못다 배울 것이 있어서."

"뭣을 배우실라고요? 설마 퉁소를 배우실라고 그러시는 거는 아니겠지요?"

"퉁소도 배우고 떠돌며 사는 법도 배우고…."

"서원으로 돌아가셔서 글공부 허실 생각은 안 허시고…, 그까짓 놈에 퉁소를 배우시겠다고요."

또삼이는 신재효의 그 말을 농담으로 받아들였다.

신재효는 영은사에서 이틀을 묵었다. 금선이와 또삼이가 한사코 떠날 것을 재촉했으나 신재효는 예정보다 하루를 더 머물렀다. 그는 마지막으로 영조 스님과의 면

— 꽃은 꽃이요 사람은 사람

담을 원했다. 하룻동안 더 깊이 생각해 보고 나서 그의 결심을 영조 스님한테 말해 주고 싶었던 것이다. 그렇게라도 해야 그의 마음속에 가라앉은 수치심을 조금이나마 털어 버릴 수 있을 것 같았기 때문이다.

영은사에서 이틀 밤을 보낸 신재효는 아침 일찍 떠날 차비를 차리고 나서 본존 앞에서 영조 스님이 예불을 마치고 나오기를 기다렸다.

"스님, 그동안 폐가 많았습니다."

신재효는 영조 스님이 본존에서 나오자 허리를 굽히며 하직 인사를 고했다.

"떠나시려고요?"

"예, 스님."

"그래, 어디로 떠나시렵니까?"

영조 스님의 물음에 신재효는 한동안 대답을 못하고 미적거리고만 있었다.

"댁으로 돌아가시는 게 아니로군요."

"아직은 마음을 붙잡지 못했습니다요. 허나 스님의 말씀에서 많은 것들을 깨닫게 되었습니다. 그리고 또… 꿈속에서 부처님의 계시도 받았고요."

"부처님께서 무슨 계시를 내리셨는지요."

"나이어린 소리꾼 계집과 늙은 퉁소장이를 만나게 해

126

주셨습니다.”

영조 스님은 신재효의 이야기에 두어 번 고개를 갸웃거리는 것 같더니 빙긋이 웃음을 삼켰다.

“소리꾼 여자 아이와 늙은 퉁소장이라니요?”

“소리꾼 계집아이는 장차 한여름 매미 모양으로 명성을 날리며 울어 보려고 땅속에서 번뇌하듯 공력을 쌓고 있는 아이이고, 퉁소장이는 솟대패를 따라다니면서 한평생 퉁소를 불고 살아왔는데, 이제 몸이 늙어서 죽을 준비를 하려고 고향으로 돌아간 늙은 광대입니다요.”

“전에 그들을 만난 적이 있는 모양이구려?”

“예. 장성 모암서원을 떠나서 예까지 오는 동안에 세 사람을 만났는데, 어린 소리꾼과 늙은 퉁소장이지요.”

그제야 영조 스님은 커다랗게 고개를 끄덕이며 한동안 신재효의 얼굴을 바라보았다.

“나머지 한 사람은 누구요?”

“영은사에 함께 온 기생입니다. 이름난 소리꾼들의 소리를 들려 주겠다고 했더니 예까지 따라왔습니다요.”

“영은사에는 소리꾼이 없소이다.”

“알고 있습니다요, 스님. 해서 오늘은 저기 금선이한테 소리꾼의 소리를 들려주려고 먼 길을 떠날까 합니다.”

“소리를 들려주려고 떠나신다?”

"그렇습니다요. 남원에 가면 송흥록이라는 이름난 소리꾼이 있다기에…."

"빈승도 귀신의 가르침을 받아서 귀곡성을 잘 낸다는 송흥록이라는 소리꾼의 이야기를 들은 적이 있소."

"예. 언젠가 밤에 진주 촉석루에서 그가 소리를 한 적이 있었는데, 옥중가 중 귀곡성을 내는 대목에 이르러 창거창래의 진경에 들어가자 수많은 청중들은 그의 슬픈 소리에 모두 눈물을 흘렸으며, 그때 갑작스럽게 바람이 일고 촛불이 꺼지면서 하늘에서 귀신 우는 소리가 들려 왔다고 합니다."

"그 이야기를 들은 적이 있소."

"헌데 저기 저 금선이는 송흥록의 <변강쇠 타령>을 듣고 싶다고 합니다."

신재효는 입가에 야릇한 미소를 흘리며 말했다.

"<변강쇠 타령>이 무슨 노래요?"

"잘은 모르옵니다만, 저 금선이가 조금 할 줄 아는 모양입니다. 송흥록이라는 소리꾼의 장기는 <옥중가>, <적벽가>, <변강쇠 타령>인데, 그 중 <변강쇠 타령>은 송흥록이라는 소리꾼에 의해서 생겨났다고 합니다."

"그러고 보니 젊은이는 소리꾼들에 대해서 많이 알고 있소 그려."

"이것도 모두 모암서원에서 예까지 오는 동안에 주워 들었을 뿐입니다요."

"내가 보기에는 그대의 갈 길은 이미 정해진 듯싶소이다. 부처님께서 어젯밤 꿈에 계시를 내리신 것도 그렇고…."

"스님 말씀대로 욕심을 버리고 분수를 지키며 마음속에 극락을 품고 살아가도록 하겠습니다요. 스님께서 많은 가르침을 주셔서 참으로 감사합니다. 그럼 소생은 이만…."

신재효는 영조 스님한테 정중하게 허리를 굽히며 합장하고 나서 몸을 돌려 세웠다. 신재효가 한사코 말렸는데도 영조 스님은 산문 밖까지 따라나와 배웅을 해 주었다. 그리고 스님은 마지막으로 합장을 하며 "젊은이의 이름을 잊지 않을 것이오"라고 말했다. 그러나 신재효는 스님의 그 말에 정중한 예를 갖추면서도 얼굴 한구석에는 씁쓰레한 그림자가 얼핏 흘렀다.

"따지고 보면 이름도 모두가 허명이 아닌지요. 한갓 꽃은 꽃이고 사람은 사람일 따름이 아니겠는지요."

신재효의 그 말에 이번에는 영조 스님이 쓸쓸하면서도 만족스러운 웃음을 흘렸다. 영조 소님은 한참 동안이나 산문 밖 늙은 은행나무 밑에 서서 신재효의 일행이 보이지 않을 때까지 합장을 하고 서 있었다.

# 명창 송흥록을 만나다

　신재효는 또삼이와 금선이를 앞세우고 영은사에서 내려와 추령을 넘기로 하였다. 남원으로 이름난 소리꾼의 소리를 들으러 간다는 말에 금선이는 촐랑거리며 좋아했으나 또삼이는 집을 나온 지가 여드레째가 된다면서 잔뜩 찌푸린 얼굴로 연신 불컥거렸다.

　추령은 생각보다 길이 험했다. 수목이 울창한 데다가 산길이 워낙 가팔라 숨이 헉헉 막혔다. 재를 넘나드는 행인들의 그림자조차 눈에 띄지 않았다. 칼바람이 윙윙거리며 상수리 나뭇가지들을 흔들어 댔으나 등성이 하나를 추어오르기도 전에 온몸이 땀에 젖었다. 그들은 아침 해가 떠오르기 전에 영은사를 떠났는데, 추령 고갯마루에 오르기도 전에 초겨울 한낮의 해가 어느덧 정수리 위에 덩싯 떠올라 있었다.

"아무리 송흥록이라는 소리꾼의 명성이 자자하다지만 그의 소리 듣기가 이렇게 고생스러워서야 어디….'

신재효는 숨을 헉헉 대면서 푸념하듯 말했다.

"귀신 소리를 배우고자 삼 년 동안이나 비 오는 밤마다 우장을 쓰고 맷등을 찾아다닌 송흥록 그 양반의 고생에 비하면 이만한 고초야 아무것도 아니지요."

"소리꾼이 된다 해서 세상을 얻는 것도 아닌데 어찌 그런 고초를 겪어 가면서까지….'

"득음을 할 수만 있다면야 이 몸 가루가 되어도 좋겠구만요."

"금선이는 각오가 그렇듯 대단한 것을 보니 장차 소리꾼의 명성을 얻고 말겠구나."

"그럴 날이 있겠남요?"

"내 말만 믿거라. 금선이는 필시 소리꾼의 명성을 얻고야 말리라."

금선이는 신재효의 그 말에 너무 기뻐서 소리를 내지

르더니 "네가 가면 정마저 가져가지, 몸은 가고 정은 남으니, 쓸쓸한 빈 방안에 외로이 애를 태워 병이 안 될쏘냐" 하면서 진양조 <단장곡> 한 대목을 애원처절하게 뽑았다.

일행은 정오가 훨씬 지나서야 추령 고갯마루에 올라 잠시 땀을 식힌 다음 영은사에서 싸 준 깨소금 주먹밥 한 덩이씩을 꺼내 요기를 했다. 이른 아침부터 험한 고갯길을 추어오르느라 지칠 대로 지친데다가 위장에 밥이 들어가자 더욱 사지가 늘어지면서 고단함이 전신을 엄습해 왔다. 고갯마루를 추어오를 때까지만 해도 진양조가락을 애절하게 뽑아 올리던 금선이는 요기를 한 다음에는 소나무 등걸에 기대앉은 채 사뭇 꾸벅꾸벅 졸기까지 하였다.

"서둘러 고개를 내려가지 못하면 호식을 당할지도 모르니 냉큼 앞장을 서거라."

신재효는 큰소리로 또삼이에게 말하며 일어섰다. 또삼이와 금선이는 신재효의 재촉에 못 이겨 걸음을 옮기기 시작하였다. 추령에서 장성 쪽으로 내려가는 길은 한결 수월했다. 서둘러 한참을 내려가니 고개 아래에 작은 마을이 있었고 다시 산자락을 안고 돌자 삼거리에 주막이 보였다. 삼거리에서 추령 쪽으로 올라가는 젊은 과객한테 길을 물었다.

"저그 삼거리 주막에서 오른쪽으로 휘어 돌면 장성 백양사가 나오고, 이 길을 따라 곧장 가면 순창 복흥 땅이로구먼요. 남원을 가시려거든 일단 순창을 거쳐야 할 텐디…."

덩저리 큰 젊은 과객은 그러면서 해 지기 전에 순창에 당도하려면 서둘러야 한다고 일러주었다.

"담양은 예서 얼마나 멀고…, 어느 길로 가야 합니까?"

신재효가 과객에게 다시 물었다.

"담양으로 가시려면 복흥에서 재를 넘어야 하는디 워낙 길이 험해서…, 좋은 길로 가시려거든 백양사를 거쳐 가시는 것이…."

젊은 과객은 그렇게 말하고 이내 걸음을 재촉하였다.

신재효는 삼거리 주막으로 들어섰다. 장날이 아니어서인지 주막에는 길손 하나 없었다. 그들은 잠시 주막에서 목을 축인 다음 복흥 쪽으로 발걸음을 재촉하였다. 어느덧 초겨울 산골의 짧은 해가 설핏하게 기울기 시작했다. 아무래도 복흥에서 하늘재를 넘을 수가 없을 것 같았다.

"기어이 그 퉁소장이 노인을 만나러 가실라고 그러시는감요?"

삼거리 주막에서 나와 복흥을 향해 들길을 걷다가 또삼이가 뚜벅 입을 열었다. 잠시 전 신재효가 젊은 과객한테 담양 가는 길을 물었기 때문이다.

"생각중이다. 담양에 가서 퉁소장이 노인과 함께 남원으로 갈 것인지…, 아니면 남원에 들렀다가 오는 길에 담양으로 돌아올 것인지…."

"그 퉁소장이 노인은 고향에 죽으러 간다고 허지 않던감요? 그런 노인을 뭣 땜시 다시 만나시려고 그러시는지 원, 알다가도 모르겠네요."

또삼이는 무엇이 그리 마뜩찮은 것인지 말끝마다 툴툴거리기만 하였다. 그는 그저 한시바삐 집에 돌아가고 싶은 생각뿐인 듯하였다. 신재효는 장가든 지 달포도 안 된 또삼이의 마음을 누구보다 더 잘 알고 있었다.

"부처님께서 내게 그렇게 이르셨단다."

"부처님께서 이르시다니오?"

"봉선이와 그 퉁소장이 노인을 다시 만나라고 말이다."

"봉선이가 누군듸요?"

이번에는 금선이가 물었다.

"장성 솔재 턱밑에 사는 열두 살짜리 계집아이란다. 다 쓰러져가는 초가에서 가난한 홀아비와 함께 사는 봉선이는 장차 금선이 너처럼 기녀가 되는 것이 소원이라더구나. 다행히 무당인 어미의 천성을 닮아 살세성이 곱고, 창악이며 가무, 시조까지도 배워 지금이라도 기방에 내놓을 만하더구나."

그렇게 말하는 신재효가 귓전에 문득 봉선이가 읊조렸던 '봄밤에 꽃과 달, 다 같이 고을세라. 이내 시름 그지없어 저 달에 물어 보자'라는 시조가락 한 대목이 쟁쟁하게 떠올랐다.

"헌데 나리께서는 어찌하여 열두 살짜리 봉선이라는 계집을 마음에 두고 계시는지요?"

금선이가 넌지시 물었다.

"글쎄다. 솔재를 넘어오다가 그 집에 들러 하룻밤 신세를 지고 그 아이의 노랫가락을 들었을 뿐인데, 그 아이의 가련한 자태와 살세성의 목소리가 잠시도 내 머리에서 떠나지를 않는 연유를 나도 모르겠구나. 아마도 이것도 필시 부처님의 섭리가 아닌지 모르겠다. 봉선이는 단지 그 집에서 하룻밤 신세를 졌고, 퉁소장이 노인과는 잠시 동행했을 뿐인데, 마치 태어나서 지금껏 한 지붕 아래서 함께 살아온 사이처럼 그 두 사람이 가깝게 느껴지는 연유를 아무래도 나는 알지 못하겠구나."

신재효는 하늘을 쳐다보며 생각에 잠긴 얼굴을 하고

중얼거리듯 말했다.

"이 같은 심사가 부처님의 섭리가 아니고서야 어찌…."

신재효는 말끝을 흐리며 금선이를 돌아다보았다.

"하오면, 쇤네에 대한 나리의 마음은 어쩌신가요? 봉선이라는 아이와 퉁소장이 노인보다 인연이 더 긴 쇤네는 어떠신지요?"

금선이가 다급하게 물었다.

"금선이 너에 대한 내 마음 말이냐? 글쎄다. 헤어져 봐야 알겠지. 사람이란 헤어져 봐야 그 사람에 대한 마음을 비로소 헤아릴 수가 있거든. 그러니 아직은…."

"허나 쇤네는 나으리와 헤어지기가 싫사옵니다."

"헤어짐이 없이는 다시 만날 수도 없다는 것을 알아야지."

"다시 만날 수 없다 해도 상관하지 않겠습니다요."

신재효와 금선이가 은밀하게 말을 주고받는 사이 또삼이는 저만큼 혼자 걷고 있었다. 그들은 해가 서산에 기울고 사방이 어둑어둑해져서야 하늘재 아래 주막에 이르렀다. 마을 어귀 야트막한 산모퉁이에 있는 주막은 객방이 여섯 개나 되고 술청도 꽤 넓었다. 시골 주막치고는 규모가 컸다. 일행은 우선 하룻밤 묵어 갈 방부터 정하고 저녁 요기를 하였다.

신재효는 저녁상을 물리자마자 하품이 쏟아지면서 육신이 진흙처럼 무겁게 가라앉았다. 이른 아침부터 먼 길을 걸어왔기 때문이었다. 그는 초저녁부터 잠자리에 들었고 눈을 붙이자 이내 깊은 잠에 떨어지고 말았다. 얼마 동안을 잤을까. 신재효는 소피가 마려워 얼핏 눈을 뜨고 자리에서 일어났다. 그때 어디선가 사나이의 흐느낌과 같은 퉁소 소리가 들려왔다. 그 퉁소 소리는 신재효의 뼛속까지 깊게 파고드는 듯 절절하게 느껴 왔다. 분명 주막 안에서 들려 왔다. 귀에 익은 소리였다. 순간 신재효는 객방 문을 박차고 밖으로 뛰어나갔다. 그리고 퉁소 소리가 들려오는 곳으로 다가갔다. 어쩌면 그는 퉁소 소리에 그의 육신과 정신이 꽁꽁 묶인 채 끌려가고 있는 것인지도 몰랐다. 퉁소 소리는 주막집 모퉁이 큰 감나무 밑에서 울려 왔다. 신재효는 감나무 밑 어둠 속에서 퉁소를 불고 있는 사람의 모습을 발견했다. 그가 감나무 밑으로 가까이 다가가자 갑자기 퉁소 소리가 멎었다. 신재효는 퉁소 소리가 다시 울리기를 기다리며 한동안 그 자리에 못이 박인 듯 서 있었다.

"그래, 절간에서 염불 소리 많이 들으셨습네까?"

어둠 속에서 걸걸하면서도 약간 기운이 빠진 목소리가 들려 왔다. 그것은 분명 퉁소장이 국 노인이었다.

"아니, 노인장이 아니시오?"

신재효는 와락 감나무 밑으로 달려갔다. 그리고 어둠 속에서 퉁소장이 노인의 손을 잡았다. 그는 너무 반가워서 퉁소장이 노인을 안아 주고 싶기까지 하였다.

"그래, 염불 소리가 퉁소 소리보담 듣기 좋았남요?"

퉁소장이 노인은 그렇게 묻고 나서 한바탕 밭은기침을 토해 냈다. 며칠 못 본 사이에 몸이 많이 쇠약해진 듯싶었다.

"노인장께서는 여기에 어찌 된 일로…, 고향으로 가신다더니…."

"꿈을 꾸었답니다. 참말로 이상헌 꿈이었다니께요."

"꿈이라니요?"

그러면서 신재효는 퉁소장이 노인의 옆에 가까이 다가앉았다. 마을 쪽에서 컹컹 개 짖는 소리가 들려왔다.

"무슨 꿈을 꾸었기에 그러십니까?"

"꿈에 나으리를 만났구만요."

"꿈에 나를 만났다고요?"

"나으리뿐만 아니라 낯선 어린 지집아이도 만났구만요. 처음 보는 지집아이었는듸…."

"나이어린 계집아이?"

"나으리랑 나이어린 지집아이랑 셋이서 들길을 걷고 강을 건너고 산을 넘고 구름 위로 훨훨 날았구만요. 내 퉁소 장단에 맞춰서 지집아이는 소리를 허고 나으리는 덩실덩실 춤을 추고…. 그 꿈을 꾸는 동안 참말로 내 맘이 포근허고 넉넉했구만요. 아마 극락이 있다면 그런 것일 겝니다요. 어찌나 꿈이 이상허던지 잠을 깨고 나서도 그 꿈이 머리 속에서 내내 떠나지 않더구만요. 아니, 시방도 꿈에서 깨어나지 않은 기분이랍니다. 그래서… 그래서…."

퉁소장이 노인은 다시 기침을 한바탕 쏟아 냈다. 신재효는 퉁소장이 노인이 다음 말을 계속할 때까지 기다리고 있었다.

"그래서… 그 꿈이 이상허기에…, 나으리가 오실 것을 알고 이 주막에서 기다리고 있었구만요."

"내가 올 줄 알고 기다리고 있었다고 했소?"

"그렇다니께요. 꼭 오실 줄 알고…."

"부처님의 섭리가 분명합니다. 참으로 신기한 일입니다. 그렇지 않아도 지금 노인장을 찾아서 추월산 밑 한실로 찾아가는 길이랍니다. 남원으로 가서 송흥록이라는 소리꾼의 소리를 들을까 하고 길을 떠났는데 저절로 발길이 이쪽으로 쏠렸습니다. 이것이 모두 대원경지하신 부처님의 뜻이 아니고 무엇이겠소. 자, 어서 방으로 듭시다."

그러면서 신재효는 퉁소장이 노인을 그의 객방으로 부축해 들어갔다. 그러나 신재효는 퉁소장이 노인한테는 자신도 간밤에 영은사에서 퉁소장이 노인과 똑같은 꿈을 꾸었다는 사실을 말하지 않았다. 신재효는 밤이 이슥했는데도 또삼이를 깨워 술상을 봐오게 하였고 주모방에서 자고 있는 금선이도 불러들였다. 그들 네 사람은 한 방에 앉아 밤이 늦도록 술타령을 벌였다.

"나으리를 다시 만났으니 권주곡으로다가 한가락 불어 올리겠소이다."

술기운이 거나해지자 퉁소장이 노인은 허리춤에서 퉁소를 꺼내더니 자진모리 <흥타령> 한가락을 흥겹게 불어 댔다. 퉁소장이 노인의 권주곡이 끝나자 이번에는 금선이도 "산악이 잠영하고 음풍이 노호하여, 수변에 우는 새는 천병만마 서로 맞아…" 하고 <소상팔경가>를 뽑았다.

"참, 노인장께서 꿈에 보았다는 그 계집아이의 소리가 어떻습디까?"

금선이의 노래가 끝나자 신재효는 퉁소장이 노인에게 뚜벅 물었다.

"가만있자…, 얼굴 자태는 눈에 선한듸 소리는 어떠했는지 잘 생각이 안 나는구만요."

"자태는 귀엽게 생겼지요?"

"귀엽다마다요."

"갸름한 얼굴에 이목구비가 뚜렷하고 눈망울에 촉기가 넘치는 아이였지요?"

"옳거니…, 눈망울이 아름다운 지집아이였습니다요."

"나이는 열두 살에 살세성이 곱고…."

"예…?"

퉁소장이 노인은 놀란 얼굴로 신재효의 얼굴을 뚫어지게 바라보았다.

"노인장께서는 곧 그 아이를 만날 수 있을 게요. 노인장께서 그 아이의 소리를 한 번 들어 보시고 흠을 찾아내어 고쳐 주시지요."

"꿈에 본 그 지집아이를 만날 수가 있다고요? 그 아이의 소리도 듣고?"

퉁소장이 노인은 신재효의 말이 믿어지지가 않는 모양이었다. 믿을 수 없는 일이었기 때문이다.

"또삼이는 새벽에 한달음에 장성 솔재 밑에 가서 봉선이를 데려 오도록 하거라. 내가 봉선이 아버지한테 봉서를 써 줄 테니 그것을 가지고 가면 봉선이를 딸려 보낼 것이니라."

신재효의 그 말에 퉁소장이 노인과 금선이, 그리고 또삼이 등 세 사람의 얼굴빛이 각기 다르게 나타났다. 퉁소

— 명창 송흥록을 만나다

장이 노인은 여전히 도깨비에 홀린 듯한 표정이었고, 금
선이는 투기도 부러움도 아닌 애매한 얼굴에 말이 없었으
며, 새벽길을 떠나야 할 또삼이는 굼벵이 씹은 얼굴에 양
미간을 잔뜩 찡그리고 있었다.

그날 밤 네 사람은 취하도록 마셨다. 평소에는 상전
과 아랫사람의 구분이 분명했던 신재효와 또삼이었으
나 이날 밤만은 신재효가 한사코 또삼이한테 술을 권하
여 네 사람 중에서 또삼이가 제일 먼저 곯아떨어지고 말
았다.

그러나 또삼이는 첫닭이 울기가 바쁘게 상전이 시키
는 대로 봉서를 허리춤에 넣고 바람처럼 주막을 떠났다.
또삼이가 솔재로 봉선이를 데리러 간 동안 남은 세 사람
은 정오가 될 때까지 늦잠을 퍼자고 부스스한 얼굴로 자
리에서 일어났다. 그리고 신재효는 통소장이 노인으로부
터 통소를 배웠다.


또삼이는 해질 무렵에야 봉선이를 데리고 주막으로
돌아왔다. 봉선이는 헐겁게 보이는 낡은 녹의홍상 비단옷
을 차려 입고 왔는데, 신재효는 그것이 도망간 어미의 옷
이라는 것을 짐작하였다. 봉선이는 신재효를 보더니 살포
시 웃으며 고개를 깊숙하게 숙였다.

142

"아니…, 이럴수가…."

봉선이를 본 퉁소장이 노인은 질급하듯 놀란 얼굴로 신재효를 보았다.

"영락없는 그 얼굴이로구만요. 꿈속에서 보았던 그 지집애가 분명하다니께요. 세상에 이럴 수가…, 이런 일이 있을 수가 있단가요."

퉁소장이 노인은 탄성을 멈추지 못하고 봉선이와 신재효의 얼굴을 번갈아 보았다.

그날 밤 봉선이는 퉁소장이 노인의 퉁소가락에 맞춰 <심청가> 한 대목을 불렀다. 금선이와 퉁소장이 노인은 봉선의 소리에 놀라는 얼굴빛이었다.

"아직 다듬어지지는 않았으나 과시 살세성이 일품이로구만요. 성음이 청미하고 인물치레까지 하였으니 장차 득음하여 대성할 소질을 갖추었습니다요."

퉁소장이 노인은 봉선이의 소리를 칭찬해 주었다.

"네 선생님이 뉘시냐?"

한동안 잠자코 있던 금선이가 물었다.

"그냥…, 어미가 하는 소리를 귀동냥으로 배웠고 시방은 아비한테서 사설과 가락을 익히고 있구만이라우."

봉선이는 말하는 것도 야무지고 예가 깍듯하여 어른들로부터 사랑을 받을 만하였다. 퉁소장이 노인도 첫눈에 봉선이가 마음에 들었는지 각별한 정으로 대해 주었다.

　밤이 깊어 모두 잠자리에 든 후에 퉁소장이 노인이 신재효를 조용히 밖으로 불러냈다. 신재효는 바깥바람이 너무 차가워 자신도 모르게 몸을 웅숭크리며 토방으로 내려서 퉁소장이 노인을 따라 어둠이 빈틈없이 겹겹으로 싸인 주막집 모퉁이 감나무 밑으로 갔다.

　"나으리께서 내 꿈 이야기를 들으시고 부처님의 뜻이라고 허셨는듸…, 그 부처님의 뜻이라는 것이 무엇인지 알고 싶구만요."

　어둠 속 나무토막 위에 걸터앉으면서 퉁소장이 노인은 한껏 신중한 목소리로 입을 열었다. 신재효는 퉁소장이 노인한테 무슨 말을 해야 좋을지 몰라 잠시 미적거리고만 있었다. 그에게 자신의 속내를 털어놓고 싶지가 않았다. 아직도 그것을 수치로 생각하고 있었기 때문이었다.

　"아마도 부처님께서는 노인장한테 봉선이를 잘 보살펴서 장차 명창으로 키우라는 뜻이 아니겠는지요. 부처님께서는 봉선이의 타고난 재질을 살리시고 싶은데…, 저 아이를 도와줄 사람으로 노인장과 저를 지목하신 것 같습니다. 나도 저 아이의 소리를 처음 듣고 나서, 타고난 재주를 산골에서 썩히기에는 참으로 아깝다는 생각을 했답니다. 그래서 늘 마음속에 저 아이의 자태가 자리를 잡고 있었답니다. 그러던 차에 노인장의 꿈 이야기를 듣고…, 이리로 데려오도록 한 것입니다."

신재효의 말에 퉁소장이 노인은 잠시 말이 없었다.

"실은 나도 저 아이의 소리를 듣고 나니 어쩐지 마음이 무거워졌구만요."

"이것이 모두 인연이 아니겠소이까. 내가 노인장을 만난 것도, 노인장이 봉선이를 만난 것도. 그러고 이 같은 인연은 어디 사람의 뜻이라고 치부할 수가 있겠는지요."

"나으리의 말씀이 옳습니다요. 한실 마을에 남사당패가 들어오지 않았던들 지가 솟대패가 되지 않았을 것이고…, 또 오늘 밤 봉선이의 소리를 듣지만 않았던들…."

그러면서 퉁소장이 노인은 깊은 한숨을 몰아쉬었다. 지나온 삶의 회한을 한꺼번에 토해 내는 것처럼 느껴졌다.

"장차 봉선이를 어찌 도와줘야 헐깝쇼?"

퉁소장이 노인이 물었다.

"우선은 소리꾼들의 잘 다듬어진 소리를 들려주는 것이 필요하겠지요. 그런 다음에 선생을 찾아서 공력을 쌓도록 하십시다."

일행은 다시 남원을 향해 길을 떠났다. 그들은 복흥을 지나 쌍치에서 순창으로 통하는 팔덕의 야트막한 고

145

개를 넘고 있었다. 그날은 햇살이 넉넉하게 쏟아져 내렸고 바람은 불지 않았다. 길을 떠나기에는 더없이 좋은 날씨였다. 길잡이 노릇을 하느라 퉁소장이 노인이 앞장을 섰고 그 뒤를 또삼이가 따랐다. 또삼이와 서너 행보 뒤에는 봉선이가 어울리지 않는 낡고 헐거운 비단 치맛자락이 땅에 끌리지 않게 하기 위해 한껏 조심을 하며 걸었고, 그 뒤에는 금선이가 표가 나게 엉덩이를 휘젓고 갖은 교태를 부리며 걷다가, 이따금씩 해실거리는 얼굴로 뒤를 돌아다보았다. 금선이는 일부러 신재효 앞서서 걸으면서 농염하게 교태를 풍기곤 하였다.

맨 뒤에 걷고 있던 신재효는 문득 그들이 다시는 돌아오지 못할 생애의 마지막 길을 걷고 있는 것 같은 이상한 생각이 들었다. 뚜렷한 목적도 없이 다만 이름난 소리꾼의 소리를 듣기 위해 먼 길을 떠나고 있는, 일행 한 사람 한 사람 가려서 따져 보면 저마다 기구한 운명을 타고난 사람들이었다. 길잡이를 하고 있는 퉁소장이 노인은 평생을 퉁소 하나에 의지하고 떠돌음하며 살아왔다. 지금 이 나이에 처자식조차 거느리지 못한 외로운 처지가 아닌가. 그래도 뼈만은 고향에 묻고 싶어 큰댁 장조카가 있는 고향으로 돌아가고 있는 터였다. 그 뒤를 따르는 또삼이 또한 아비 때부터 신재효의 집에서 하인 노릇을 해온 지지

146

라도 못나고 각박한 처지였다. 또삼이는 자신의 처지를 비관하거나 탓하지 않고 주인한테 충실하면서 같은 집 하녀 넙순이한테 장가든 것만으로 세상을 얻은 것만큼이나 만족스러워하며 살아가고 있었다. 어린 봉선이는 또 얼마나 불운한가. 장차 이 아이가 득음을 하여 명창이 된다 해도 지금의 처지는 고단하기만 하다. 무당의 딸로 태어났고 그나마 어미는 아비와 자식을 버리고 도망을 치지 않았는가. 홀아비 신세가 된 봉선의 아비 유 서방의 처지도 딱했거니와 어린 봉선이가 더 가련하다는 생각이 들었다. 또 신재효 앞에서 한사코 교태를 부리는 금선이는 또 어떠한가. 집이 가난하여 열두 살 어린 나이에 초산의 기생청에 동기로 들어가서 꼬박 사 년 동안 기생 공부를 하였고, 열여섯 되던 해에 돈 많은 양반 댁 노인으로부터 머리를 얹혔다. 그러나 그녀는 찐덥진 호강 한 번 해보기도 전에 머리를 얹어 주었다는 노인이 덜컥 세상을 떠났다지 않는가.

신재효의 생각에 이들 네 사람의 명운은 참으로 모질고도 가련하게만 여겨졌다. 그러면서도 그들은 자신들의 명운을 탓하거나 서러워하지도 않고 영조 스님의 말처럼 들꽃처럼 저마다 제자리에서 자기 할 일을 다 하고 있다는 생각이 들었다. 따지고 보면 일행 가운데서 그래도 처지가 느긋한 것은 신재효 그 자신이 아닌가 싶었다. 그래도 그들에 비하면 한결 축복받은 처지가 분명했다. 그런데도 장차 어찌 살아야 할지 몰라 갈피를 못 잡고 길을 헤매고 있다니 참으로 한심스럽기 짝이 없는 노릇이었다.

신재효 앞에 걷고 있는 이들 네 사람의 소망이 대체 무엇인가. 이들이 부자가 되고 싶어하는가, 아니면 출사를 하여 가문을 명예롭게 하자는 것인가. 퉁소장이 노인은 다만 고향 땅에 뼈를 묻는 것이 소원이며 또삼이는 지금의 주인집에서 계속 하인 노릇을 하며 넙순이와 백년해로 하는 것이 아니겠는가. 또 봉선이는 기생청에 들어가서 장차 돈 많고 지체 높은 남정네들의 노리갯감이나 다를 바 없는 기생이 되는 것이 소원이라고 했다. 기생이 되어 돈 많은 양반집 어른으로부터 머리를 얹히고 홀아비 호강시켜 주는 것이 마지막 소원이라고 하지 않았던가. 금선이는 다만 이름난 소리꾼이 되고자 한다. 유명한 소리꾼이 되어 행하를 듬뿍 받고 싶다고 하였다. 그런데 신재효 자신의 소망은 무엇인가. 신재효는 스스로 자문해 보았으나 아무런 대답도 얻을 수가 없음이 답답할 따름이었다.

일행은 순창에서 하루를 쉬었다가 복흥 주막을 떠난 지 이틀 후에 남원에 당도하였다. 그들은 남원에 도착하자마자 광한루부터 구경하였다.

광한루의 남쪽 문루를 들어서니 마치 달나라의 서울인 옥경(玉京)에 발을 들여놓은 듯 선경이 눈앞에 펼쳐졌다. 북으로는 교룡산, 남으로는 금암봉이 요천강의 맑은 물에 거꾸로 비추면서, 광한루 저 멀리 밤재 너머로 지리산의 반야봉과 노고단이 아른거리며 성큼 다가선 듯 가까워 보였다.

광한루에 올라선 신재효는 김시습이 쓴 액자에 눈길이 갔다.

객관이 소슬하여
자주 온 드물거늘
소루에 높이 올라
석양빛을 흘겨보니
피리 불며 가는 사람
구슬같이 맑은 소리
우의곡 들려 오니
이것이 흡사 향아로세

광한루의 누각 안에는 여러 문인들이 쓴 액자들이 즐비하게 걸려 있어 눈길을 끌었다. 강희맹, 이석형, 점필재,

김종직, 정철, 서거정 등 낯익은 문인들 이름이 보였다.

광한루는 원래 황희 정승의 7대조가 되는 황감평이 지은 서실을 확장한 것이었다. 황감평은 고려 무인란 때 전중감(殿中監)으로 있다가 무인들로부터 박해를 피해 향리인 장수로 귀향한 황공유의 후손이다. 황공유가 고향으로 내려와 있자 무신들이 그를 잡으려 하여 남원으로 옮겨와 살게 되었다. 그의 후손 황감평의 6대 손 황군서의 아들이 황희이다. 황희는 태종이 왕위에 오르자 장자인 양녕대군을 제쳐놓고 3자 충녕대군을 세자로 책봉하려 하므로, 왕권의 정도를 벗어난 일이라 하여 이를 반대하였다가, 태종의 비위를 거슬러 남원으로 유배되었다. 이때 황희는 그의 7대조 황감평 서실을 확장하여 아담한 누각을 세워 광통루(廣通樓)라 이름지으니 이것이 곧 광한루의 시초가 된 셈이다.

그 후 세종 때 부사 민여공이 광통루의 규모를 키웠고, 부사 유지례가 다시 누각에 단청을 하는 등 아름답게 꾸몄다. 그로부터 7년 후, 전라도 관찰사 정인지가 이곳에 들러 두루 살펴보고 나서는 "아, 참으로 아름답구나. 말로만 들어오던 월궁의 광한 청허부가 바로 이곳이 아니더냐"라고 이곳의 절경을 극찬하니, 이후부터 광통루를 광한루라 부르게 되었다.

또한 세조 때 부임한 부사 장의국은 요천강 맑은 물을 끌어들여 누각 앞에 호수를 만들었다. 물을 가득 채워 연꽃을 심고, 견우와 직녀가 거닐었다는 오작교를 만들었다. 그 후 전라관찰사가 된 송강 정철은 누각을 수리하는 한편 방장섬에 대나무를 심고 영주섬에는 영주각을 세웠다. 황희가 세운 광한루는 정유재란 때 왜군이 불살라 버렸다. 그로부터 42년이 지나 인조 때 부사 신감이 광한루를 본래대로 복원시켰으며 정조 때에 부사 이만길이 영주각을 다시 지어 오늘에 이르렀다.

광한루를 구경한 신재효는 운봉으로 송흥록을 찾아 갔다. 송흥록의 집은 운봉에서 경상도 함양으로 가는 길 초, 들 가운데 대첩비가 세워져 있는 비전리에 있었다. 이 곳은 왜구의 침범이 잦아 고려 우왕이 이성계 장군을 보내 왜장 아지발도를 친 황산대첩지이다. 이성계는 이때 퉁두란과 함께 1천여 명의 군사를 거느리고 이곳에 와 운봉 고남산에서 산신제를 올린 다음 진을 치고 왜군을 유인, 화수천에서 싸우다 아지발도 목을 베었다. 대승을 거둔 이성계는 이곳에 황산대첩비를 세우고 비각을 지어 참봉과 관리들로 하여 관리하게 하였다. 이때부터 비각 주위에 사람들이 모여 살기 시작하였다. 비전리라는 이름도 마을 앞에 비석이 있다는 뜻이다. 송흥록의 집은 비전리

- 명창 송흥록을 만나다

에서도 이성계가 아지발도의 목을 베었다는 바로 그 화수천 변에 있었다. 이 무렵 송흥록은 모흥갑을 비롯하여 엄계달, 방만춘, 고수관 등과 함께 날로 명성이 높아 가고 있었다. 그의 집은 화수천 변 황산이 마주보이는 작은 언덕배기 오두막 같은 삼 칸 홑집이었다.

신재효 일행이 찾아갔을 때 사립짝이 반쯤 열려 있는 송흥록의 집 안은 빈 집처럼 교교하기까지 하였다. 북 장단 소리는 고사하고 사람의 그림자 하나 눈에 띄지 않았다. 일행을 사립짝 밖에서 기다리게 하고 신재효 혼자 마당 안으로 들어서서 헛기침으로 인기척을 내며 토마루 쪽을 살폈다. 토방에 짚신 서너 켤레가 어지럽게 널려 있는 것으로 보아 빈 집은 아닌 듯싶었다.

"아무도 안 계시오?"

신재효는 목청을 높여 안에 대고 통기를 하였다. 그제야 방안에서 기침소리가 들리더니 삐끄덕 방문이 열렸고 신재효보다 여남은 살쯤 연상으로 보이는, 호사스럽지도 초라해 보이지도 않는 남정이 겨우 고개를 내밀었다. 얼핏 보기에 체구가 커 보이지는 않았으나 야무진 몸피에 얼굴이 맑고 단아했다. 신재효는 그가 바로 송흥록이라는 것을 직감하였다.

"뉘신지요?"

단아한 얼굴의 남정이 토마루로 내려서서 짚신을 꿰며 물었다.

"고창에 사는 신재효라 합니다. 소리 하시는 송 선다님 계시온지요?"

신재효는 정중하게 예를 갖추고 물었다.

"내가 송흥록이오만…, 왜 찾으시는지요?"

"아, 그러시군요. 이거 불시에 찾아오게 되어서 죄송합니다."

"괜찮소이다. 헌데 뭣 때문에…?"

송흥록은 신재효의 행색을 유심이 살피더니 사립짝 밖에 서성이고 있는 일행 쪽으로 눈길을 던진 채 물었다.

"선다님께서 소리를 한 번 들어주십사 허고 염치 불구하고 찾아왔습니다만…."

"소리를 들어달라니요?"

"예, 열두 살 난 계집아이의 소리를 한 번 들어봐 주셨으면 합니다만…. 독공을 해왔는지라 재질이 어떠하며 장래성이 있을지…."

그렇게 말하고 나서 신재효는 사립 쪽을 향해 봉선이의 이름을 부르며 들어오라고 하였다. 그러자 밖에 있던 네 사람이 한꺼번에 마당 안으로 들어왔다. 송흥록은 마뜩찮은 얼굴로 신재효 일행을 한참 동안이나 바라보고

서 있을 뿐 방으로 들어가자는 말을 하지 않았다.

"이 아이랍니다. 선다님의 평언을 듣고자 먼 길을 왔으니 잠시 짬을 내어 주시지요."

신재효가 재차 간청을 해서야 송흥록은 턱 끝으로 방쪽을 가리키며 따라 들어오라고 하였다. 신재효는 또삼이만 밖에 있게 하고 넷이서 함께 토마루로 올라서서 허리를 구부려야 들어설 수 있는 낮은 외짝문 안으로 몸을 들이밀었다. 중천장도 없이 서까래가 그대로 드러나 보이는 작은 방안에는 송흥록 또래의 병약해 보이는 남자가 목침을 베고 누워 있다가 천천히 몸을 일으키며 일행을 흘끔흘끔 쳐다보더니 이내 뒷문 쪽으로 돌아앉아 버렸다. 방안에는 북이며 장고 거문고 가야금 등이 어지럽게 놓여 있었다.

"고창 사는 신재효라고 합니다."

방에 들어서자 신재효는 정식으로 수인사부터 하였다. 송흥록도 신재효가 깍듯하게 예를 갖추자 한껏 정중하게 맞아 주었다.

"통소 하나로 평생을 떠돌아댕기며 사는 국기봉입니다요."

이번에는 통소장이 노인이 수인사를 청했다. 신재효와 국 노인이 송흥록과 수인사를 하는 동안 금선이는 방

154

문 쪽에 비집고 서 있기만 하였는데 어느 사이에 봉선이가 송흥록 앞에 얌전하게 자리를 잡으며 큰절을 올렸다.

"유봉선이 선생님께 인사 올립니다요."

그러자 송흥록은 말없이 오랫동안 봉선이의 얼굴만을 바라보고 있었다. 봉선이는 오른쪽 무릎을 세우고 얌전하게 앉아 고개를 다소곳하게 숙였다.

"그래, 그동안 어느 선생님한테서 무엇을 배웠느냐?"

송흥록이 봉선이의 얼굴에서 눈길을 떼지 않은 채 물었다.

"아비한테서 춘향 <수절가> 몇 대목허고 바탕소리와 육자배기, 시조가락 대여섯 곡을 배웠구만요."

"춘부장께서 소리 선생님이시냐?"

송흥록이 다시 물었다.

"아니옵니다요. 장성 솔재 밑 비단골에서 닥나무 껍질 벗기는 일을 하십니다요."

봉선이는 숨김없이 사실대로 말했다.

"원래 이 아이의 아버지는 남원에서 살았답니다. 이 아이의 할머니와 어머니가 만신이었다고 합니다. 그래서 이 아이의 아버지는 만신 어머니한테서 춘향 <수절가>를 익혔다고 했습니다."

신재효가 봉선이의 가계를 간단히 이야기해 주었다.

— 명창 송흥록을 만나다

그러자 송흥록은 천천히 고개를 끄덕였다.

"그래, 어디 한 번 아무것이나 소리를 뽑아 보거라."

송흥록이 윗목에서 북을 끌어당기고 오른손에 북채를 쥐며 말했다. 봉선은 망설이지 않고 <옥중가>를 뽑았다.


**쑥대머리 구신 형용**

**적막 옥방 찬자리여**

**보고지고 보고지고**

**한양 낭군 보고지고….**


봉선은 온 힘을 다해 방안이 찌렁찌렁 울리도록 상청을 뽑았다. 송흥록은 봉선의 소리를 다 듣고 나서 한참 동안이나 아무 말이 없었다. 좌중은 송흥록의 입에서 무슨 평언이 나올지 궁금해 하면서 숨을 죽였다.

"재주는 타고난 것 같은듸…, 아직은 소리가 다듬어지지가 않았다. 우선 바탕소리부텀 다시 배워야겠구나. 상청만 가지고는 소리가 되지 않는 법이니라. 소리꾼이 되자면 우선 득음을 해야 하는듸 득음이라는 것이 그리 쉬운 것이 아니다. 목구멍에서 피가 쏟아지도록 공력을 들여야만 한다. 소리꾼이 되자면 오음을 분별할 줄 알아야 하고 육률을 변화하여 오장육부에서 나오는 소리를 낼 줄 알아야 한다. 사설이나 너름새는 그 다음에 익힐 일이다.”

송흥록은 봉선에게 간단하게 평언을 해 주었다.

“공력을 들이면 소리꾼이 되겠는지요?”

신재효가 조심스럽게 물었다.

“타고난 재질이 있으니 선생을 잘 만나 공력을 들이면 좋은 소리꾼이 될 겁니다.”

송흥록은 그윽한 눈빛으로 봉선을 보며 말했다.

“선생님, 저는 금선이라 하옵니다. 제 소리도 한 번 들어주십시오. 저는 초산 기생청에서 가무음곡을 익혔는디 <흥보가> 중에서 놀보 제비 후리는 대목을 잘한다고들 합니다요.”

어느 사이엔가 금선이가 봉선이를 밀치고 앉으며 송흥록한테 큰절을 올리고 나서 말했다. 그리고 그녀는 송흥록이 북채를 잡기도 전에 덜렁제 더늠으로 제비 후리는 대목을 뽑아댔다.

“이름이 금선이라고 했던가?”

금선이의 소리를 다 듣고 나서 송흥록이 물었다.

“그렇구만요. 초산 기생청 소리 선생한테서 <흥보가> 와 잡가를 배웠구만요.”

“그 덜렁제 더늠은 누구한테서 배웠는고?”

"역시, 기생청 소리 선생님한테서요."

"그것은 권삼득 선생님이 창곡하신 것인듸 권 선생님의 특장일세."

송흥록은 금선이에 대해서는 좋다 나쁘다 더 이상 말이 없었다. 금선이는 좀더 자상한 평언을 듣고 싶어했으나 송흥록은 입을 열지 않았다.

"이번에는 어디 노인장의 퉁소 소리 한 번 들어볼 수 있을지요?"

한참이나 있다가 송흥록이 국 노인을 보며 간청하듯 말했다.

"이 늙은이의 퉁소 소리를 들으시면 귀만 더럽히게 될 겝니다요."

"원 겸양의 말씀을⋯."

"허면 이 늙은이가 퉁소를 한가락 불 테니 그 대신 소청을 하나 들어주시겠소이까?"

"무슨 소청이신데요?"

"그것은 퉁소를 불고 나서 말씀드리지요."

그러면서 퉁소장이 국 노인은 퉁소를 꺼내 들어 천천히 취구에 입술을 갖다 대고 잠시 호흡을 조정한 후에 소리를 내기 시작했다. 국 노인의 퉁소에서 잔잔하면서도 애절하고 청아한 소리가 흘러나오자, 등을 돌리고 앉아 있기만 하던 병색 짙은 남자가 화들짝 얼굴에 생기를 떠올리며 좌중을 향해 돌아앉았다.

퉁소장이 국 노인의 퉁소 소리는 한동안 느린 가락으로 방안을 흥건히 적셔 놓더니 점점 음이 높아지다가 종당에는 오장육부를 쥐어뜯는 것처럼 격렬하면서도 애원처절하게 울려 퍼졌다. 퉁소 소리는 방의 문풍지 사이를 빠져 나가 초겨울 찬바람이 스산하게 스치는 화수천을 지나 황산의 산자락까지 울려 퍼졌다. 송흥록과 병색 짙은 남자는 국 노인의 퉁소 소리에 완전히 도취되어 있는 듯하였다. 그 두 사람은 퉁소 소리가 멎은 다음에도 한참 동안이나 넋을 잃은 얼굴로 우두커니 퉁소장이 국 노인을 바라보고만 있었다.

"함자가 어떻게 되신다고 하셨는지요?"

한참 후에 병색 짙은 남자가 국 노인 앞으로 바짝 다가앉아 정중하게 예를 갖추며 물었다.

"함자랄 것이 있겠습니까요, 그냥 국기봉이라고 부릅지요."

"아, 예⋯. 참으로 오랜만에 심저에서 울려 나오는 좋은 가락을 들었습니다요."

그러면서 병색 짙은 남자는 다시 한바탕 밭은기침을 쏟았다.

"이 사람은 여산에 사는 김성옥이라고 합네다."

기침을 쏟고 나서 병색 짙은 남자가 국 노인한테 인사를 청했다.

"여산에 사시는 김성옥 선생이라면 저… 진양조와 중고제의 법제를 창달하신 명창이 아니신지요."

그러면서 국 노인은 김성옥 앞에 무릎을 꿇었다. 김성옥은 자신보다 나이가 곱이 더 많은 국 노인의 그 같은 태도에 당황해하며 몸 둘 바를 몰라해하였다.

"왜 이러십니까요. 이러지 마시고 편좌하시지요."

김성옥은 자신의 불편한 다리를 애써 구부려 앉으며 국 노인이 편히 앉기를 권했다. 그제야 국 노인은 무릎을 펴고 앉으며 김성옥을 향해 마음속으로부터 우러나오는 경의를 표했다.

"이분은 저의 매부가 되십니다요."

송흥록이 국 노인과 신재효에게 말했고 그제야 신재효와 국 노인은 고개를 거듭 끄덕였다. 그러나 신재효는 김성옥에 대해서 자세히 아는 바가 없었기에 잠시 멀뚱한 표정이 되었다. 다만 국 노인이 그에게 깍듯하게 예를 갖추는 것으로 보아 송흥록에 버금가는 소리꾼이겠거니 짐작할 뿐이었다.

김성옥이라는 이름을 듣고 놀라는 것은 국 노인뿐만

아니었다. 금선이 역시 화들짝 놀라며 김성옥 앞으로 다가앉으며 "한때 저의 소리 선생님한테서 고명을 익히 들었사옵니다" 하고 머리를 깊숙이 조아렸다.

"소리 선생님이 뉘신데?"

그제야 김성옥이 처음으로 금선에게 관심을 보이며 나지막한 목소리로 물었다.

"성씨는 오 씨이옵고 함자는 성자 근자였사옵니다. 수년 전에 작고하셨지요."

금선의 말에 김성옥은 얼핏 생각을 떠올려 보려고 하는 것 같더니 이내 천천히 고개를 가로 젓고 나서 국 노인 쪽으로 눈길을 돌렸다.

국 노인이 아는 김성옥은 원래 강경에서 태어났으나 그 무렵에는 여산으로 옮겨 와 살고 있는 명창으로, 진양조를 창시한 사람이었다. 김성옥 이전까지만 해도 판소리 장단은 중모리와 중중모리, 자진모리가락만 있었는데, 그가 느린 중모리에 한 가락을 더 넣어 진양조를 만들어 낸 것이었다. 김성옥이 창시한 진양조가락을 송흥록이 연마하여 유명한 진양조의 <단장곡>으로 완성하였다. 또한 당시에는 우조(羽調)의 동편제와 계면조(界面調)의 서편제가 있었다. 우조는 창의 음성이 정중하면서도 씩씩한 느낌을 주어 웅건청담한 호령조가 많고 발성이 진중하면서도 구절의 끝마침은 마치 쇠망치로 내려치듯이 강하게 하는 법제이다. 이에 반해 계면조는 소리가 맑고 높고 아름다우며 애원처절하여 감상적이다. 흔히들 동편제인 우조를 두고 담담한 채소의 맛이라면 서편제인 계면조는 질탕한 육미에 비교되고, 우조가 천봉에 달이 뜨는 격이라면 계면조는 산천에 꽃이 만발한 격이라고들 하였다. 따라서 섬진강의 동쪽인 운봉 구례 순창 흥덕은 동편제에 해당하고, 서쪽인 광주 나주 보성 장흥은 서편제에 해당했다. 그리고 송흥록의 법제는 동편, 박유전의 법제는 서편이라 각각 구분하였다.

동편도 아니고 서편도 아닌 그 중간법제를 중고제라 하는데, 이것을 김성옥과 엄계달이 만들어 냈고 경기나 충청도에서 유행하였다. 김성옥의 중고제는 동편에 가까운 듯하였다. 그의 처남인 송흥록의 영향 때문이라고 한다.

그 무렵 김성옥은 학슬풍이라는 무릎이 아픈 병으로 거의 다리를 쓰지 못하고 있던 터에 운봉에 학슬풍을 잘 고치는 의원이 있다는 소문을 듣고 처남인 송흥록의 집을 찾아와서 치료를 받고 있는 중이었다.

"잠시 전에 저에게 청이 있다고 하셨지요?"

송흥록이 국 노인을 향해 물었다.

162

"예, 실은….”

국 노인이 봉선이 쪽을 얼핏 돌아보며 조심스럽게 말문을 열었다. 그때 신재효가 나서더니 “실은… 선다님께서 이 아이를 좀 맡아주십사 해서…” 하고 국 노인을 제치고 봉선에 대해 부탁의 말을 하였다.

“저 아이를 맡아 달라니…, 무슨 말씀이시온지…?”

“예. 그러니께 이 아이가 득음을 할 때까지 선다님께서 소리를 가르쳐 주십사 허는 부탁입니다. 이 아이의 숙식비며 사례는 매삭마다 넉넉하게 보내드리겠습니다.”

신재효는 다시 간청하였다. 그러자 송흥록은 난감한 얼굴로 봉선이를 한참 동안이나 바라보았다.

“이 노구의 청을 들어주십시오.”

국 노인이 간절한 얼굴로 김성옥을 보며 다시 부탁하였다. 송흥록은 이내 대답을 해 주지 않았다.

“청을 들어주고 싶지만 정처가 없이 떠돌음하는 몸이고…, 또 아직은 후진을 가르칠 만한 처지가 못 된지라…. 미안하오만, 다른 소리 선생을….”

송흥록은 여전히 떨떠름한 기색으로 신재효의 청을 점잖게 거절하였다.

“저어… 소녀는 아비로부터 멀리 떨어져 있을 수가 없구만요. 그러고 지는 기생청에 들어가야 허는구만요.”

163
— 명창 송흥록을 만나다

잠시 후에 봉선이가 한참을 미적거리다가 용기를 내어 입을 열었다. 봉선이는 아버지와 헤어져 멀리 운봉까지 와서 소리를 배우고 싶지가 않았다. 봉선이는 집에서 가까운 장성이나 고창에 있는 기생청에 들어간 후에 기생이 되는 것이 소원이었던 것이다.

　"그 일은 걱정 말거라. 내가 봉선이의 아버지를 만나서 사정을 이야기하겠다."

　신재효는 봉선의 효심을 헤아리며 말했다.

　"정이 그러시다면, 올 세한이나 지내고 내년 봄부터나…."

　송흥록은 연민의 눈빛으로 봉선이를 다독거려 보면서 마지못해 승낙을 해 주고 말았다. 그는 봉선이를 기생청에 보내고 싶지 않았기 때문에 자신의 문하에 들어오는 것을 승낙했는지도 몰랐다. 아무리 타고난 재주가 있다고 해도 기생청에 들어가게 되면 뭇 사내들의 노리갯감이 되기 마련이고, 그리 되면 결국은 피나는 독공을 통한 득음의 경지에 이를 수 없다는 것을 잘 알고 있었기 때문이다.

　그날 밤 신재효는 봉선이를 문하에 거두어 주겠다고 승낙한 것에 대해 감사하는 마음으로 송흥록을 운봉에 있는 기생집으로 초대하여 거판지게 술판을 벌였다. 이날

164

밤 송흥록의 소리도 들을 수가 있었다.

　다음날 신재효 일행은 송흥록과 헤어져 발길을 돌렸다. 신재효는 송흥록과 헤어지면서 세한을 넘기고 날씨가 풀리면 봉선이를 데리고 다시 한 번 찾아오겠다고 다짐하고, 송흥록에게도 언제라도 고창에 한 번 들러 달라고 부탁을 하였다. 송흥록은 미구에 고창 선운사에 가보고 싶다면서 그때 고창에 들르겠다는 말을 하였다.

# 집으로 돌아오다

　일행은 남원을 떠나 순창으로 되돌아왔다. 그들은 순창에서 하룻밤을 묵고 다시 출발하였다.

　"노구는 이제 그만 고향으로 돌아가고 싶소이다."

　순창을 떠날 때 국 노인은 신재효와 작별하고자 하였다.

　"아니 됩니다. 함께 고창으로 갑시다."

　신재효는 국 노인의 말을 가로막았다.

　"봉선이 문제도 해결이 되었으니 이제 고향으로 돌아

가서 죽을 준비를 해야겠소이다. 아무래도 내년 봄에 봉선이가 송흥록 선생 문하에 들어가는 것을 못 보고 죽을 것만 같소이다. 노구의 몸은 노구가 잘 알지요."

그러면서 국 노인은 한사코 담양으로 돌아가고 싶어 하였다.

"고창에 당도하는 대로 이름난 의원을 불러 노인장의 병을 고쳐줄 터이니 걱정 마시오. 자, 딴생각 마시고 어서 가십시다."

신재효는 국 노인의 팔소매를 놓지 않았다. 하는 수 없이 국 노인은 신재효를 따라 나섰다. 그렇지만 국 노인은 이제 그만 고향으로 돌아가서 죽을 날까지 편하게 쉬고 싶을 뿐이었다. 남사당패를 따라 도망치듯 고향을 떠난 후, 단 하루도 마음 편하게 살지 못하고 부초처럼 뜬구름처럼 물결치고 바람 부는 대로 떠돌음하였지만, 죽음의 길로 가는 동안만큼이라도 그가 태어났던 고향 땅에서 조용히 쉬고 싶었던 것이다. 느린 가락으로 애원처절하게 퉁소 소리를 내는 마음으로 마음 편하게 죽음을 맞고 싶었다. 국 노인은 나이가 많아지고 몸에 병이 무거워지면서부터 고향이 아닌 낯선 땅에서 죽는다는 것이 끔찍하게 두려워지기 시작했다. 일생을 떠돌음하며 살아온 사람들이 가장 두려워하는 것은 객사일지도 몰랐다. 국 노인의 마지막 소원은 고향에 돌아가서 숨을 거두는 것이었다. 다행히 그에게는 고향에 장조카가 조상을 모시고 살고 있었기에 국 노인의 죽음을 의탁할 수가 있었다.

"또삼이는 봉선이를 집에까지 데려다 주도록 하거라. 그러고 금선이도 또삼이를 따라가도록 허고."

순창을 떠나 반나절쯤 지나 도룡이라는 마을의 삼거리 주막에 이르렀을 때 신재효가 말했다. 봉선이를 장성 비단골 집에까지 데려다 주자면 그곳에서 헤어져야만 했다.

"서방님은 서원으로 안 가시고 또 워디로 가실라고 그러시는그라우?"

또삼이가 뜨악한 표정으로 물었다.

"서원에는 다시 가지 않는다. 나는 노인장허고 임실로 전주로 부안으로 한 바퀴 휭 돌아서 천천히 집으로 갈테니, 또삼이 너는 봉선이와 금선이를 데려다 주고 먼저 집으로 가도록 허그라."

신재효는 그렇게 말하고 국 노인의 소맷자락을 잡아 끌고 회문 쪽으로 꼬불꼬불 뻗어 있는 산자락 길을 따라 성큼성큼 걷기 시작했다. 그러자 금선이가 쪼르르 달려와서 한사코 신재효를 따라가겠다고 졸라댔다.

"금선이 너는 매인 몸이 아니더냐. 그러니 이번에는

예서 그만 헤어지는 것이 좋겠다. 예서 헤어지지 않으면 언제 초산에 다시 돌아가게 될지도 모르지 않겠느냐."

"아니옵니다요. 나리께서는 전주에 가서 권삼득 선생님과 모흥갑 선생님의 소리를 들으시려고 그러시는 것 다 알고 있구만요. 지도 권삼득 선생님의 놀보 제비 후리는 대목이며 모흥갑 선생님의 덜미 소리 한 번 들어 보고 싶습니다요."

그러면서 금선이는 신재효와 헤어지려고 하지 않았다. 신재효는 권삼득이나 모흥갑의 소리를 들으러 가는 길이 아니라면서 억지로 금선이를 돌려 세웠다.

"언제고 고창에 오거든 나를 찾아오거라. 고창에 와서 관약방을 찾으면 된다."

신재효는 금선이한테 좋은 말로 타일러 헤어진 후 국 노인과 함께 발길을 서둘렀다.

순창을 조금 지나 도룡 삼거리에서 또삼이 등과 헤어진 신재효와 국 노인은 한동안 말없이 야트막한 산자락 길을 따라 걸었다. 국 노인은 신재효의 간청을 차마 뿌리치지 못하고 끌려가다시피 길을 나서기는 하였으나 이미 그의 마음은 담양 추월산 밑 고향 마을에 가 있었다.

신재효의 마음은 무거워졌다. 언제까지 방황을 하고 나면 마음이 가라앉아 앞으로 살아갈 길을 찾게 될지 몰랐다. 그는 무작정 여기저기 떠돌아다니고 싶지도 않았다. 그렇다고 집으로 돌아가 다시 옛날처럼 아무런 희망도 없이 서책과 씨름을 하며 살고 싶지도 않았다. 그런 가운데서도 서원에서 신분을 속인 것이 탄로 난 것하며, 비단골에서 봉선이를 만난 일, 초산 기생 금선이와 퉁소장이 국 노인을 만난 것이 우연한 일이 아니라, 부처님의 뜻에 의해서 운명적으로 인연이 된 것인지도 모른다는 생각이 들었다. 그 인연이 다리를 놓아, 예전에는 생각지도 않았던 송흥록과 김성옥을 만날 수가 있었지 않은가. 생각이 거기에 미치자 신재효는 자신이 앞으로 걸어가야 할 길이 희미하게나마 눈앞에 어른거리는 것 같았다.

　신재효의 머릿속에 송흥록과 김성옥의 모습이 가물가물 살아났다. <수궁가>에서 토끼 배 가르는 대목을 애원성으로 슬프게 불렀던 송흥록의 목소리며, 비곡을 뽑을 때 처절하리만큼 비원에 차 있는 듯한 얼굴과 눈빛 하나까지도 눈앞에 마주보고 있는 것처럼 선명하게 되살아났다. 다리를 못 쓰고 몸을 움직일 때마다 괴로워하던 김성옥의 모습도 떠올랐다. 신재효는 그들 소리꾼들을 잠시 만났을 뿐인데도 오랫동안 가까이 얼굴 마주하고 살아온 사이처럼 느껴졌다.

　도롱에서 헤어진 봉선이와 금선이의 얼굴도 눈앞에

아른거렸다. 그들이 살아온 과거와 장차 살아갈 길이 분명하게 보이는 듯하였다. 봉선이는 명창이 될 것이고 금선이는 명창을 꿈꾸는 기생으로 늙어 갈 것이라고 생각했다. 신재효는 또 생긴 것은 곱상해도 가무에 뛰어난 재질을 갖고 있지 않은 금선이에 대해서 어쩐지 안쓰러운 마음이 드는 것을 어찌할 수가 없었다. 신재효는 산모퉁이를 돌다 말고 문득 걸음을 멈추고 돌아서서 뒤를 돌아다보았다. 봉선이와 금선이의 모습은 보이지 않았다.

비탈길 위쪽 상수리나무 숲 속에서 박새가 쥬쥬, 치이, 치이 소리를 내며 울었다. 그러자 한동안 말없이 신재효를 뒤따라오던 국 노인이 허리춤에서 퉁소를 꺼내더니 영락없는 박새 울음소리를 냈다. 국 노인은 박새 소리뿐만 아니라 여러 가지 새 울음 소리를 냈다.

"아주 영락없는 새소리를 내시는구만요."

신재효는 국 노인이 가까이 오기를 기다렸다가 말했다. 그때까지도 국 노인은 후—후—후— 하고 부엉이 우는 소리에서부터 솥적다, 솥적다 하는 두견새 소리며, 삐쭉, 삐죽죽, 빌빌 비르르— 하고 우는 종달새 우는 소리 등 여러 가지 새 울음 소리를 퉁소로 흉내를 냈다.

"새는 왜 운답니까요?"

신재효가 다시 물었다. 그제야 국 노인은 입에서 퉁소

를 떼고 한참동안 상수리나무 숲 쪽을 바라보더니 "새도 노래를 하는 게지요. 숫놈이 암놈을 부르는 사랑의 노래랍니다. 새가 울 때는 위험하다는 신호인 게지요. 헌데 우리는 그냥 새가 소리 내는 것을 모다 운다고 하지요. 새가 노래하는 것을 가만히 들어 보면 참 재미있답니다. 두견이 노래하는 거는 쪽박 바꿔줘, 쪽박 바꿔줘 라고 들리고 소쩍새 수컷은 솥적다 솥적다로 들리지요. 동고비는 쮸우이 쮸우이 하고 쇠박새는 쯔쯔삐이 쯔쯔삐이 삐이 삐이 하고 노래한답니다요."

그렇게 말하고 나서 국 노인은 다시 퉁소로 여러 가지 새소리를 계속 흉내를 내면서 걸었다.

"나이가 젊었을 때꺼지만 해도 새가 부러웠구만요. 내가 새로 변헐 수만 있다면 아무데나 가고 싶은 데를 마음대로 훨훨 날아댕길 수 있다고만 생각했구만요. 그런디 이제는 생각이 달라졌답니다요."

국 노인은 비감에 젖은 표정을 하고 말을 계속했다.

"사실 알고 보면 몇 가지 철새들을 제외하고는 한곳에 터를 잡고 오래오래 산다는 거를 알게 되었답니다. 논이나 밭, 잡목 숲, 개울가 같은 데에 터를 잡고 한곳에 붙어 살드만요. 어떤 새는 평생을 한 나무에서만 산답니다요. 새들도 고향을 알고 있는 게지요. 한곳에 터를 잡고 오래오래 사는 것이 행복하다는 것을 알고 있는 게지요. 헌디…, 내가 그것을 안 거는 이미 늙고 병들어서 죽을 때가 가까워서야…, 그러니 나는 하찮은 새만도 못 헌 게지요. 새대가리만도 못한 게지요."

국 노인은 탄식하듯 말하고 나서 다시 퉁소를 입에 대더니 애원처절한 가락을 뽑았다.

신재효의 생각에 국 노인은 그동안 세상을 떠돌음하며 살아온 것을 후회하고 있는 듯싶었다. 신재효는 그런 국 노인을 이해할 수가 없었다. 이 풍진 세상 속된 인연의 끈을 끊어 버리고 자유로운 마음으로 새처럼 마음껏 유랑하면서 살 수만 있다면, 그보다 더 복되고 재미있는 일이 또 어디에 있겠는가 싶었다. 신재효는 서원을 나와서 며칠 동안 발길 닿는 대로 방랑 아닌 방랑을 하고 보니, 이런 세상살이도 있구나 싶을 정도로 재미를 붙일 수가 있었던 것이다. 그는 할 수만 있다면 평생을 이렇듯 뜬구름처럼 여기저기 산천경계 구경이나 하면서 살아가고 싶었다. 그러나 가족이며, 친지들, 그리고 특히 그에게 기대를 걸고 있는 부모의 속박으로부터 벗어날 수가 없었기에 안타까울 뿐이었다.

임실에 당도하여 하루를 보낸 신재효는 집에 돌아갈 생각은 하지 않고 다시 전주 쪽으로 발길을 재촉하였다.

권삼득이라는 소리꾼을 만나보고 싶었던 것이다. 그러나 권삼득은 강경에 가서 언제 돌아올지 모른다고 하였다.

"권삼득이라는 분은 양반의 신분으로 어찌하여 소리꾼이 되기를 원했을까요?"

권삼득을 만나지 못하고 삼례를 향해 발길을 재촉하면서 신재효가 국 노인에게 뚜벅 물었다. 신재효가 애써 권삼득을 만나고 싶어한 것은 따지고 보면 그 같은 의문을 풀기 위한 것인지도 몰랐다.

"그거야 소리가 좋아서 그러했겠지요."

국 노인의 대답은 신통치 않았다.

"아무리 소리가 좋다고 한들 명문의 향반 가문 출신으로 그럴 수가…."

"그분이 그러하신 것도 다 하늘의 뜻이겠지요."

"옳아요. 하늘의 뜻이라고 생각할 수밖에…. 소리 공부를 그만두지 않으면 가문의 명예를 지키기 위해 죽일 수밖에 없다면서 아들을 죽이기로 작정한 그분 아버지 되는 어른의 심정이야 얼마나 아팠겠어요. 그러나 아들의 소리를 듣고 죽이기에는 너무 아깝다 하여 살려 준 것도 다 하늘의 뜻 일밖에요…."

신재효는 한숨을 섞어 푸념처럼 말했다. 그는 문득 아버지의 얼굴이 떠올랐다. 그가 서원에서 쫓겨나 퉁소장이 노인과 떠돌아다니고 있다는 사실을 알았을 때, 아버지가 얼마나 실망을 하게 될까 생각하니 오장이 찢어지는 듯 아팠다. 신재효가 또삼이를 먼저 집에 돌려보내고 그 자신은 한동안 더 떠돌아다니다가 돌아가기로 한 것도 따지고 보면 아버지의 그 같은 실망을 직접 대하고 싶지 않았기 때문인지도 몰랐다.

　신재효는 삼례를 거쳐 강경까지 올라갈까 하였으나 발길을 돌려 금산사를 구경하고 부안으로 향했다. 부안에 가서 이매창의 무덤을 찾아보고 싶었다. 국 노인도 이매창의 무덤을 찾아보겠다고 하자 뛸 듯이 좋아하였다.

　"젊었을 적에 부안에 가서 매창이뜸을 찾어갔었구만요. 굿 패거리가 부안에 들렀다 하면 먼첨 매창이뜸에 찾어가서 매창이 무덤 앞에서 한바탕 거판지게 놀게 되어 있었지요."

　그러면서 국 노인은 그가 부안에 갔을 때 들었다는 매창이에 대한 이야기를 입심 좋게 늘어놓았다. 이매창은 계생(桂生)이라는 기생으로 개성의 황진이와 쌍벽을 이룬 여류 시인이었다. 그녀는 아전 이양종의 서녀로 태어나, 한때는 연평부원군 이귀의 정인이기도 하였으며,《홍길동전》을 쓴 허균과는 한 무덤에 같이 묻히기로 언약한 사이이기도 했다. 37세의 젊은 나이로 세상을 떠났지만 그녀가 남긴 주옥같은 시들은 많은 시인 묵객들의 심금을 울렸다.

신재효는 매창이뜸에 묻힌 이매창의 무덤 앞에서, 그녀의 시를 마음속으로 읊조려 보았다.

이화우(梨花雨) 흩날릴 제
울며 잡고 이별한 님,
추풍 낙엽에 저도 나를 생각는지
천리에 외로운 꿈만 오락가락하더라.

신재효는 매창의 명편들이 《화원악보》(花源樂譜)에 5백여 수나 전해 오고 있음을 알고 있었다. 그는 부안에 머무르면서 내소사, 개암사를 구경하기도 하고, 변산의 채석강과 적벽강에도 가 보았다.

선운사를 거쳐 고창에 돌아오니 어느덧 겨울이 되었다. 뜬구름이 되어 흘러다니 듯 두어 달 동안 방랑을 끝내고 잠시 집에 돌아와 생각해 보니 세상이 달라진 듯한 기분이었다. 그 두 달 동안에 너무나도 많은 것들을 배운 것 같았다. 특히 그가 방랑길에서 만났던 많은 사람들한테 배우고 느낀 바가 컸다. 기생들이며, 천한 소리꾼들의 삶이야말로 부귀공명에 눈이 어두워 있는 양반 선비들의 부질없는 허명보다 훨씬 값지고 뜻이 있음도 깨닫게 되었다.

　겨울 동안 그는 집에만 붙박여 있었다. 아버지는 다시 서원을 찾아가서 하던 공부를 계속하라고 하였으나 그럴 생각은 없었다. 그 무렵 국 노인은 해소병이 도져 바깥출입을 못하고 신재효의 사랑방에 줄곧 누워 지냈다.

　신재효는 고창에 머무르면서 서당의 동문들 중에서 동갑 시우(詩友)들과 한산회회(寒山回會)라는 시회를 만들어 그들과 어울려 수창(酬唱)하는 것으로 세월을 보냈다. 그리고 봄이 되자 다시 여행을 떠났다.

　때로는 심산유곡을 찾기도 하고, 멀리 남쪽 바닷가를 가보기도 하였다. 그러나 그에게 깊은 감동을 준 것은 절경이나 풍광의 아름다움이 아니라, 자주 만나게 된 천한 광대들과 가무음곡으로 평생을 매달려 사는 기생들이었다. 그는 가는 곳마다 소리꾼들을 만나 소리를 듣는 것을 좋아했다.

　신재효가 다시 전주에 찾아가서 권삼득을 처음 만났을 때 그의 나이 스물일곱이었고, 권삼득의 나이 예순여덟이었으니, 권삼득이 세상을 뜨기 이년 전의 일이었다. 그때 권삼득은 노구에도 불구하고 전주와 완주, 익산 사이를 오가며 제자들을 가르치고 있었다. 권삼득의 목소리는 아직도 찌렁찌렁 울렸다. 전주 기생청에서 권삼득의 소리 한바탕을 들은 신재효는 그날 밤에 권삼득의 숙소로 찾아갔다.

"젊은이는 이 밤중에 늙은이의 소리를 듣고 싶어 찾아왔는가?"

권삼득이 신재효에게 던진 첫마디였다.

"아니옵니다, 선생님. 선생님 소리는 이미 낮에 들었사옵니다."

"그렇다면 소리를 배우러 온 게로구먼!"

"그것도 아니옵니다. 저는 목을 타고 태어나지를 못하여 군목질 한 번도 못하는 음롱(音聾)이옵니다."

"그렇다면 나를 찾아온 연유가 뭔가?"

"소리 듣는 법을 알고자 하여 찾아왔사옵니다."

"소리를 듣는 법이라고 했는가?"

"그러하옵니다."

"귀명창이 되고 싶은 게로구먼!"

그러면서 권삼득은 빙긋이 웃으면서 신재효를 찬찬히 되작거려 가며 살펴보았다. 신재효가 만나 본 권삼득은 여느 소리꾼들과는 다른 데가 있었다. 나이가 많아 원숙한 경지에 이른 탓도 있으려니와, 우선 소리꾼답지 않게 풍망(風望)이 당당하였으며, 그 자신 지극히 소리를 사랑하는 연유로 하여 소리의 귀기마저 엿보였다.

"젊은이가 소리 광대들을 어찌 생각하는가?"

권삼득이 물었다.

"어찌 생각하다니오?"

"본시 광대 재인은 천한 것들이 아닌가?"

"양반 출신인 선생님이 굳이 소리꾼이 되신 것은 필시 거기에 오묘한 도락이 있을 것이라 생각하옵니다. 또 소생이 그동안 여기저기 떠돌아댕기면서 이름 없는 소리 광대들을 여럿 만나 보았사온데, 그들은 저마다 자신들이 천대받고 있는 것에는 상관하지 않고 소리에만 취해 있었습니다. 그것은 신분에 있어 천대를 받는 것보다 그 소리 안에 필시 오묘한 즐거움이 있는 연유라고 생각하옵니다."

권삼득은 한동안 신재효의 말을 듣고 있다가 "젊은이는 누구누구의 소리를 들어 보았는가?" 하고 물었다.

"작년에 남원에서 송흥록과 모흥갑의 소리를 들었고, 오늘 처음으로 선생님의 소리를 들었사옵니다."

"그래, 송흥록 모흥갑의 소리는 어떻든가?"

"송흥록은 <옥중가>를 출중하게 잘하는 것 같았는데 비곡에 뛰어났고, 모흥갑은 <적벽가>를 잘하였는데 덜미소리가 특징인 듯하였습니다."

"그만하면 자네는 반 귀명창은 되었구만그려!"

그러면서 권삼득은 송흥록의 소리를 노산폭포(盧山瀑布) 호풍환우(呼風喚雨)라 하였고, 모흥갑의 소리를 설산에 진저리친 듯하다고 말해 주었다.

"그렇다면 오늘 들은 내 소리는 어떻든가?"

권삼득이 다시 물었다.

"외람되게 선생님의 소리를 말씀드리자면, 선생님은 <흥보가> 중에서 놀보가 제비 후리는 대목을 잘하신 것 같았으며, 선생님의 설렁제는 마치 절벽이 불끈 솟아 만장폭포가 월렁 퀄퀄 쏟아져 내리는 것 같았사옵니다."

권삼득은 빙긋이 웃고만 있었다.

신재효가 들은 권삼득의 소리는 매우 격렬하고도 청고(淸高)했다. 권삼득은 자신의 그와 같은 소리의 대목을 설렁제, 드렁조, 권마성이라고도 하였다. 그것은 신분이 귀한 자리에 있는 사람이 행차할 때 말이나 가마 앞에서 하인들이 가늘고 긴 소리로 부르는 일종의 신호 소리로, 매우 호기 있는 인상을 주었다.

"선생님이 설렁제에 출중하신 것은 역시 선생님의 출신이 양반인 탓이라고 생각하옵니다."

양반 출신의 광대를 비갑이라고 하였다. 권삼득이 바로 비갑이인 셈이었다.

"자네 북채를 잡을 줄 아는가?"

권삼득이 윗목에서 북을 끌어당겨 신재효 앞에 밀치며 북채를 내밀었다.

"겨우 흉내를 낼 정도입니다."

그동안 신재효는 퉁소장이 국 노인한테서 북 치는 법을 대충 배웠다. 모암서원에서 쫓겨 나온 후 사 년 동안 떠돌음하는 사이, 퉁소며 북, 장고, 거문고를 가까이 하여 얼마만큼은 장단과 음률을 익혔다.

"오늘 밤 자네를 위해서 제비 후리는 대목을 다시 한 번 뽑을 테니 응고를 허게나."

권삼득의 재촉에 마지못해 북채를 받아든 신재효는 한동안 잠자코 앉아 있기만 하였다. 북채를 쥔 오른손이 자꾸만 떨렸다. 소리는 젊어도 명창이 나지만 고수는 젊은 명고가 없다는 말을 잘 알고 있는 신재효로서는 감히 명창 권삼득의 소리에 응고를 할 만큼 배짱이 두둑하지가 못한 것이었다.

"이 사람아. 뭣 허고 있는가!"

권삼득이가 나무라는 소리에 신재효는 미처 숨을 가다듬을 여유도 없이 북채를 쳐들고 딱 소리가 나게 북통을 내리쳤다.

— 집으로 돌아오다

제비를 후리러 나간다. 복희씨 맺힌 그물을 에후리쳐 들어
메고 망당산으로 나간다. 저 제비야, 백운을 박차고 흑운
을 무릅쓰고 네 어디로 가느냐. 가지마라 가지마라. 그 집
찾아가지 마라. 그 집을 지을 때 천화일(天火日)에 상량을
얹어 화기충천하면 옛 주인이 위태하니 그 집을 찾아가지
말고, 좋은 내 집을 찾아들어 보물 박씨 물어다가 천하 부
자 되어 보자, 허허, 저 제비….

권삼득은 중중모리가락으로 소리를 뽑았다. 그는 세
마치장단을 조금도 틀림없이 불러냈다.
　신재효는 전주에 머물면서 다음날도 그 다음날도 권
삼득을 찾아갔다. 권삼득은 신재효가 찾아갈 때마다 소
리를 들려주었다. 그는 된 목, 드는 목, 촐랑목의 장단을
마음대로 구사하였다. 신재효의 마음을 사로잡은 대목은
<춘향가>에서 군노 사령이 서로 부르며 춘향을 잡으러
나가는 대목과, <심청가>에서 남경 선인들이 낭자를 사
러 외치며 나가는 대목과, <수궁가>에서 벌덕게 용왕에
게 장담을 하며 호기 있게 나오는 대목이며, <적벽가>에
서 씩씩한 군사가 여러 군사들을 꾸짖으며 나오는 대목
등이었다.
　신재효는 권삼득에게서 중고제니, 반두름제니, 붙임

새 등이니 하는 판소리 창법의 기교에 대한 이야기를 들었다. 그리고 발성법의 양성과 음성, 천구성과 득음한 목, 발성에서 절대로 기피해야 한다는 노랑목, 함성, 전성(轉聲), 비성(鼻聲) 등 네 가지 피해야 할 것에 대한 이야기도 들을 수 있었다.

노랑목은 육자배기 발성법에서 흔히 들을 수 있는 풀린 소리를 말하며, 함성이란 소리가 입 안에서만 울리고 입 밖으로 분명하게 튀어나가지 못하는 소리이고, 전성이라는 것은 발발 떠는 소리이며, 비성이란 소리를 목에서 입 밖으로 바로 내보내지 않고 코를 거쳐 내보내는 콧소리를 말한다고 하였다.

또한 발성의 기초는 미는 목의 양성과 당기는 목의 음성이며, 목에 변화를 주지 않는 통성으로 소리를 뽑아내는 것을 원칙으로 하나, 선천적으로 성량을 잘 타고나지 않은 사람은 세성(細聲), 가성(假聲), 또는 속목이나, 깎아서 곱게 다듬은 깎는 목으로 득음을 할 수도 있다고 말했다.

"듣기에 박박하고 탁한 성음인 덕목이나, 소리를 밀어서 내는 양성을 가진 사람은 명창으로 대성할 수가 없다네."

권삼득이 말했다.

"그렇다면 명창이 되려면 어떤 소리를 타고나야 합니까?"

"거야 수리성이지."

"수리성이란 무엇을 말합니까?"

"가장 좋은 천구성이란 목이 약간 쉰 듯한 수리성을 말 허지. 허나 예로부터 이런 천구성을 타고난 사람은 목만을 믿고 소리 공부를 제대로 하지 않아서 명창이 된 예는 드물고, 오히려 평범한 소리를 타고난 사람이 열심히 목을 갈고 닦아서 득음한 경우가 많은 것을 알아야 허네."

그러면서 권삼득은 명창이 되는 기초로는 어금니 근처를 울려서 내는 아구성이나, 이빨 사이로 소리를 내보내는 치성, 혀를 굴려서 내는 설음, 입술을 둥글게 하여 내보내는 순음에 대해서 철저히 훈련을 쌓아야 하며, 드는 목, 찌르는 목, 채는 목, 휘는 목, 감는 목, 방울목 외에도 기지개를 켜듯이 소리를 만들어 내는 기지개목, 연비여천(鳶飛戻天)이라는 이름의 소리개목, 들어서 휘는 무지개목이나 추천목 등의 장식음까지도 낼 수 있어야 명창으로 득음을 했다고 하였다.

"소인이 생각키에는 득음도 중요하지만 사설도 잘 해야 한다고 믿고 있습니다. 소인이 이름 없는 여러 소리 광대들의 소리를 들어본바, 사설이 이치에 맞지 않거나 뜻도 모르고 무턱대고 잘못 불려지고 있는 대목이 많았습니다."

"그것은 소리 광대가 선생한테 입을 통해서만 배워 왔기 때문일세. 창본이 없이 오랫동안 구심전수 해온 탓이여."

"<춘향가>중 천지우렁장마물속인디 하는 대목에서, 천지우렁장마물속은 천지위낭장만물(天地爲囊藏萬物)의 잘못인데도 많은 소리꾼들이 잘못 부르고 있습니다."

"자네 말이 옳으이. 명창으로 득음하는 것도 중하지만, 학식 있는 문사가 제대로 된 창본을 정리하는 것도 값있는 일일 게야."

"선생님이 그 일을 하시지요."

"나는 소리 광대일 뿐일세. 소리 광대는 광대로 끝나야지, 어찌 두 가지 일을 할 수 있겠는가. 허고 나는 이미 늦었네. 죽을 날이 머지않았어."

그러면서 권삼득은 자신은 죽는 날까지 소리 광대로 만족할 것이라고 하였다.

"자네는 내가 젊었을 때 어쩌나 소리가 하고 싶었던지 마부 노릇을 한 이야기를 들으면 깜짝 놀랄 것일세."

신재효는 권삼득의 그 이야기를 이미 들어 알고 있었다. 권삼득의 젊었을 때의 일이었다. 어느 봄날에 그가 나귀를 타고 한양을 가던 길이었다. 그는 도중에서 갑자기 소리를 하고 싶었으나 양반의 체면에 마상에서 목을 뽑을 수가 없어, 말에서 내려 마부를 대신 말에 오르게 하고 그 자신은 견마잡이가 되어 마음껏 소리를 하였다.

그러다가 종당에는 소리를 하고 싶을 때는 말을 탄 채 합죽선으로 얼굴을 가리고 들판이 떠나가도록 한바탕 소리를 뽑곤 하였다.

"선생님은 소리로 황소를 울릴 수도 웃길 수도 있다는데 그것이 참말이옵니까?"

신재효가 반신반의하는 태도로 물었다.

"타고난 소리 광대라면 금수를 울리고 웃길 수 있어야 할 게야."

"그렇게 하실 수 있다고 들었습니다만…."

"글쎄…, 모르겠네."

"선생님은 황소를 웃게 하여 목숨을 구하셨다는데, 그것이 헛소문은 아니겠지요."

그 무렵 전라도에서는 권삼득이 어전에 불려가서 죽음을 당하게 되었는데 임금의 명령대로 황소를 웃게 하여 가까스로 목숨을 부지했다는 이야기가 떠돌고 있었다. 신재효는 떠돌이 소리 광대한테서 그 이야기를 여러 차례 들었다.

권삼득이 임금 앞에 나가 소리를 하게 되었는데, 어찌나 소리를 잘했던지 임금이 감탄해 마지않았다는 소문을 듣게 된 어느 정승의 첩은 권삼득의 소리에 반하여 그에게 몸을 바치고 말았다. 이 소문이 임금의 귀에까지 들어가게 되자 임금은 일개 비갑이가 정승의 소실을 범하였다 하여 당장 권삼득을 잡아들이라는 어명을 내렸다. 임금은 붙잡혀 온 권삼득에게 지은 죄를 따지자면 당장 효수할 일이로되 소리가 너무 출중하여 차마 죽이기는 아까운 터라, 소리로 황소를 웃길 수만 있다면 목숨을 살려 주겠다고 하였다. 이렇게 하여 권삼득은 정승의 소실과 하룻밤 정을 통한 죄로 목숨을 걸고 황소 앞에서 소리를 하게 되었다. 권삼득은 합죽선 대신에 수건 자락을 오른손에 들고 소리를 뽑았다. 한참 출랑목으로 구성지게 소리를 하다가 흥겨운 중중모리가락이 절정에 이르자 들고 있던 수건으로 황소의 콧잔등을 간질였다. 그러자 아니나 다를까 황소가 고개를 쳐들고 웃었다. 임금은 거듭 감탄하고 후한 상까지 내려주었다고 하였다.

"나는 어전에서 소리를 한 적이 없네. 허나 소리로 황소를 웃길 수는 있지."

권삼득의 말이었다.

"그렇다면 어찌하여 그와 같은 소문이 났을까요?"

"나도 모를 일일세. 사람들은 내가 새타령을 부르면 근방의 숲속에서 새가 날아든다고들 허지. 그것도 다 헛소문일세. 그렇지만 아무리 상청으로 소리를 뽑아도 새가 날아가지 않게 헐 수는 있네."

권삼득은 자신 있게 말했다.

신재효는 권삼득이 익산으로 떠날 때까지 전주에 머물러 있다가 아흐레 만에 고창으로 돌아왔다.

그로부터 두 해 후에 권삼득은 일흔 한 살로 세상을 떴다. 신재효는 권삼득이 세상을 뜬 지 삼 년이 지난봄에 완주 구억리 뒷산 작약골 이목정에 있는 그의 묘지를 찾아갔다.

민둥한 산허리에 묘지 셋이 차례로 줄을 지어 자리하고 있었는데, 맨 위의 것은 권삼득의 증조 세진의 묘이고, 그 밑에 삼득의 선고 삼우당 내언의 묘가 있고, 맨 아래에 권삼득의 묘가 자리를 잡았다.

마침내 제삿날이라 권삼득의 묘소에는 많은 소리 광대들과 기생들이 찾아와서, 분묘 앞 옆구리에 뚫린 깊이가 한 자가 훨씬 넘는 나발통 같은 원추형의 구멍에 귀를 대고 있었다. 소리꾼들은 권삼득의 분묘에 뚫린 그 구멍을 소리받이 구멍이라고 하였다. 소리받이 구멍에 귀를 대고, 명창이 되게 하여 달라고 발원을 하면 득음을 할 수 있다고들 하였다.

　무덤 앞에서 제사를 지낸 소리꾼들은 저마다 차례로 줄지어 소리받이 구멍에 귀를 대고 소리를 받고 나서 한바탕 돌아가며 흥겹게 소리를 뽑고 돌아갔다.

　신재효는 권삼득이 세상을 뜬 후에 해마다 제삿날을 맞아 구억리 묘소에 찾아가곤 하였다. 제사에 참례할 때마다 고창의 소리 광대들과 기생들을 데리고 가서 소리받이 구멍에서 소리를 받게 하였다. 권삼득은 신재효의 아버지와 동갑이었다. 그 때문에 그는 권삼득이 세상을 뜬 후에도 아버지를 섬기듯 제사에 꼭 참례하였다. 권삼득에게는 시헌, 기헌, 승헌, 세 형제가 있었으나 두 형제는 신재효와 나이 차이가 많아 형님으로 우애하였고 셋째 승헌과는 친구처럼 가깝게 지냈다.

# 고창 기생 계향이

　신재효는 아버지의 명에 따라 고창 관아의 이속이 되기로 작정하고 집안 살림을 돌보는 데 주력하였다. 그렇다고 해서 소리를 멀리하지는 않았다. 그의 주변에는 언제나 근동의 이름 있는 소리 광대며 소리 기생들이 몰려 있었다. 통소장이 국 노인도 그의 집에 머물게 하였다. 국노인은 신재효의 보살핌으로 병도 고쳤으며 어느덧 고창에 와서 관약방 댁 식객이 된 지 수 년이 지났다. 신재효의 아버지는 아들이 이속이 되기로 작정한 후부터 그가 소리 광대며 소리 기생들과 어울리는 것을 탓하지 않았다. 기실은 신재효의 아버지도 가무음곡을 좋아하였는지라, 집에 소리꾼들이 들락거리는 것을 은근히 즐기고 있는 터였다. 특히 신재효의 아버지는 국 노인의 퉁소 소리를 좋아하여 마음이 울적할 때면 국 노인의 퉁소 소리를 청해 듣기도 하였다.

봉선이도 고창에 와 있었다. 봉선이는 남원 송흥록의 문하에서 서너 달 가량 머물면서 소리 공부를 하다가 아비가 갑작스럽게 병을 얻어 세상을 뜨는 바람에 잠시 집에 돌아와 있다가, 어느 날 돌연히 고창으로 신재효를 찾아와서는 기생청에 들어가겠다고 성화였다. 신재효는 처음에 봉선이한테 제발 남원 송흥록 선생 밑에서 소리 공부를 계속하라고 어르고 다그쳐 보기도 하였다. 그러나 봉선이는 기생청 소리 선생한테서 바탕소리부터 배우고 싶다고 떼를 쓰다시피 하여, 하는 수 없이 고창 기생청에 들어가게 하였다. 신재효는 자주 기생청에 찾아가서 봉선이가 가무음곡을 익히는 것을 구경하곤 하였다.

봉선이가 고창 기생청에 동기로 들어온 지도 어느덧 이 년이 훌쩍 지나갔다. 이제 봉선이의 나이 열다섯이 되었다. 어느 날 기생청의 기생 어멈이 신재효를 찾아왔다.

"계향이 일로 찾아왔구만요."

기생 어멈은 신재효의 눈치를 살피며 조심스럽게 입을 열었다. 계향(桂香)은 봉선이의 기명이다. 신재효는 봉선이한테 기왕에 기생이 되겠다면 부안의 명기 계생이의 향기를 이어받도록 하라고 계생(桂生)의 계수나무 계자와 향기 향자를 따서 기명을 지어 주었던 것이다.

"왜, 계향이한테 무슨 일이 생기기라도 했단 말인가?"

"일이 생겼다기보담도…, 그 아이의 나이 열다섯이 되었고 가무음곡이며 기생의 법도를 그만큼 익혔기에…."

신재효는 기생 어멈이 자신을 찾아온 연유를 짐작 할 수가 있었다.

"그렇다면 누구 적당한 사람이라도 생겼단 말인가?"

"예. 무장 허 초시 어른께서 계향을 한 번 보시더니 당장 머리를 얹어 주겠다고…."

"무장 허 초시라면 나이가 너무 많지 않은가."

"재작년에 환갑을 맞았었지요."

"나이가 너무 많네."

신재효는 단호한 어조로 말했다.

"하오나 아직 근력이 좋으십니다요. 그리고 무장 허 초시 집안이라면 그래도 명문이 아닙니까. 그 양반이야 초시에 그쳤지만 부친은 진사에다 조부는 고창 현감을 지내지 않으셨는가요. 허 초시가 한 번 점을 찍었다 하면 아무도 못 말립니다요."

신재효는 기생 어멈의 말에 미간을 찌푸리며 눈을 감았다. 기생 어멈의 말대로 무장 허 초시가 봉선이의 머리를 얹어 주겠다고 한다면 아무도 말릴 수가 없는 노릇이었다.

"계향이의 의향은 어떻던가?"

한참 있다가 신재효가 물었다.

"그 아이의 의향이야…, 어르신네만 승낙을 해 주신다면야…."

"나이가 너무 많으이."

신재효는 끝내 흔쾌한 기분이 아니었다. 자기 힘으로 할 수만 있다면 어떤 일이 있어도 말리고 싶었다.

"나이 많은 것이 되려 복이 될 수도 있답니다요."

"무슨 뜻인가?"

"허 초시가 죽기라도 한다면 계향이 한테는 또 한 번의 기회가 오는 것이 아니겠는지요."

"에끼."

신재효는 기생 어멈의 말뜻을 알아차릴 수가 있었다. 그리고 그는 엉뚱한 생각을 하고 있는 기생 어멈에 대해서 마음속으로 계향이를 그녀한테 맡긴 것이 후회스럽기까지 하였다. 그날 신재효는 기생 어멈한테 계향의 머리

얹는 일에 대해서 확실한 이야기를 해 주지 않았다. 그로 서는 무장 허 초시가 마뜩지 않았기 때문이다. 아무튼 신 재효는 기생 어멈이 계향이 일로 다녀간 후 며칠 동안 기 분이 울적했다. 계향의 일을 국 노인과 상의해 보았으나 국 노인도 신재효와 같은 생각을 하고 있었다.

"어차피 계향이 머리를 얹어 줄 사람이라면 장차 그 아이가 소리꾼이 되도록 후원해 줄 수 있어야 허는 건 디…. 이를테면…."

국 노인은 그러면서 한사코 신재효의 눈치를 살피면 서 말끝을 흐렸다. 신재효는 국 노인이 어떤 마음으로 그 런 말을 하고 있다는 것을 알면서도 짐짓 모른 척하였다. 국 노인은 신재효가 계향이 머리를 얹어 주기를 은근히 바라고 있는 듯한 눈치였다. 그러나 신재효는 한 번도 그 런 욕심을 품어 보지 않았거니와 그럴 수도 없다고 생각 했다.

며칠 후에 기생 어멈이 다시 신재효를 찾아와서는 계 향이를 한 번 만나 달라고 간청하다시피 하였다.

"계향이한테 무장 허 초시 이야기를 했더니 어르신네 와 상의를 했느냐고 묻드만요. 그래서 그랬다고 했습지 요. 그랬더니…."

"그랬더니…?"

"말없이 눈물만 흘리드만요. 그때부텀 물 한 모금 마시지 않고 누워 있기만 허는구만요. 죽기로 작정한 아이 같다니께요."

"그래서 어쩔 셈인가?"

"다른 동기들도 머리를 얹을 때 자기들 마음에 맞지 않는 사람일 경우에는 으레 조금은 투정을 부리는디…, 계향이는 유별나는구만요. 이대로 내버려뒀다가는 죽게 되지나 않을까 걱정이 돼서…, 오늘 아침에 살살 얼러 봤드니, 어른신네를 한 번 뵙고 싶다고 허드만요."

"그 아이가 나를 만나고 싶다고?"

"어르신께서 한 번 만나서 잘 좀 달래 주셔요."

"어떻게 말인가?"

"허 초시가 머리를 얹어 준다면 허 초시 살아생전은 호강헐 게 아닙니까요."

"그 아이를 이대로 두었다가 몸이 상할 것 같으니 당장 만나서 그 아이 마음을 도닥거려 보겠네만 큰 기대는 허지 말게."

신재효는 다음날 기생청으로 찾아가 계향이를 만났다. 얼굴이 반쪽이 된데다 몸을 가누고 제대로 일어설 수도 없을 정도로 기력이 쇠진해 있는 계향은 신재효를 보는 순간 고개를 깊숙이 숙이고 소리 없이 흐느껴 울기 시

― 고창 기생 계향이

작했다. 계향은 좀처럼 울음을 그치지 않았다.

"계향아, 내 네 마음을 안다. 그만 울음을 그치거라."

신재효는 계향을 옆에 앉히고 부드러운 말로 타일러 보았다. 그러나 계향의 눈에서는 눈물이 그치지 않고 흘렀다.

"계향아, 네가 기생청에 들어온 것은 네 마음에 드는 지아비를 만나기 위해서가 아니지 않느냐. 네가 기생청에 들어온 이상 나이가 찼으니, 앞으로 너를 보살필 사람이 필요하게 되었단다. 너는 그 사람의 도움을 받아서 소리 공부를 계속하는 것이 좋을 것 같구나. 그러니 서러운 마음일랑 새기지 말아야 하느니라. 허 초시 어른, 나이가 좀 많아서 그렇지 이 근동에서는 명문이고 재산도 그만하면 넉넉한 집안이다."

신재효는 계향에게 다른 말을 할 수가 없었다. 더 좋은 방도가 있다면 또 모르거니와, 그렇지 않은 바에야 계향의 마음을 그렇게 달리 다독거려 줄 말이 없었던 것이다. 계향은 소리 없이 흐느끼고만 있었다. 그런 계향을 본 신재효의 가슴이 찢어지는 듯하였다.

"지는… 첨에 기생청에 들어올 때부텀 작정한 것이 있구만요."

계향이는 고개를 숙인 채 흐느낌을 참으며 말했다.

"그래 말해 보거라. 네 흉중에 있는 생각을 죄 털어
놓거라."

"지는… 기생청에 들어올 때부텀…, 나이가 차면… 어
르신께서 지 머리를 얹어 주실 것으로 알고 있었구만요.
그런디 이제 와서… 청천벽력 같은 일이…."

계향이는 다시 흐느끼면서 겨우 말을 이었다. 신재효
는 계향이의 희고 보드라운 손을 살며시 잡았다. 그리고
한동안 할 말을 잃은 채 우두커니 앉아 있기만 하였다.
신재효는 그제야 계향이가 한사코 허 초시를 마뜩찮게
생각하고 식음을 전폐한 채 하염없이 눈물만 흘리고 있는
연유를 알아차릴 수가 있었다. 그 같은 계향이의 마음을
안 신재효의 심정은 괴로웠으며 계향이가 더욱 가련하게
여겨졌다.

"그거는 계향이 네가 잘못 생각한 게여. 나는 너를 처
음부텀 친동기처럼 생각해 왔다. 세상 인륜이 아무리 땅
에 떨어졌다고 해도 어찌 오라비가 누이의 머리를 얹을
수 있단 말이냐. 나는 그런 생각 한 번도 해보지 않았다.
네가 그런 생각을 했다면 이제부텀이라도 마음을 고쳐먹
어야 한다."

신재효는 계향을 나무람 하듯 단호하게 말했다. 그러
자 계향은 다시 소리 내어 울기 시작했다.

197
— 고창 기생 계향이

"어르신네, 바라옵건대 지를 거두어 주시어요. 지를 소리 공부 헐 수 있게 해 주신 것도, 기생청에 넣어 주신 것도, 계향이라는 기명을 지어 주신 것도 어르신네가 아니옵니까요. 어르신네를 평생 하늘처럼 받들어 모시겠사오니 부디 소원을 들어주시어요."

계향은 울음 섞인 목소리로 간절하게 말했다. 계향이는 고개를 들어 눈물이 가득한 눈으로 신재효를 한참 동안이나 바라보았다. 신재효는 계향의 눈빛에서 처절하리만큼 간절한 애원을 읽을 수가 있었다. 계향의 그 간절한 눈빛은 신재효의 심장까지 꿰뚫고 휘젓는 듯싶었다.

"안 될 일이다. 거듭 말한다만 너는 나를 친오라비로 생각하거라. 지아비는 마음이 엇갈리면 돌아설 수도 있는 일이지만 동기간은 죽은 후에라도 등을 돌리는 일이 없지 않느냐. 계향이 네가 나를 친 오라비로 생각하고 언제까지나 헤어지고 싶지 않다면 네 생각을 고쳐먹고 허 초시 어른을 흔쾌히 받아들여라."

신재효는 그렇게 말하고 계향의 손을 뿌리치듯 일어서서 밖으로 나와 버렸다. 그는 오랫동안 기생청 대문 앞에 서 있었다. 계향의 목소리가 윙윙거리면서 머릿속이 어지러웠다. 그는 그 길로 며칠 동안 산천경계나 유람하고 돌아올 생각이었다. 그 길로 초산으로 가서 금선이부터 만났다.

　금선이는 예나 다름없이 기생집에 도사리고 있었다. 그녀는 신재효를 반갑게 맞아 주었다. 금선이가 계향의 소식을 물었으나 그냥 잘 있다고만 말해 주었다. 금선이는 그때까지도 소리 광대가 되는 꿈을 버리지 않고 있었다. 그녀는 아직도 근동에 송흥록이나 엄계달, 모흥갑 같은 소리꾼들이 왔다 하면 손님 시중을 들다가도 명창의 소리를 들으러 뛰쳐나간다고 하였다. 신재효는 금선이를 만나서 술만 마셨다. 취하도록 술을 마셨지만 그의 귓속에서는 봉선이의 흐느낌 소리가 멈추지 않았다. 봉선이를 다시 볼 수 없을 것만 같았다.

　초산에서 하룻밤을 묵은 신재효는 전주로 갔다. 머릿속에서 봉선이의 생각을 지우기 위해 발걸음 닫는 대로 훌훌 돌아다니고 싶었다. 전주에는 권삼득이 세상을 뜬 후 모흥갑이 와서 살고 있었다. 모흥갑은 원래 죽산 태생이나 소리꾼으로 명성을 얻은 후부터 전주 난전면 귀동으로 옮겨왔다. 신재효는 전주에 들를 때마다 귀동으로 모흥갑을 찾아가곤 하였다.

　신재효가 모흥갑을 처음 만난 것은 바로 일 년 전 전주 다가정에서였다. 그때 모흥갑은 다가정에서 수천 명의 군중들이 모인 자리에 나와 소리를 하고 있었다. 그때 들었던 모흥갑의 <이별가>는 참으로 심금을 울려 줄 만큼 절절했다. 그 무렵 살아 있는 소리꾼으로는 송흥록과 염계달, 모흥갑이 최고로 손꼽혔는데, 특히 모흥갑의 <적벽가>는 아무도 따를 사람이 없을 만큼 뛰어났으며 그의 덜미소리는 십 리 밖까지 들린다고들 하였다. 모흥갑은 아무데서나 소리를 하지 않았다. 그는 군중들이 많이 모이지 않으면 입도 뻥긋하지 않았다.

신재효가 전주에 가던 날은 마침 장날이라 다가정에는 많은 사람들이 모여 있었다. 그러나 소리꾼들은 한 사람도 눈에 띄지 않았다.

"이거 누구요?"

"여기는 어쩐 일이요?"

다가정에 발을 들여놓는 순간 여기저기서 신재효와 안면이 있는 사람들이 그에게 다가와서 알은체를 하였다. 그들은 재산은 넉넉하나 양반이 아니라서 장터나 기생집을 출입하며 가무를 즐기는 전주 근동의 중인배 젊은 한량들이었다. 따지고 보면 신재효의 처지와 비슷한 젊은 이들이었던 것이다. 그리고 신재효처럼 소리를 좋아하여 소리꾼들이 나타났다 하면 시간과 장소를 가리지 않고 찾아다닌 터로, 이제는 무릎장단에 추임새를 곁들일 만큼 귀명창이 다 되어 있었다.

"오늘은 소리꾼들이 보이지 않는듸 어찌 된 일이오?"

신재효가 다가정의 주변을 둘러보며 누구에게랄 것도 없이 애매하게 눈길을 돌리며 물었다.

"오늘이 관찰사 나리의 부친 생신이라 잔치에 부름을 받았답니다."

"아, 그렇구만. 그래서 아무도 보이지 않는구만."

신재효는 적이 실망하였다.

다가정에 모인 사람들은 소리꾼들이 나타나지 않을 것이라는 사실을 알고 있으면서도 발길을 돌리지 않았다. 그들의 이야기는 모두 소리꾼들에 대한 것들이었다. 어디에 가면 어떤 소리꾼이 있고, 어느 기생집에 가면 어떤 기생이 소리를 잘하고 못한다는 이야기를 주고받으며 시간 가는 줄도 몰랐다. 신재효도 그 사람들과 어울려 이야기를 주고받았다. 그들 중에는 제법 소리꾼의 흉내를 내는 사람도 있었고, <춘향가>나 <심청가> 한 대목을 구성지게 뽑을 만큼 소리를 잘하는 한량들도 있었다. 그리고 고창 신재효의 사랑에서 며칠 동안 식객 노릇을 하며 소리판을 벌이고 간 사람도 여럿 있었다.

"모흥갑이 오기는 틀렸으니 누가 대신 한가락 뽑아 보지그려."

누구인가 군중들을 둘러보며 큰소리로 말했고 여기저기서 그 말에 동조하는 목소리들이 튕겨나왔다. 언제나 다가정에서는 명창이 나타나지 않더라도 소리를 좋아하는 사람들 중에서 망설이지 않고 군중들을 위해서 한가락 뽑아 올리는 이름 없는 소리꾼들이 있게 마련이었다. 그들 중에는 바탕소리를 익힌 재주꾼들도 많았다.

"내가 한가락 뽑을라요."

누구인가 정자 마루로 올라서며 말하자 군중들의 박수가 쏟아졌다. 신재효가 처음 본 사람이었다.

"나는 주덕기라 합니다. 창평에서 나서 시방은 전주에 기거하고 있소이다. 원래는 북을 좋아했는듸 소리꾼들의 노래를 듣다 보니 흉내를 조금 낼 수 있을 뿐이오."

두루마기 차림의 작달막하고 야무지게 생긴 젊은이였다. 그는 자기소개를 간단히 하고는 <적벽가> 한 대목을 뽑았다. 갑자기 다가정의 분위기가 숙연해지면서 여기저기서 무릎장단 치는 소리와 추임새가 튀어나왔다. 그의 <적벽가>는 들을 만하였다. 특히 <적벽가> 중에서 더늠의 활 쏘는 대목은 명창들에 못지않을 만큼 출중한 데가 있었다.

<적벽가> 한 대목이 끝나자 우레와 같은 박수가 터졌다. 그가 정자에서 내려오자 다음에는 나이가 지긋한 사

202

내가 올라가더니 걸걸한 목소리로 <수궁가> 중에서 토끼 배 가르는 대목을 불렀다. 신재효는 나이 지긋한 남자가 소리를 하는 동안, 그의 주변에 있던 한량들과 함께 방금 <적벽가>를 부르고 내려온 주덕기라는 사람한테로 다가 갔다.

"나, 고창 사는 신재효라고 합니다. <적벽가> 잘 들 었소이다. 활 쏘는 대목이 참 좋습디다."

신재효는 스스럼없이 주덕기에게 수인사를 청했다. 그리고 그들은 잠시 후 다가정에서 가까운 주막에 들러 술판을 벌였다.

"노형은 누구한테서 소리를 배웠소이까?"

술잔이 두어 순배 돌아가자 신재효가 주덕기에게 물 었다.

"배우기는요, 그냥 귀동냥이지요."

"어느 분의 소리를 좋아허시는데요?"

"처음에는 김성옥의 <단장곡>이 좋았는듸 그분이 세 상을 떠난 후로는 송흥록과 모흥갑의 소리가 제일 좋습 디다."

신재효의 물음에 주덕기가 대답했다.

"송 명창은 만나 봤소?"

"남원으로 한 번 찾아갔다가 못 만나고 왔소이다. 내

달에나 다시 찾아갈까 헙니다. 지는 송 명창의 고수가 되는 거이 소원이외다."

신재효는 주덕기가 소리꾼이 아닌 고수가 되고 싶어한다는 말에 적이 놀랐다. 그만한 바탕소리와 재질이라면 명창이 되고자 하는 꿈을 꾸어 볼 만도 하다고 생각했기 때문이었다.

"송 명창을 만나러 갈 때 나와 동행을 하십시다. 나도 송 명창을 만나보고 싶소이다."

신재효는 주덕기에게 언제든지 남원으로 송 명창을 만나러 갈 때 고창에 들러 같이 가자고 하였으며 주덕기도 그렇게 하겠노라 대답했다.

다가정에서 만난 소리 좋아하는 한량들과 어울려 하루를 보낸 신재효는 여산, 강경으로 올라갔다가 다시 김제를 거쳐 집을 떠난 지 열흘 만에야 고창으로 돌아왔다. 며칠 동안 소리를 좋아하는 한량들을 만나고 소리꾼들의 소리를 들은 신재효는 다시 머릿속에 수많은 사설들이 모여 부스럭거렸다. 이제 그는 소리의 사설들을 대충 외울수가 있게 되었다. 소리꾼들마다 사설이 다른 것을 발견하고, 어떻게 하면 똑같이 정리를 할 수가 있을까 생각하였다.

그가 열흘 동안이나 고창을 떠나 있었던 것은 계향이

의 머리얹음을 보지 않기 위해서였다. 그런데 그가 고창에 돌아와 보니 뜻밖의 일이 벌어져 있었다.

"계향이는 어디 있소? 그 아이와 함께 돌아온 것은 아니지요?"

신재효가 집에 돌아오자 그를 초조하게 기다리고 있었던 것처럼 보이는 국 노인이 다짜고짜 그렇게 물었다. 신재효는 어안이 벙벙하여 할 말을 잃었다.

"영감님, 무슨 말이오? 계향이가 어디 있다니요?"

아무래도 심상치 않은 일이 생겼음을 짐작한 신재효가 되물었다.

"그러면 계향이허고 함께 간 것이 아니란 말씀이오?"

국 노인의 다그치는 듯한 물음에 신재효는 실소를 머금을 수밖에 없었다.

"계향이가 없어졌답니다요."

"없어지다니요?"

"종적을 감추었다니께요."

"종적을 감추다니요? 허 초시가 머리를 얹었답디까?"

"종적을 감췄는듸 누구 머리를 얹는다는 말이오?"

"그렇다면….."

"온통 난리가 났구만요."

"그러니께…, 내가 계향이를 데리고 떠났다고…?"

"그렇게 소문이 났지요. 나도 그렇게 생각헐 수밖에….”

"이런….”

신재효는 뒤통수를 호되게 얻어맞은 기분이었다. 헛소문이 두려운 것이 아니고 계향이의 앞날이 걱정되었다.

"남원 송 명창 밑에서 소리 공부를 계속했더라면 이런 일이 없었을 터인데….”

국 노인은 밭은기침을 계속하며 혼잣말로 한탄하였다.

"나는 아니오. 나는 지금쯤 계향이가 허 초시 품에 안겨 있거니 허고 돌아왔는듸….”

신재효는 그 길로 기생청으로 향했다. 먼저 기생청에 가서 자신은 계향이가 종적을 감춘 일과는 무관하다는 것부터 밝혀야만 했다. 국 노인의 말을 들어 보면 공교롭게도 그가 고창을 떠나던 날 계향이도 자취를 감추어 버렸다고 하니, 그런 소문이 날 수밖에 없었으리라고 생각했다.

기생청 어멈은 신재효를 보자 놀라움과 원망스러움이 범벅된 묘한 눈빛을 하면서 국 노인이 그랬던 것처럼 계향이 어디 있느냐고 따졌다. 기생 어멈은 혹시 신재효가 계향이를 데리고 왔나 싶어 대문 쪽으로 연신 초조한 눈길을 보내기까지 하였다. 신재효는 기생 어멈을 데리고 방으로 들어가서 자신은 계향이가 잠적한 것과 상관이 없음을 되풀이하여 말해 주고, 오해를 풀어 주기 위해 그동안 전주 다가정에서 소리를 좋아하는 한량들과 어울렸던 일이며, 여산 강경 등지를 돌아다니다 온 내력에 대해서도 소상하게 말해 주었다.

"아니, 그렇다면 그년이 워디로 갔단 말입네까? 하늘로 솟았답네까, 땅 속으로 꺼졌단 말입니까. 도대체 그년이 워디로 갔다는 말이어요?"

기생 어멈은 아무래도 신재효의 말을 믿지 않는 듯싶었다.

"허 초시 어른께서 불호령이니 이를 어쩝니까요."

그러면서 기생 어멈은 신재효한테 매달리며 계향이를 찾아 달라고 간청하는 것이었다. 신재효 생각에 계향이를 찾을 방도가 없을 듯하여 시원스럽게 대답을 해 주지 못하였다.

"허 초시의 노여움을 어찌합니까요. 그 어른이 그냥 기시지 않을 터인데…."

"허 초시 어른도 내가 계향이를 빼돌린 걸로 알고 있다는 말이오?"

신재효의 닦달에 기생 어멈은 무겁게 고개를 끄덕였다. 신재효는 참으로 난감한 얼굴로 한숨을 쉬었다. 그의 예감에 계향이가 잠적한 일이 아무래도 간단하게 마무리가 될 것 같지가 않았다. 좋지 않은 여파가 생길 것만 같았다. 허 초시가 신재효 자신이 계향이를 빼돌렸다고 믿는다면 결코 간단한 문제가 아닌 것이었다.

"나는 모르는 일이오. 내가 그 아이를 뭣 때문에 빼돌린단 말이오? 내가 그 아이를 정인이라도 삼을랴고 빼돌린단 말이오? 아이고, 수치스러워라."

신재효는 통탄해하며 기생청 문을 박차고 나와 버렸다.

계향이는 끝내 다시 돌아오지 않았다. 신재효는 좌불안석이 되어 아무 것도 손에 잡히지가 않았다. 철없는 나이에 가진 것도 없이 여자 혼자 몸으로 어떻게 살아갈지 걱정되었다. 따지고 보면 계향이가 종적을 감춘 것이 신재효 자신 때문이 아닌가. 그러기에 더욱 마음이 아팠으나 달리 도리가 없었다. 어디가서 계향이를 찾을 것이며 설사 찾는다 해도 기생 어멈의 말에 따르지 않겠다고 할 것이 분명한 터라, 억지로 고창으로 끌고올 수도 없는 일이 아닌가.

여행에서 돌아온 신재효는 며칠 동안 두문불출하고 집 안에만 들어앉아 있었다. 그는 아버지로부터 계향이 문제로 불호령이 떨어지기만을 기다리며 마음 졸이고 있었다. 그러나 그 일로 하여 그는 아버지한테서 질책을 당하지는 않았다.

어느 날 신재효는 마음이 울적하여 퉁소장이 국 노인을 찾았다. 국 노인이 집에 없다는 것을 알고 모양성 모퉁이의 작은 언덕배기로 올라갔다. 요즈막 국 노인은 해질 무렵이면 모양성 뒤쪽 모퉁이 노송이 듬성듬성 서 있는 그 언덕배기에 올라 서쪽으로 지는 해를 하염없이 바라보면서 퉁소가락으로 고적함을 달래는 버릇이 있었다.

그날도 국 노인은 노송 아래 풀밭에 책상다리를 하고 앉아서 서쪽으로 지는 해를 바라보고 있었다. 국 노인은 신재효가 성 모퉁이를 돌아오는 것을 보고 퉁소를 꺼내 입술에 댔다. 애원처절한 퉁소가락이 석양 무렵의 잔조로운 바람에 실려 하늘 끝으로 퍼져 올라갔다.

"찬바람이 해로울 텐디 또 여기에 와 계십니까요."

신재효는 국 노인 가까이 다가가서 퉁소가락이 멎기를 기다렸다가 옆에 앉으며 말했다.

"내 퉁소가락에 해가 더디 지는 것 같지 않은지요."

국 노인이 퉁소를 손에 쥐고 자줏빛으로 붉게 타오르는 서쪽 하늘을 바라보며 혼잣말처럼 중얼거렸다. 그는 노을이 타는 하늘로부터 시선을 거두지 않고 있었다.

"허면, 노인장의 퉁소 소리가 지는 해를 붙드는 신통력이라도 있다는 말씀이오?"

신재효는 웃으면서 말했다.

"젊었을 적에는 내가 퉁소를 불면 동편에서 떠오르던 아침 해가 퉁소가락에 취해서 잠시 주춤거리는 것만 같았고, 서산에 지는 해는 쏜살같이 떨어지는 것만 같더니, 시방은 해는 화살처럼 떠오르고 지는 해는 한사코 미적거리며 떨어지는 것을 아쉬워하는 것만 같다니께요. 아매도 서산에 지는 해가 지 마음을 알고 있는 모양이지요."

그렇게 말하고 나서 국 노인은 다시 퉁소를 입에 대고 느린 가락을 뽑아 올렸다. 그러나 서편 하늘에 붉게 타오르던 석양을 그림자처럼 남겨 둔 채 해는 서서히 자취를 감추고 말았다. 서산에 해가 떨어지는 순간 국 노인의 퉁소가락은 숨 가쁘게 빨라졌다. 이내 목숨을 거두듯 뚝 그치고 말았다. 국 노인은 퉁소를 손에 든 채 노을이 사라지고 어둠이 밀려들 때까지 혼이 빠진 사람처럼 앉아 있기만 하였다.

"인제는 내 퉁소 소리도 힘이 빠지고 말았구만요. 내가 아무리 기를 모아서 퉁소를 불어대도 지는 해는 내 퉁소가락에 잠시도 귀를 기울여 주지 않는구만요."

그러면서 국 노인은 허공을 밟듯 비척거리고 일어섰

다. 신재효는 국 노인이 얼마 더 살지 못하리라는 것을 짐작하고 이제는 그만 그의 고향으로 돌려보내 주어야겠다고 생각했다. 그를 더 이상 옆에 붙잡아 둔다는 것은 죄악일지도 모른다는 생각이 들었다.

"노인장, 아직도 고향으로 돌아가고 싶은 마음이 간절한지요."

언덕배기를 내려오면서 신재효가 넌지시 국 노인에게 물었다.

"인제는 고향에 돌아가서 죽고 싶은 기력마저 없다오. 그럴 기력이 남았다면 퉁소라도 한가락 더 불고 싶을 뿐이오. 허기야, 아무리 퉁소를 불어댄다고 해도 그 소리가 죄다 흔적도 없이 사라져 버리는듸 무신 소용이 있겄소마는…."

국 노인은 절망적인 목소리로 말했다.

다음날 새벽에 국 노인은 그의 때 묻은 퉁소를 꼭 쥔 채 숨을 거두고 말았다. 신재효는 서둘러 그를 고향에 돌려보내 주지 못한 것을 후회하였다. 그는 국 노인을 잃은 슬픔과 후회스러움을 조금이나마 달래기 위해 장례만은 호사스럽게 치러 주고 싶었다. 신재효는 꽃상여를 만들고 상두꾼들을 모아 국 노인을 추월산 밑 그의 고향 마을까지 운구하여 안장했다. 국 노인이 숨을 거둘 때 손에 꼭 쥐고 있었던 퉁소를 관 속에 넣어 주는 것도 잊지 않았다.

국 노인의 장례를 치르고 나서 신재효는 한동안 입에 대지 않았던 퉁소를 꺼내 국 노인의 퉁소가락을 흉내냈다. 이제 그는 어느 정도 퉁소가락을 뽑을 수가 있게 되었다. 그는 국 노인과 함께 지내는 동안에 퉁소뿐만 아니라 북장단이며 장고, 거문고, 가야금, 아쟁은 물론 꽹과리까지 익혀 어지간한 악기는 모두 다룰 줄 알았다. 양반으로 태어나지 못한 한을 오로지 풍류를 즐기는 것으로 풀었던 것이다. 그는 가슴에 피멍처럼 맺힌 한을 푸는 데는 소리가 묘약이라는 것을 국 노인을 통해서 터득하게 된 것이었다. 그는 국 노인을 통해서 풍류를 즐길 줄 알게 되었고 풍류를 통해서 한을 푸는 법을 배웠다.

그 무렵 신재효는 홀아비 신세가 되어 외로운 나날을 보내고 있었다. 신재효는 그의 나이 스물일곱 살 때 그보다 한 살 아래인 정실 김 씨를 잃었다. 병약한 체질이었던 김 씨 부인은 오랫동안 시난고난 앓다가 젊은 나이로 일점혈육을 남기지 못하고 세상을 뜬 것이었다. 부인 김 씨를 잃은 그는 한동안 삶의 허망함에 사로잡혀 있었다. 김 씨 부인에게서 소생을 얻지 못한 그는 부모의 성화에 쫓겨 두 번째 부인 박 씨를 맞아들였으나, 박 씨마저 딸 하나를 낳고 2년 후에 세상을 뜨고 말았다. 거듭 두 아내를 잃고 나자 세상이 더욱 적막해진 느낌이었다. 그는 다시 아내를 맞아들일 생각을 하지 않고 홀아비로 살면서 소리꾼들과 어울리며 허망함을 달랬다.

둘째 부인 박 씨마저 세상을 뜨자마자, 아버지가 노환으로 자리에 눕고 말았다. 부친이 병석에 눕자 정성을 다하여 병구완을 하였다. 그는 아버지의 변을 손가락으로 찍어 맛을 보고 아버지의 운명이 다하였음을 알았다. 아버지의 목숨이 경각에 이르자, 효자들이 하는 대로 손가락을 찍고 피를 내 아버지의 목구멍에 떨어뜨려 석 달 동안 연명을 하게 하였다.

신재효의 아버지 신광흡은 일흔 세 살로 세상을 떴다. 그는 아버지의 무덤 옆에 움막을 짓고 꼬박 삼 년 동안 시묘살이를 하였다. 아무리 추운 날에도 아침 저녁으로 부친의 궤연(几筵) 앞에 상식을 올렸다.

삼 년 동안의 시묘살이가 끝나자 이번에는 어머니가 덜컥 병석에 눕고 말았다. 그는 아버지에게 했던 대로 어머니의 변을 찍어 맛을 보고, 손가락의 피를 어머니의 입에 넣어 주었다. 그리고 다시 삼 년 동안의 시묘살이를 했다.

육 년 동안의 시묘살이를 하자 그 효행을 칭송하지

않는 사람이 없었다. 고을에서 그를 효행으로 천거하려고 하였으나 사양했다. 신재효는 이와 같은 효심을 훗날 <허두가>에서 노래했다.

초당야유 적막한데 잠 없이 홀로 누워 평생을 점검하니 이 몸이 불초하다. 애아하신 우리 부모 생아육아 수고롭다. 구로지은 생각하니 장천이 가이 없고, 생육지공 세알이니 대지도 지음 없다. 추초거습 길러내니 무삼 은혜 갚았던고, 삼색지양 하였던가, 오마지영 뵈였던가. 무지한 가마귀는 비금 중 미물이나 공임 저문 날의 반포가 다정하니, 가이 인이 불여조가 날로 두고 이름이라. 혈혈한 이내 몸이 뉘우칠 줄 알았더면, 노래자 오색반의 주야로 입어, 신혼 북당 하의 정선시선 하오면서 하루라도 열두시 한 달의 설흔 날 두 달의 예순 날 일 년 삼백육십 일과 백 년 삼만육천 일의 슬하 떠날쏘냐. 구학의 철연수를 어린 뜻이 구지 밋고, 상유의 저문 날을 채승으로 매여둔가. 내 마음 즐거움이 후일 설움 잊었구나. 이 몸이 반갑기는 성색 밖의 뜻이는 가. 지혜는 미성하고 호방을 일사문이 시주풍류 못고지의 간곳마다 낭자하니 사관은 탕지하고 선연은 상기로다. 혈기방장 젊었을 제 재색지게 잊어두고 중부자 양지효를 측치 못하여도 말과 저 하시난 일 곳곳지어 귀이니, 어화 내

214

일이야 뉘우칠 줄 몰랐던가. 숙수의 공양홈이 성의를 못다 하여 고당세월 쉬이 가니 기달이시 안하시네. 서산의 지는 해는 이밀의 눈물이요. 나무 끝에 부는 바람 고어의 통곡이 라. 상노의 느끼움이 구천의 사모친 듯 속절없는 피눈물이 육이편에 젖었으니 차생 어느 곳에 이 한을 하소할까. 아 름답다 남의 행실 성효를 함도한다. 정성이 저러하면 생정 문이 어데 가리, 저러한 출전지효 사람마다 다할쏘냐. 어 화 내 자손들 날로 보아 증거하여 때맞쳐 효도하고 다른 날에 후회 말라. 내 일찍이 못한 일을 너에게 바랄쏘냐. 아마도 천지간 불효는 나뿐인가 하노매라.

신재효는 부모의 변을 찍어 맛을 보고 단지(斷指) 효행 을 다하고, 육 년 동안의 시묘살이를 하였음에도 이렇듯 자신의 불효를 자탄한 것이었다.

신재효의 나이 마흔이 되었다. "의식지게 하노라고 불 피풍우(不避風雨) 사십 년에 검은 털이 희었으니…"라고 노 래한 것처럼 그는 이제 어느덧 머리가 희어지기 시작했다.

지나간 사십 년 세월, 그의 젊은 날은 하나의 도필리 (刀筆吏), 아전으로서 자리를 굳히면서 판소리에 대한 사 랑과 정열은 더욱 뜨겁게 타올랐다.

사나이로 조선에 생겨
장상댁(將相宅)에 못 생기고
활 잘 쏘아 평통할까
글 잘 한다 과거할까.


이렇듯 신재효는 입신양명을 포기하고 오로지 소리꾼
들과 어울리고 그들의 소리를 사랑하는 것만으로 살아가
는 즐거움을 누리려고 하였다. 주위에서 다시 부인을 맞
으라고 했으나 재취를 마다하고 딸 하나에만 정을 쏟고
의지하며 살았다.

마흔이 넘어서야 스물한 살 아래의 젊은 김 씨를 세
번째 부인으로 맞았다. 김 씨 부인을 맞아 아들 하나와
딸 셋을 낳은 뒤부터 사는 보람을 다시 찾기 시작했다.

그는 마흔두 살에 이방(吏房)이 되었다. 그가 이방의
자리에 발탁된 것은 아버지 대부터 쌓아 온 공과 그 자신
이 헌종 11년(1845년)에 화주가 되어 형방청(刑房廳)을 중
창하는 등 크고 작은 공적의 탓도 있었겠지만, 그만큼 고
창 고을 안에서 덕망을 얻었기 때문이었다. 셋째 부인을
얻고 나서부터는 재산 모으는 것에 마음을 쏟았다. 아버
지 대에 경주인과 관약방을 하여 오백 석의 부를 누린 것
을 기반으로 하여, 재산은 해를 거듭할수록 불어났다.

그는 치산에 남다른 재주가 있었다. 그는 생활하는 데 있어서 근검절약을 신조로 삼았다. 그의 <치산가>에 근검절약했던 생활철학의 일면이 잘 나타나 있다.

이보 소년들아, 기한 노인 웃지 마소. 젊어서 방탕하면 이러하지 면할쏘냐. 칠십이 당한 후에 세상을 찌다르니 기력이 쇠진하면 무슨 일을 성사하랴. 내 형상 자세 보아 헛되이 노지 마소. 부지런코 검박하면 가장기물 절로 있네. 사치하고 무도하면 범법수죄 자로하고 패가망신 아조 쉽네. 치산가한 곡조를 범연히 듣지 마소. 창업하기 어렵건과 수성하기 더 어렵네. 어렵다고 마지마소. 쉬운 것이 집에 있네. 부산 임야하여 터도 장을 널리 하여 줄줄이 과목 심어 돈 진 사람 오게 하소. 고물고물 채소 놓아 반찬값을 내지 말며, 꾸지상목 치려하여 일시잠농 힘써하소. 궁가의 반면 정사 잔돈푼이 더 어렵네. 세간밑천 생각하니 농사밖에 또 있는가. 마무르고 높은 논도 거름하면 곡식 되데. 오줌똥이 밥이 되고 밥이 도로 똥이 되니 그리할 줄 모르고서 이내 몸에 있는 거름 오줌똥을 한데 보면 옷과 밥이 어디서 날꼬. 측간에 등을 달면 그 아니 부술인가, 남의 벼슬 묵어나면 농사 장원 할 것이오. 온갖 곡식 추수하여 종자를 깊이 넣고 검부저기 훝지 말고 그 땅에 가게 하소 경종을 실시 말고 운초를 자로하면 오곡이 번성하고 백곡이 쓸어지데.
남의 부귀 부러정승 생각하고, 내 집이 가난하면 어진 아
내 생각하소. 내 집 가세 흥망시키는 모두 다 처공이라.
순한 것이 복이 되고, 악한 것이 희망이랴. 일하는 체 말
잘하면 친척 불화뿐이로다. 쓸데없는 사설 말고 길쌈하기
명심하소. 남의 말 여기저기 옮겨 이간 부디 마소.

대개 풍류를 즐기는 사람은 마음이 허랑하며 사치하
기 십상이나 신재효는 그렇지가 않았다. 그는 아버지가
이룩해 놓은 부를 기반으로 일천 석을 누릴 정도로 부를
쌓았다. 부자가 된 만큼 가난한 사람들에게 인정을 베풀
었다. 어느 날 밤 그의 집에 도둑이 들었다. 하인들이 그
도둑을 잡아 신재효 앞으로 끌고 왔다.

"그래 오죽했으면 도둑질을 했겠느냐. 허나, 남의 것
을 훔친 잘못은 네가 게으른 탓이다. 네가 부지런하게 일
을 한다면 차후로는 도둑질을 하지 않게 될 것이다."

그는 도둑에게 좋은 말로 타이르며 돈 백 냥을 주고
그 돈을 밑천삼아 도둑을 면하라고 돌려보냈다. 신재효의
말에 눈물을 흘리며 감동한 도둑은 그 길로 집에 돌아가서
그가 훔쳤던 돈과 패물들을 가지고 찾아와 용서를 빌었다.
신재효는 패물만을 돌려받고 돈은 도둑에게 모두 주었다.

후에 그 도둑은 열심히 농사를 지으며 열심히 살았다.

병자년 큰 흉년 때의 일이었다. 많은 사람들이 끓일 곡식이 없어 굶어 죽게 되었다. 신재효는 곡간을 열고 굶주리는 사람들에게 구휼미(救恤米)를 내주었다. 누구에게나 그저 곡식을 나누어 주는 것이 아니라 무엇이라도 한 가지씩 가지고 오는 사람들에게만 구휼미를 주었다. 구휼미를 얻으러 온 사람들은 저마다 한 가지씩 보자기에 싸가지고 와서 내놓았다. 신재효는 비록 그들이 헌 미투리를 가져온다 해도 그대로 받고, 그 대가로 구휼미를 똑같이 나눠 준 것이다.

"아버님, 저 사람들이 무엇을 가져왔는지 보자기를 끌러 보시지요. 보자기 안의 물건을 보시고, 그 물건의 값에 따라 곡식을 나눠줘야 하지 않겠습니까?"

옆에 있던 아들 석경이 보자기를 끌러 보자고 하였으나, 신재효는 오히려 그러는 아들을 나무랐다.

"저 보자기 안에 무엇이 들었거나 상관하지 말아라. 귀한 것은 마음이니라. 하찮은 물건이라고 물리친다면 그것은 구휼이 아니니라. 내가 무엇이거나 물건을 한 가지씩 가져오라고 한 것은 저들을 구걸자로도 빚쟁이로도 만들지 않기 위해서이다. 저들은 우리 집에서 곡식을 그저 얻어 가는 것이 아니고 이 물건들과 바꾸어 가는 것이니라."

이런 적선으로 하여 신재효는 인근 사람들로부터 아낌없는 칭송을 받았다. 신재효는 가난한 사람을 사랑했고, 천한 사람이라고 해서 업신여기지 않았다. 어느 날 친구와 함께 길을 걷고 있었다. 길을 가다가 비를 만나게 되어 삿갓장이한테서 삿갓을 사면서, 깍듯이 존댓말로 대우를 해 주자, 동행하던 친구가 이상히 생각하고 신재효를 힐책했다. 당시에는 삿갓장이는 천대하고 갖바치는 우대하였다.

"동리, 이 사람아. 자네는 어찌하여 천한 삿갓장이한테 존댓말을 쓰는가. 챙피해서 어찌 자네허고 동행하겠는가?"

동행하던 친구도 같은 서리로 양반은 아니었다.

"머리에 쓰는 삿갓을 만드는 사람은 천대하고 발에 신는 신을 만드는 사람을 존대하는 것은 예에 맞지 않네."

신재효의 말에 그의 친구는 오히려 부끄러워했다.

그의 고매한 덕망은 전라도 안통뿐만 아니라, 멀리 서울에까지도 알려졌다. 훗날 이야기이긴 하지만 어윤중은 고창에 내려와 신재효를 만나보고는 그의 인격에 크게 감동하여 고창 고을에 참으로 큰 옥이 묻혀 있다고 했다.

어윤중은 신재효보다 서른여섯 살이나 아래였다. 고종 8년에 문과에 급제하여 승지, 참판을 지내고, 박정양 등

과 함께 일본에 건너가 문물제도를 살피고 돌아와 서북경
략사(西北經略使)로 청국과 러시아와의 국경을 정하는 데 노
력했으며, 동학혁명 때는 선무사(宣撫使)가 되기도 했던 사
람이다.

어윤중은 젊었을 때 암행어사가 되어 전라도를 두루
돌아다니던 중에 가는 곳마다 신재효의 고명함을 들었
다. 어윤중은 대관절 신재효가 어떤 인물이기에 이렇듯
이름이 널리 알려져 있을까 하여 그를 시험해 보고자 고
창까지 왔다.

어윤중은 마패를 봇짐 속에 넣어 신재효한테 맡기며
"잘 좀 보관했다가 떠날 때 돌려달라"고 부탁했다. 신재
효는 빈 궤 하나를 깨끗이 닦아 내놓으며 "어사또께서 직
접 이 궤 안에 넣으시지요" 하면서 아예 봇짐에 손을 대려
고도 하지 않았다.

"이 봇짐은 내 헌 옷가지뿐이오. 헌데 왜 번거롭게 내
손으로 직접 넣으라고 하시오?"

"아닙니다. 어사또의 물건에 어찌 손을 댈 수가 있겠
습니까. 어서 사또께서 직접 넣으시지요."

어윤중은 하는 수 없이 자기 손으로 직접 보퉁이를 궤
안에 넣었다. 그러자 신재효는 자물쇠로 잠근 후에 열쇠
를 어윤중에게 넘겨주면서 "어느 때나 어사또께서 필요하

실 때 자물쇠를 열고 가져가십시오" 하였다. 어윤중이 열쇠를 신재효에게 맡기려고 하였으나 "어사또의 보따리가 이 안에 들어 있으니, 이 궤도 열쇠도 어사또의 것이옵니다" 하면서 끝까지 신재효는 열쇠를 받지 않았다.

어윤중은 신재효의 그 조감(藻鑑)이 명철하고 행신에 빈틈이 없음을 알고 흉금을 털어놓고 이야기를 해 보았다. 비록 신재효가 아전이기는 했으나 도량이 넓고 박식함에 놀랐다. 그리고 서울에 올라간 어윤중은 만나는 사람마다에게 고창 고을의 신재효 이야기를 하였다.

그 무렵 판서로 있던 홍순용도 신재효의 높은 학식과 멋진 풍류, 깊은 도량에 심취하여 가깝게 사귀었다. 이 때문에 고창 고을은 말할 것 없고, 인근 여러 고을의 도학하는 선비들과 풍류객들이 줄지어서 신재효를 찾아오곤 하였다.

그 덕망으로 하여 쉰 살 무렵에는 고창 고을 이방, 수형리(首刑吏)인 삼공형(三公兄)의 우두머리로서 군아(郡衙)의 실질적 재정을 마음대로 할 수 있는 호장(戶長)이 되었다. 비록 고창에서 태어났다고는 하나 아버지 대에 이주해 온 외지인인 그가 다른 토착 아전들을 물리치고 호장이 되었다는 것은 파격이 아닐 수 없었다.

# 귀명창이 되다

　신재효의 사랑방에는 언제나 소리꾼들과 풍류객들로
들끓었다. 소리를 좋아하고 풍류를 즐길 줄 아는 사람이
면 아무라도 신재효의 사랑방에 찾아와서 며칠이고 묵어
갈 수가 있었다. 그 소문이 전라도는 말할 나위도 없거니
와 충청도나 경기도, 경상도에까지 퍼져 찾아오는 사람들
이 많았다.
　그 무렵 신재효는 소리꾼들의 소리를 듣고 잘못된 사
설이나 너름새, 더늠까지도 일일이 지적해 줄 정도로 소리

를 듣는 데에 귀가 열려 있었다. 특히 사설이 잘못된 대목을 자세하게 지적해 주었다. 그 때문에 소리꾼들은 신재효를 귀명창이라고들 하였다. 그는 그의 집에 찾아온 많은 소리꾼들의 사설이 각기 다르고 잘못 표현되는 것을 알고 매우 안타까워했다. <춘향가>만 해도 부르는 소리꾼들마다 사설이 각기 달랐다. 그래서 그는 사설을 정리해야겠다는 결심을 하기에 이르렀다.

"차, 소리를 뽑기 전에 먼첨 사설을 기록해 보시오."

신재효는 그의 사랑방에 찾아온 소리꾼들한테 그렇게 부탁하였다. 글을 쓸 줄 모르는 소리꾼들한테는 신재효가 직접 받아쓰기도 하였다. <춘향가>를 비롯하여 <심청가>, <토벌가>, <적벽가>, <변강쇠가>, <박타령> 등을 일일이 소리꾼들이 부르는 사설을 기록하여 비교해 보았다. 서로 틀린 대목과 빠진 부분이 너무 많았다. <춘향가>만 해도 부르는 사람마다 사설의 내용이 서로 달라 어떻게 가닥을 잡아야 할지 몰랐다. 신재효는 우선 <춘향가>부터 사설을 바로잡아 정리해야겠다는 생각을 하였다. 그는 '춘향전'의 이야기를 채록해 보았다. 다른 내용의 이야기가 전해 내려오고 있는 '춘향전'을 채록하는 것도 쉽지가 않았다. 신재효는 직접 남원에 가서 '춘향전'에 대한 이야기부터 들어 보기로 하였다.

남원에 춘향이라는 처녀가 있었는데 얼굴이 못생겨 시집을 갈 수 없자, 자살을 하여 원귀가 되었다는 이야기도 들었다. 춘향이 원귀 때문에 남원에 부임해 오는 부사들이 연달아 죽자, '춘향전'을 지어서 원혼을 달래 주었더니 그때부터 탈이 없었다는 이야기다. 또 다른 이야기는 남원에 사는 양 진사가 과거에 급제하고 풍악을 잡혔으나 악공들에게 줄 행하가 없어, 노래를 지어 주었는데 그것이 바로 '춘향전'이라는 것이었다. 어떤 사람은 <춘향가>가 무굿의 굿가락에서 연유되었다는 이야기도 하였다. 신재효는 하한담이나 최선달이 <춘향가>를 불렀다고 알고 있었다. 그러나 신재효로서는 하한담이나 최선달이 <춘향가>를 부른 것을 직접 듣지 못했기 때문에 그 사설의 내용에 대해서도 자세하게 알 턱이 없었다.

신재효는 남원에 여러 차례 내려가서 주포방에서 살았다는 양주익의 후손들을 만나 보기도 하고, 그가 지었다는 '춘향 수절가'도 구해 보았다. 오래 전 봉선이 아버지한테서 들었던 대로 남원 기생들은 양주익이 지은 '춘향 수절가'를 필사하여 부르고 있다는 것도 알게 되었다. 신재효가 '춘향전'에 대해서 들은 이야기를 종합해 보면 춘향이는 인물이 박색이었다는 공통점을 가지고 있었다. 남자를 기다리다가 죽어서 원귀가 되었으며, 그 후로 재앙이 계속되었다는 것이었다.

신재효는 춘향이를 절세의 미인으로 만들어야겠다고 생각했다. 퇴기의 딸이라는 신분 때문에 양반 자제와 혼인할 수 없어 탄식하며 지내다가, 명문가 도령 눈에 띄게 되고 서로 좋아하였으나, 신분의 벽 때문에 고통스러워하는 것으로 사설을 전개하기로 작정하였다. 그는 춘향이가 인물이 뛰어나나 퇴기의 딸이라는 신분 때문에, 양반 자제한테 시집갈 수 없는 처지에 대해 연민을 느꼈다.

신재효는 춘향이와 그를 좋아하는 이 도령과 백년가약을 맺은 후에 어쩔 수 없이 헤어지게 만들었다. 춘향이는 그 후 온갖 유혹과 고통을 무릅쓰고 이 도령을 기다리며 자기 몸을 지키게 하였다. 양주익이 지은 '춘향 수절가'에서처럼 한 여인이 한 남자를 위해 수절하는 것을 최고의 미덕으로 설정한 것이었다. 그리고 수절한 보람으로 춘향이는 이 도령과 재회하게 되고 복을 누리게 되는 것으로 끝을 맺기로 하였다.

신재효는 <춘향가> 줄거리를 만든 후에 다시 노래로 부르기 좋게 사설을 정리하였다. 사설을 정리하면서 많은 소리꾼들을 집으로 불러들여서 노래를 불러 보게 하고 가락이 맞지 않는 대목을 조목조목 찾아내어 고쳐 나갔다. 그러기를 몇 번이고 되풀이하였다. <춘향가>의 사설을 정리하는 데만 꼬박 삼 년이 걸렸다. 그는 <춘향가>를 남창과 여창으로 각기 구분하여 정리했다.

<춘향가>를 끝낸 다음에는 <심청가>를 손대기 시작하였다. 그가 하는 일이란 소리꾼들을 불러다가 그가 정리한 사설을 부르게 하였다. 소리꾼들이 알고 있는 <심청가>나 <토별가> 등 다른 판소리의 사설을 듣고 채록하는 것부터 시작했다. 신재효가 판소리의 사설을 하나하나 정리해 나가자 전국에서 소리꾼들이 몰려들어 그가 정리한 사설로 소리하기를 원했다.

신재효는 사설을 득음보다 중요하게 생각하였다. 아무리 득음을 한들 사설을 모르면 벙어리와 다를 바 없다고 말했다. 사설 다음에 득음이요, 그 다음이 너름새라는 것을 강조하였다. 그래서 그는 가까운 소리꾼들한테 그자신은 득음은 못했어도 사설에는 눈이 떴으니 사설 명창이라는 말을 자랑삼아 했다. 그래서 소리꾼들도 신재효를 귀명창에 사설 명창이라고들 불렀다.

그때부터 그의 열두 칸 줄행랑에는 기녀와 창부들이 줄을 지어 찾아들었다.

신재효는 이미 삼천 평의 넓은 땅에 그의 호를 딴 동리정사(棟里精舍)를 지어 놓고 풍류객들이나 기녀, 창부들과 함께 어울렸다. 시냇물을 울안으로 끌어들여 연못도 만들었다. 땅 위에 높은 집을 짓고, 한쪽은 방을 만들고 물 위의 것은 정자를 겸한 마룻방으로 썼다. 정자 아래로는 물이 흐르게 하였고, 남은 땅에는 정원을 꾸몄다. 또 대문에서 정자까지에는 화류목을 심고 포도나무 덩굴로 시렁을 만들어 누구나 허리를 구부려야만 정자로 들어올 수 있게 하였다. 아무리 지체가 높은 양반이라고 해도 그를 만나러 오는 사람이면 누구나 허리를 구부리게 한 것이었다. 그것은 비록 그가 중인계급이기는 했으나 으스대는 양반들에 대한 오기스러운 마음 때문이었는지도 모른다.

대문에서부터 뜰을 가로질러 동리정사 신재효의 방문 앞에 이르기까지 시렁을 만들어 놓은 포도나무 덩굴 때문에 시비가 있었다. 아무리 지체가 높은 양반들이라 해도 동리정사에 와서 소리를 듣자면 포도나무 덩굴 때문에 대문에서부터 허리를 구부리고 들어와야만 했기 때문이다. 양반들로서는 중인의 집 안에 들어서면서 허리를 구부린다는 것은 생각할 수도 없는 일이었다.

한 번은 석정리에 사는 오 진사라는 풍류를 즐기는 양반이 동리정사에 머물고 있는 박만순의 소리를 듣고 싶어 그의 사랑으로 초대를 하였다. 박만순은 밤길을 걷다가 다리를 다쳤다는 핑계로 오 진사의 초대에 응하지 않았다. 박만순과 신재효가 일 년 전 오 진사의 생일날 초대를 받아 동리정사의 소리꾼들과 함께 가서 목청껏 소리를 해 주고도, 행하 한푼 받지 못하고 돌아온 일이 있었던 터라, 박만순은 오 진사의 말만 들어도 고개를 살래살래 흔들어 댔다.

신재효는 오 진사네 집사한테 정이 소리를 듣고 싶으면 동리정사로 찾아오라고 일렀다. 집사의 전갈에 오 진사는 괘씸한 마음에 당장 박만순을 불러 요절을 내고 싶었으나 워낙 그의 <옥중가>를 듣고 싶었는지라, 하는 수 없이 동리정사를 찾아가기로 하였다. 집사를 앞세우고 동리정사 앞에 당도한 오 진사는 대문 안으로 들어서려다 말고 포도가 주렁주렁 열린 포도덩굴이 시렁을 이루고 있어, 몸을 구부리지 않으면 한 걸음도 옮길 수가 없어 주춤 물러서고 말았다. 그는 양반의 체모에 허리를 구부리고 포도덩굴 속을 뚫고 지나갈 수가 없었던 것이다.

"다른 길이 없느냐?"

오 진사가 대문을 따준 하인에게 물었다.

"집 안으로 들어가는 길이라고는 여기 뿐이옵니다요."

동리정사의 하인이 허리를 구부리고 서서 대답했다. 오 진사가 포도덩굴 밑을 지나가자면 나이 많은 하인만큼 허리를 굽혀야만 할 것 같았다.

"이 길뿐이라니…? 그렇다면 양반인 나한테 허리를 구부리고 들어오라는 게냐?"

오 진사가 늙은 하인한테 언성을 높였다.

"당장 이 집 주인을 불러오너라."

오 진사가 다시 소리치자 늙은 하인은 겁먹은 얼굴로 동리정사 안으로 들어갔으며, 그로부터 한참 후에야 신재효가 허리를 구부린 채 모습을 나타냈다.

"진사 어르신께서 들어오시지 않고 어인 일로 대문 밖에 이러고 계시옵니까?"

신재효는 오 진사가 동리정사 안으로 들어서지 못하고 있는 속내를 빤히 들여다보고 있으면서도 짐짓 모르는 척 딴청을 부렸다.

"몰라서 묻는 겐가?"

오 진사는 여전히 화가 난 목소리였다.

"아 네, 소인은 어르신께서 저녁에나 오실 줄 알고 미처 대문 밖에 나와 영접을 하지 못했사옵니다. 널리 굽어 살펴 주십시오."

신재효는 여전히 딴청을 부리고만 있었다.

"아니, 양반인 내가 허리를 구부리고 들어가라는 말인가?"

오 진사가 신재효를 꾸짖듯 내질렀다.

"아 네, 이 포도넝쿨 때문에 그러시는구만요."

그렇게 말하면서 신재효는 한참 동안 고개를 쳐들고 오 진사를 바라보았다.

"이 포도나무를 당장에 베어 없애게. 그러기 전에는 안으로 들어갈 수가 없네."

"진사 어른, 포도나무를 베어 없애다니오? 이 포도나무가 무슨 죄가 있다고 그러십니까요?"

"내 말대로 하지 못하겠다는 겐가?"

"하오시면 진사 어른, 지금 박만순이가 다리를 다쳐서 의원한테 업혀 갔으니께…, 그가 돌아올 때까지 여기서 기다리시지요…."

신재효는 거짓말을 했다. 박만순은 분명 집 안에 있었다. 신재효의 말에 오 진사의 안색이 순식간에 변했다.

"문 밖에서…? 박만순이가 돌아올 때까지 기다리라고?"

"그럴밖에요. 여기 계시다가 박만순이가 돌아오거든 소리를 듣고 가시지요."

신재효는 능갈치게 야릇한 웃음까지 흘리며 말했다.

"양반을 능멸하다니…."

오 진사는 버릇처럼 코끝을 씰룩거리고 두 손을 부르

르 떨었다.

"진사 어르신도 원, 감히 소인 같은 중인배가 어찌 양반님네를 능멸한다고 억지를 부리십니까요. 아무리 생각해도 소인의 잘못은 없구만요. 그렇다고 포도나무한테 죄가 있는 것도 아니고요."

"이런…, 괘씸한 놈!"

"고정하시지요. 하기야 방도가 있기는 합니다만…. 포도나무를 베어 없애지 않고도 진사 어르신께서 안으로 드실 수가 있습니다요."

그러나 오 진사는 여전히 눈심지를 빳빳하게 세워 신재효를 쏘아보고만 있었다.

"포도나무 밑에다 멍석을 깔도록 하겠구만요. 그러시면…."

신재효는 상반신을 굽적이며 말했다.

"무엇이? 그렇다면 멍석 위로 기어들어가라는 게냐? 이놈을 당장…."

오 진사는 모두뜀을 뛰듯 분을 참지 못하고 소리를 내지르고 나서는 쌩하니 찬바람을 일으키며 몸을 돌려 세웠다. 신재효는 그런 오 진사의 뒷모습을 보고 소리 없이 오달진 웃음을 떠올렸다.

그리고 안으로 들어와서 박만순을 비롯한 여러 소리

꾼들한테 그 이야기를 하자, 동리정사가 한바탕 들썩거릴 정도로 바글바글 웃음이 터졌다. 소리꾼들은 허리를 붙안고 웃어댔다.

"앞으로 광대를 천대하는 자는 양반 아니라 양반 할애비라도 초대에 응하지 말게나. 그리고 광대를 천대하는 자는 아무리 지체가 높은 양반이라 해도 허리를 구부리고 동리정사 안에 들어와서 소리를 듣도록 하겠네. 비록 우리들 신분은 양반이 아닐지라도 소리만은 반상의 구별이 없지 않은가."

신재효의 말에 동리정사 안의 모든 소리꾼들은 박수를 쳤다.

다음날 신재효는 사또의 부름을 받았다. 신재효가 예상했던 대로 사또는 전날에 있었던 오 진사의 일을 꺼냈다.

"사또, 소인은 오 진사 어른한테 아무 잘못도 저지르지 않았사옵니다. 그렇다고 죄 없는 포도나무에 벌을 내리시렵니까. 포도나무가 무슨 잘못이 있다고 당장에 베어 없애라는 것입니까요. 소인은 오 진사 어르신이 오셨기에 안으로 영접하려고 했사오나…, 오 진사 어르신께서 한사코 포도나무를 베어 없애기 전에는 안으로 들어서지 않겠다고 성화를 부리시다가 그만 돌아가고 말았습니다요. 생각해 보십시오, 사또. 오 진사 어르신이 아무리 지체가 높은 양반이라 해도 지금 한창 열매가 주렁주렁 열린 포도나무를 베어 없애라고 생트집을 부릴 수가 있는 것입니까요. 양반이면 남의 집 포도나무까지 베어라 말아라 할 수가 있습니까요."

신재효의 말을 듣고 난 사또는 실로 난감한 얼굴을 하였다. 사또는 한참이나 있다가 입을 열었다.

"그렇다면…, 그 포도나무를 베어 없애는 대신에 그 값을 오 진사한테 물어 달라고 하면 어떻겠는가?"

"포도나무를 팔라는 것입니까?"

"그렇다네. 오 진사가 포도나무 값을 물어주면 될 것이 아닌가?"

순간 신재효는 심장이 뜨끔했다. 사또가 그렇게 나올 줄은 몰랐던 것이다.

"하오나 어찌 소중한 생명을 팔겠사옵니까?"

"생명이라니?"

"다른 사람들은 어찌 생각할지 모르오나, 소인한테는 그 포도나무가 아주 소중한 생명입니다요. 벌써 수년 전부터 해마다 여름이 되면 풍성한 포도가 열리고 잎이 무성해 시원한 그늘을 만들어 주는 그 포도나무가 소인에

234

게는 사람보다 더 귀하고 소중하답니다. 그러고 이제 정도 들었고….”

“그러니 값을 톡톡히 부르게나.”

“차라리 제 목을 치시지요. 우리 집 포도나무는 소인의 목숨보다 소중합니다.”

신재효는 그러면서 어떤 벌이든 달게 받겠으나 포도나무만은 베어 없애지 못하겠다고 말했다. 사또는 결국 신재효의 고집을 꺾지 못했다. 물론 동리정사의 포도덩굴은 해마다 더욱 무성해져만 갔다. 신재효는 그의 제자들에게 앞뜰의 포도나무는 명창들의 소리를 먹고 자란다고 말했다

신재효는 낮에는 정자에 머무르면서 그를 찾아온 풍류객들이나 기녀, 창부들과 어울렸고, 밤에는 방안에 앉아 입선삼매(入禪三昧)에 들었다. 그의 방은 낮에도 어두웠다. 동리정사의 방 네 벽을 까맣게 먹칠을 하여 대낮에도 어둡게 하였다. 혼자 깊은 생각에 잠기는 것을 즐겼기 때문이다. 그 무렵 동리정사에 드나들며 신재효와 어울리거나 가르침을 받은 소리꾼들로는 이날치, 박만순, 김세종, 정창업, 김창록, 장자백, 전해종, 허금파 등이었다. 광대 우두머리 홍두평과 제자 이경태 등도 동리정사에 오랫동안 머물렀다.

박만순은 전북 고부 수금리에서 태어나 운봉 안의에서 살았다. 그는 권삼득, 송흥록, 모흥갑, 염계달, 고수관, 박유전, 신만엽, 김세종 등 이른바 팔 명창 이후 창악계에 혜성처럼 빛나는 명창이었다. 어렸을 때 주덕기의 문하에 들어가 소리 공부를 하다가, 송흥록에게서 십 년간 수련을 쌓았다. 그는 스승인 송흥록의 실제 창법을 보고 듣기 위해 주야로 따라다니느라 밖에서 먹고 자기가 일쑤였으며, 임실에 있는 폭포에서 독공을 쌓았다. 피를 토한 후 마침내는 깊은 산골짜기와 높은 산봉우리에서 울려 나오는 소리를 내는 경지까지 도달하였다.

박만순이 처음 동리정사에 찾아왔을 때 신재효는 그가 광대 행세의 첫째로 꼽는 인물치레를 하지 못한 것을 보고 적이 실망했다. 박만순은 땅딸막한 키에 눈이 튀어나오고, 뒤통수 뼈가 부어 오른 듯 주먹만큼 한 것이 불룩하게 붙어 있어 볼품없는 인물이었다. 옷차림은 꾀죄죄하였고, 성격이 오만하고 잘난 체하기를 좋아하여 윗사람의 눈에 들기 어려운 듯하였다. 소리에 대해서 아는 것이 많아, 다른 소리꾼들의 소리를 들으면 이러니저러니, 사설이 어디가 틀렸느니, 하면서 비평을 하였으므로, 소리 광대들도 모두 그를 싫어했다. 박만순이 좋게 평가하는 소리꾼으론 이날치 한 사람뿐이었다.

신재효는 박만순의 깊은 비평의 안목을 좋아했다. 특히 사설이 누구보다 정확했다. 박만순이가 기록한 <춘향가>와 <적벽가>의 사설이 그 중에서 비교적 거슬림이 적었다.

신재효가 듣기에 박만순은 출중한 명창이었다. 성음은 양성이고 창조는 우조로, 전력을 다하여 한 번 소리를 내지르면 세세통상성(細細通上聲)은 하늘에서 우레가 떨어지는 듯하였다. 여러 가지의 묘기를 갖고 있어 듣는 사람의 마음을 흔들었다. 힘 있고 맑고 아름다운 성음에 점잖고 구수한 동작을 듣고 보노라면 스스로 마음이 즐거워졌다.

뼈대 있는 소리 광대들이 다 그렇듯이 박만순은 절대로 권세의 위력 앞에 자존심을 굽히지 않았다. 흥선대원군의 부름을 받고 상경할 때였다. 충청도를 지나는데, 충청감사 조병식이 박만순을 불러 소리를 듣자고 하였다. 박만순은 "대원위 대감께서 소인의 소리 입을 봉하고 올라오라고 분부가 있어, 소리를 들려줄 수가 없소" 하면서 조병식의 청을 거절하였다. 조병식은 마음속으로 "이런 괘씸한 놈, 어디 내려올 때 두고 보자" 하고 벼르면서 박만순을 그냥 보냈다.

대원군은 박만순의 소리에 탄복했다. 그래서 쉴 새 없

— 귀명창이 되다

이 소리를 하게 하였다. 박만순이 노래를 부르다가 지쳐서 잠이 들면 대원군이 자신의 무릎을 베개 삼아 잠들게 하기도 했다. 대원군은 그에게 무과 선달(武科先達)의 직첩과 애마를 상으로 내렸다.

운현궁에서 일 년 남짓 머무르다가 고향으로 내려가게 되었을 때, 대원군에게 충청감사의 이야기를 꺼냈다. 대원군은 서찰을 써 주며 조 감사에게 전하라고 하였다.

그 서찰의 내용인즉 '박만순의 소위는 죽여 마땅하므로 알아서 조처하되, 죽이기 전에 꼭 그의 소리를 한 번 들어 보라'는 것이었다.

이때 박만순은 조병식 앞에서 그의 특장인 <옥중가>를 뽑았다. 조병식은 그의 소리를 듣고 나서는 "과시 명창이다"라는 말을 되풀이하며 상까지 내려 주었다.

박만순이 대원군의 부름을 받아 올라갔다 내려온 때는 그가 신재효를 알게 된 후의 일이었다. 그 전에 박만순은 신재효에게서 창법의 미흡한 점과 사설의 이치에 거슬리는 대목들을 교정받았다.

김세종, 이날치 등도 박만순과 함께 당대를 울린 명창들이었다. 세 사람이 비슷한 나이로 함께 발이 닳도록 동리정사를 드나들었다.

신재효는 이들보다 십 년 안팎의 연상이었으나, 그들

은 신재효를 스승으로 깍듯하게 우대했다. 신재효가 비록 소리는 하지 않았어도 창법과 몸짓, 사설에 대한 잘잘못을 찍어내는 데는 신과 같았다. 신재효가 한 번 창법에 대해 입을 열면 온종일 그치지 않았다. 그리고 신재효의 지침을 받고 나면 반드시 소리가 한 단계 더 좋아졌다.

김세종은 전북 순창 태생으로 신재효의 문하에서 여러 해 지침을 받아, 견문의 고상함이 다른 명창들보다 빛났다.

"소리 광대라 하는 것은 워낙 근본이 미천하여 비록 득음했다 해도 천대를 받기 십상이다. 그러니 업신여김을 받지 않으려면 무엇보다도 인격 도야에 힘을 써야 하느니."

신재효는 득음보다 더 중요한 것은 사람됨이라고 하였다. 그리고 소리를 들으면 잘한다 잘못한다 말하지 말고, 어느 대목이 어찌하여 잘못한 것이라고 분명히 짚어서 말할 수 있어야 한다고 일렀다.

이런 지침을 받은 김세종은 아는 것이 넉넉하고 창악에 대한 이론과 비평의 안목이 당대에 독보적 존재였다. 창악계의 안다니로 통했던 박만순도 김세종 앞에서는 감히 비평의 말을 벙긋하지도 못하였다.

김세종은 말하기를 "창극조는 소리를 주체로 하여 그 짜임새와 말씨를 놓는 것과 소리의 억양 반복, 고저장단이 맞아야 한다. 그러나 형용이나 동작을 등한히해서도 안 된다. 울 때에는 실제로 우는 것 모양으로 수건으로 얼굴을 가리고 엎드려 울거나 방성통곡으로 울든지 하여, 그때그때에 따라서 여실히 우는 동작을 나타내야 한다. 꼿꼿하게 서서 아무런 슬픈 감정도 없이 곡성만 낸다면 창과 극이 따로 떨어져 실격이 된다"고 하였다. 그는 <춘향가>에 출중했고 천자 뒤풀이 대목은 아무도 그를 따를 사람이 없었다.

이날치는 담양에서 출생하여 광주에서 성장하였으며, 신재효보다는 여덟 살 아래였다. 그는 처음에는 줄타기 명수였다가 후에 고수가 되었다. 소리꾼과 고수와의 차별 대우가 크다는 것을 알고는 박유전의 문하에 들어가 소리 공부를 시작했다.

박유전은 순창에서 태어나 전남 보성 강산리에서 살았는데 서편제의 분류가 그로부터 시작되었다. 천구성이 뛰어나 당시에 비교할 만한 명창이 없었으며, 대원군도 박유전의 <새타령>에 탄복하여 무과 선달의 직첩에 오수경(烏水鏡)과 금토수를 내렸다. 그가 살던 곳이 강산리라 하여 강산이라는 호를 내려주기까지 하였는데, 그런 연유로 하여 박유전의 소리마디를 강산제라고도 하였다.

이날치는 특히 박유전의 <새타령>의 법제를 계승하였고, 박유전의 더늠으로 <춘향가> 중에서 <이별가> 대

240

목이 이날치 전창으로 전해졌다.

신재효는 이날치에 대해 '남달리 포부가 크고, 기예 또한 비범할 뿐만 아니라, 쉰 목소리와 같이 껄껄하게 나오는 수리성이 출중하였다'고 칭찬했다. 이날치는 <춘향가>를 뽑을 때 신관 사또 도임 대목에서 나팔을 방창하면 완연히 나팔소리를 그대로 냈고, 인경 치는 소리를 입으로 내면 영락없는 쇳소리가 들렸다. 특히 애원한성(哀怨恨聲)을 낼 때는 듣는 사람이 눈물을 자아냈고, 해학이 넘치고 익살스러운 동작을 하면 보는 사람이 포복절도하였다.

"과연 이날치의 <새타령>은 일품이야."

신재효는 이날치가 <새타령>을 뽑을 때 온갖 새의 지저귀는 소리를 흉내내는 것을 듣고 탄복하였다. 이날치는 너름새에 뛰어났다. 그는 권삼득 못지않게 소리로 사람을 울리기도 하고 웃기기도 하였다.

이날치가 서울에서 한창 이름을 떨치던 때의 일이었다. 당시 이 씨 성을 가진 늙은 재상이 있었는데 성질이 워낙 꼿꼿하여 남의 앞에서 얼굴에 희로애락을 나타내는 법이 없었다. 하루는 그의 친구들이 이날치 이야기를 했다.

"이 명창이야말로 노래로 능히 사람을 울리기도 하고

웃기기도 한다더구만."

누구인가 이렇게 말하자 늙은 재상은 이에 반박하고
나섰다.

"이 사람들아, 대장부가 어찌 한갓 비천한 광대의 노
래에 울고 웃는단 말인가."

그러자 그의 친구들이 이날치를 한번 불러다 시험을
해보자고 하였다. 늙은 재상은 이날치를 초청하고, 만일
소리로 자기를 울리면 천 냥을 상으로 주겠거니와, 그렇지
못하면 목을 베겠다고 하였다. 이날치는 내기에 응했다.

이날치는 <심청가> 중에서 심청이가 부친의 눈을 뜨
게 하기 위하여 공양미 삼백 석에 몸이 팔려 이별하는 대
목에서부터 선인들을 따라가 인당수에 빠지는 대목까지
를 처절한 애사비조로 노래했다. 그의 노래를 들은 좌중
은 모두 울었다. 늙은 재상도 눈물을 흘리고 나서 이날치
의 손을 잡고 "그대야말로 참으로 하늘이 내려 주신 명창
일세" 하면서 천 냥의 상금을 내렸다.

이날치는 <춘향가>와 <심청가>를 잘 불렀으며, 신재효
에게서 정확한 사설을 익혀 처음부터 끝까지 단 한 대목
도 그르치는 데가 없었다. 특히 그의 더늠으로 <춘향가>
중 춘향의 자탄가인 <망부사>의 서름제가 출중하였다.

박만순, 김세종, 이날치의 후배 격이 되는 정창업과

김창록도 신재효의 제자로 이름을 떨친 명창이었다.

정창업은 신재효보다 서른다섯 살 아래로 전남 함평에서 태어나, 어려서부터 박유전에게서 오 년 동안 소리 공부를 하다가 신재효의 문하에 들어와 창법과 사설을 익혔다. 그의 목은 천구성으로 계면을 주로하여 판을 짜는 솜씨였다. 그는 전주 통인청(通引廳) 대사습(大私習)에 참여하였다가 사설이 막혀 청중들로부터 야유를 당한 일로 크게 낙망한 적이 있었다.

전주의 통인청 대사습이란 전국 각처의 이름 있는 명창들이 참여하여 각기 소리 경연을 벌인 국내에서 가장 권위 있는 명창대회였다. 이날은 본부(本府), 영문(營門), 통인(通引)이 서로 다투어 행사를 성대하게 하려고 열을 올리는 바람에 싸움질을 할 때도 많았다. 광대의 인기에 따라서 관중이 몰리게 되는데, 관중이 많은 편이 이기게 되는 것이므로 서로 자기편으로 관중들을 이끌려고 하게 마련이었다. 관중들은 통인 한량의 두 패로 갈려서 설전을 하고 심하면 투석전이 벌어지기까지 하였다.

이런 폐단이 생기자 영문, 통인 대사습은 격년제로 열렸다. 따라서 대사습은 통인놀음으로 감사나 서울의 대가들과는 관계없는 순수한 민간놀이였다. 당시 광대들은 서울에 진출하는 것보다 전라 감영이 있는 전주에서 대사습에 참가하여 인정받는 것을 더 큰 명예로 생각했다. 그 때문에 전주 대사습에는 시골 광대들뿐만 아니라, 서울의 이름 있는 광대들도 참가하여 한껏 실력을 발휘하고자 하였다. 그것은 전주가 광대들에 대한 대우가 어느 곳에서보다 나았거니와, 판소리의 고장이 바로 전라도였기 때문이었다.

전라도에서는 어느 때를 가리지 않고 고을이나 마을의 잔치, 명절, 놀이 때는 반드시 판소리를 듣고 즐겼다. 또한 전주에서는 대사습이 끝난 뒤에도 소리를 좋아하는 이 고장 양반들이 재주가 뛰어난 광대들을 자기 집 사랑으로 초대하는 것이 유행이었다. 이 때문에 전주 대사습에서 명성을 얻게 되면 양반 댁에 불려 다니느라 바빴다. 이들이 받는 행하도 두둑했다.

정창업은 스물아홉 살에 처음으로 전주 대사습에 참가하여 <춘향가> 첫 대목을 불렀다. 첫머리에서 이 도령이 광한루 구경에 나가려고 방자를 불러 나귀 안장 지으라고 분부한 대목이었다.

방자야. 예. 네 고을 광한루가 경개가 유명타니 오늘은 구경 좀 가게 나귀 안장을 지어 오라. 방자 분부 듣고 나귀 안장을 짓는다. 나귀 안장을 지을 적에 나귀 등에 솔질 솰솰…

244

이 대목까지 하다가 그만 사설이 막혀 버렸다. 정창업은 당황하여 '나귀 등에 솔질 쌀쌀… 나귀 등에 솔질 쌀쌀'만을 되풀이하기만 했다. 다음 대목인 '홍영자공산호편옥안금천황금륵'(紅纓紫鞚珊瑚鞭, 玉鞍錦韉黃金勒)이 생각나지 않았다. 그가 사설이 막혀 쩔쩔매고 있자 청중들이 여기저기서 수군거리기 시작했다.

"솔질 좀 그만 허그라. 솔질에 나귀 등 다 벗겨지게 생겼다."

관중들은 큰소리로 비아냥거리기까지 하였다. 정창업은 얼굴이 붉어져 소리를 중단하고 말았다.

고향인 함평으로 돌아온 정창업은 삼 년 동안 두문불출하고 집 안에 들어박혀 피나는 독공을 쌓았다. 그러나 소리의 오묘한 법리를 혼자 힘으로 깨닫기는 어려웠으며, 더구나 어려운 사설을 익히기가 힘들었다. 그는 고창으로 신재효를 찾아갔다. 이때 신재효의 문하에 있던 박만순, 이날치, 김세종 같은 선배 명창들을 비롯하여 많은 소리 광대들을 만날 수 있게 되었다.

"선생님의 지침을 받고 싶어 찾아왔습니다."

정창업이 동리정사로 찾아가 신재효에게 큰절을 하고 제자로 받아 줄 것을 청했다. 신재효는 우선 정창업에게 가장 자신 있는 대목을 한 번 불러 보라고 하였다. 정창업은 <심청가> 중에서 심 봉사가 딸을 잃고 사립문을 붙들고 탄식하는 대목을 애원비사조로 비창하게 불렀다. 듣고 있던 신재효도 눈물을 흘릴 만큼 애원처절한 목소리였다. 그러나 신재효는 사설에서 상당한 잘못을 발견했다. 옆에 있던 홍두평도 잘못 불린 음률을 몇 군데 지적하였다.

"정창업은 사설을 더 익히고 상하청을 마음대로 구사헐 수 있도록 창법을 익혀야겠네."

신재효는 그렇게 말하고 나서 먼저 그가 불렀던 <심청가> 한 대목에서 사설의 틀린 부분을 조목조목 지적하고 어문의 정확한 음과 그 바른 뜻을 말해 주었다.

"지난번 전주 대사습에서 낭패를 보았다는 그 '홍영자공산호편 옥안금천황금륵'이라는 말의 뜻을 아는가?"

신재효가 물었으나 정창업은 그 어려운 말뜻을 알 턱이 없었다.

"홍영자공산호편이라 함은 붉은 실의 재갈 장식과 산호로 된 말채를 말하며, 옥안금천황금륵이란 구슬 안장 비단천에 황금 장식을 헌 굴레를 뜻허지. 이제 알겠는가. 뜻을 알고 불러야 막힘이 없고 감정을 나타내는 데도 수월한 법이다."

그 말은 맞았다. 정창업이 어려운 한문으로 된 사설의

뜻을 알고 나자 부르기도 수월했고 저절로 신명이 나는 듯하였다.

　정창업은 이 년 동안 신재효의 문하에서 지침을 받았다. 그러자 사설은 물론 창악에 대한 원리와 이론에 비로소 눈이 열렸으며, 희로애락을 소리로 나타내는 데에 새로운 경지를 맛볼 수가 있었다.

　정창업은 오 년 만에 다시 전주 대사습에 참가하여 크게 명성을 얻었다. 그날 정창업은 심 봉사가 딸을 잃고 탄식하는 대목을 불렀다. 청중은 온통 눈물을 주체하지 못하였으며, 흐르는 눈물을 비석에 뿌렸더니 비석에서까지 눈물이 흘러내렸다. 그 후로 정창업의 소리에 비석도 눈물을 흘렸다는 소문이 퍼지게 되었다.

　정창업이 명창으로 이름을 얻게 되자 하루는 그의 친구 장자백을 동리정사로 데리고 왔다. 장자백은 담양 출생으로 정창업과는 동갑이었다. 김세종에게서 소리 공부를 하여 전라도 안에서는 이름이 난 소리꾼이었다.

　"인물치레 하나는 잘 했구만. 허나 자네는 풍신만 믿고 소리 공부에는 소홀히 했겠네 그려."

　신재효는 장자백을 맞대놓고 나무라듯 말했다. 그것은 사실이었다. 장자백은 인물만 믿고 독공에는 소홀하여 친구인 정창업보다는 뒤쳐져 있었다. 그의 처 또한 미인이었는데 남편의 소리가 남보다 뒤지는 것에 불평하여 몰래 집을 나가 옥구에 사는 부자의 첩이 되어 버렸다. 장자백은 처가 그에게서 도망친 것에 충격을 받고, 어떻게 해서든지 명창이 되겠다는 결심을 굳힌 끝에 신재효를 찾아오게 된 것이다.

신재효는 장자백에게 먼저 그가 지은 <광대가>부터 가르쳤다.

고금에 호걸 문장 절창으로 후세에 유전허나, 모두가 허사로다. 송옥의 고당부와 조자건의 낙신부는 그 말이 정영헌지 뉘 눈으로 보았으며, 와룡 선생 양보음은 삼장사의 탄식이요 정절 선생 귀거래사 처사의 한정이라. 이청연의 원별이와 백낙천의 장안 가며 원진의 연창궁사 니교의 분음행이 다 쓸어 처량 사설 차마 어찌 듣겄듸야. 인간의 부귀영화 일장춘몽 가소롭고 유유한 생이사별 뉘 아니 한탄하리. 거려 천지 우리 행락 광대 행세 어렵고 또 어렵다. 광대라 하는 것이 제일은 인물치레, 둘째는 사설치레, 그 직차 득음이요, 그 직차 너름새라. 너름새라 하는 것이 귀성끼고 맵시 있고 경각의 천태만상 위선위귀 천변만화, 좌상의 풍류 호걸 귀경하는 노소남녀 울게 하고 웃게 하는 이 귀성 이 맵시가 어찌 아니 어려우며, 득음이나 하는 것은 오음을 분별하고 육률을 변화하야 오장에서 나는 소리 농락하여 자아낼 때 그도 또한 어렵구나. 사설이라 하는 것은 저금미옥 좋은 말로 분명하고 완연하게, 색색이 금상 첨화 칠보단장 미 부인이 병풍 뒤에 나서는 듯, 삼오야 밝은 달이 구름 밖에 나오는 듯, 새눈 뜨고 웃게 하기 대단히 어렵구나. 인물은 천생이라 변동할 수 없거니와 원원한 이 속판이 소리하는 법례로다. 영산초장 다슬음이 은은한 청계수가 얼음 밑에 흐르는 듯, 끄을러 내는 목이 순풍에 배노는 듯, 차차로 돌리는 목 봉회노전 기이하다. 돋우어 올리는 목 만장봉이 솟구는 듯, 툭툭 굴러 내리는 목 폭포수가 솟치는 듯, 장단고저 변화무궁 이리 농락 저리 농락 아니리 짜는 말이 아리따운 제비말과 공교로운 앵무 소리, 중중모리 중허리며 허성이며 진양조를 달아 두고 놓아두고 걸리다가 들치다가 청청하게 도는 목이 단산에 봉의 울음, 청원하게 뜨는 목이 청천에 학의 울음, 애원성 흐르는 목 황영의 비파 소리, 무수히 농락 변화 불시에 튀는 목이 벽역이 부듯는 듯 음아질타 호령소리 태산이 흔드는 듯, 어느덧 변화하여 낙목한천 찬바람이 소실하게 부는 소리, 왕소군의 출새곡과 척 부인의 황곡가라. 좌상이 실색하고 구경꾼이 낙루하니 이러한 광대 노릇 그 아니 어려우랴….

신재효는 <광대가>를 부르게 하고 창법을 가르쳤다.

오 년 동안 천신만고 사설을 익히고 창법을 연마한 장자백은 드디어 명창이 되었고 하루도 쉴 날이 없을 정도로 부잣집 잔치에 초대되었다.

그 무렵 고창뿐만 아니라 전라도 여러 고을의 양반집 잔치가 있을 때는 신재효한테 광대를 보내 달라는 청을 해왔고, 신재효는 자기 집에 모여든 소리꾼들 중에서 골라 잔칫집에 보내곤 하였다. 신재효는 아무나 양반들의 잔치나 놀이에 보내지 않았으며, 이만하면 되었다 싶은 소리 광대만을 골라서 추천하였다. 신재효를 통하여 잔칫집에 초대된 광대들은 당연히 후한 행하를 받을 수가 있었다. 그러기에 동리정사에는 많은 소리 광대들이 몰려들었다. 그들은 신재효에게 소리 공부를 하기 위해서, 그리고 큰 잔칫집에 초대되기를 원해 동리정사의 문하생이 된 것이었다. 광대 도방격인 신재효의 추천을 받아 양반집 잔치에 초대되는 것 자체가 곧 명창으로 이름을 얻게 되는 것이나 마찬가지였다. 전라도뿐만 아니라, 충청도나 서울에서까지 소리 광대가 필요한 때는 반드시 고창의 신재효한테 먼저 청이 들어왔다.

장자백이 소리 공부를 마쳤을 때, 옥구의 대지주 권참봉이 회갑잔치를 열었다. 권 참봉은 신재효한테 사람을 시켜 소리 광대를 보내 달라는 부탁을 해 왔다. 신재효는 장자백을 보냈다. 옥구의 권 참봉 회갑잔치에 초대된 장자백은 밤새도록 노래를 불러, 듣는 사람들의 마음을 죄흔들어 놓았다. 이날 그를 버리고 부자의 첩이 되었던 장자백의 처도 그의 소리를 듣고 울었다. 장자백이 권 참봉 회갑잔치에서 소리를 끝내고 옥구를 떠나올 때, 그를 버렸던 처가 울며 따라왔다. 그녀는 지난날의 잘못을 애걸복걸 빌며 데리고 가 줄 것을 애원했으나 장자백은 전처를 뿌리치고 혼자 돌아왔다.

장자백은 <춘향가>와 <변강쇠 타령>을 잘하였는데, 신재효는 장자백을 만날 때마다 그가 알고 있는 <변강쇠 타령>을 부르게 하여 그 사설들을 기록하였다.

이때에 동구마천 백모촌에 여러 초군 아이들이 나무를 하다가 지게 목발 뚜드리며 방아타령을 하는데, 뫼에 올라 산전 방아, 들에 내려 물방아, 여주 이천 밀따리 방아, 진천 통천 오려 방아, 남창 북창 화약 방아, 집집이 하님들 용정 방아, 이 방아, 저 방아 다 버리고 칠야삼경 깊은 밤에 우리 님은 가죽 방아만 찧누나. 오다 오다 방아 찧는 동무들아, 방아 처음 내던 사람 알고나 찧나 모르고 찧나, 경신년 경신월 경신일 경신시 강 태공의 조작 방아, 사시 장춘 걸어 두고 떨구덩 찧어라 전세대동이 다 늦어 간다.

장자백은 나무꾼 총각들이 부르는 <방아타령> 외에
<농부가>, <목동가>, <산타령>도 잘하였다. 장자백이
<변강쇠 타령>을 할 때마다 신재효는 시종 소리내어 웃
었다. 특히 강쇠 놈이 여자와 도방 살림하는 대목에서 박
장대소를 하였다.

　　장자백과 동년배인 무장 출생 김창록도 동리정사를
찾아왔다. 신재효가 듣기에 <심청가>는 김창록을 능가할
만한 사람이 없는 듯하였다. 특히 <춘향가> 중에서 <팔
도 담배가>에 출중하였다. 김창록은 쉰 살 이후로는 <심
청가>를 부르지 아니하였는데, 그 이유인즉 그가 <심청
가>를 부를 때마다 그의 비창한 소리에 청중들이 너무 울
기 때문이라고 하였다.

# 아, 진채선

신재효는 어느 날 동리정사에서 얼핏 낮잠을 자고 있는데 꿈을 꾸었다. 그는 꿈속에서 계향이를 만났다. 꿈속에서 본 계향이는 신재효가 옛날에 장성 비단골에서 처음 보았을 때의 봉선이 모습 그대로였다.

"참으로 이상한 꿈이로구나. 벌써 이십 년 전에 말 한마디 없이 홀연히 행방을 감추어 버린 계향이가 봉선이 모양을 하고 꿈에 나타나다니….”

꿈에서 깨어난 신재효는 한동안 봉선의 뚜렷한 모습

에 사로잡혀 있었다. 꿈에 나타난 봉선이의 모습이 너무 생생하게 머릿속에 남아 맴돌았다. 그는 이미 이십여 년 전에 고창을 떠나 버린 봉선이를 잠시도 잊어본 적이 없었다. 세월이 많이 흘러 이제 다시 만난다 해도 그녀를 한눈에 알아볼 것 같지가 않았다. 어쩌다가 계향이 또래의 동기를 볼 때마다 그녀의 옛날 모습이 희미하게 스쳐 지나갔을 뿐이었다. 신재효는 계향이가 어디서 어찌하고 사는지 궁금했다. 그동안 계향이 소식에 무심했던 자신을 탓했다.

"참으로 괴이한 꿈이로다. 무슨 연유로 계향이가 기생청에 들어오기 전 봉선이의 모습으로 나타났을고."

신재효는 한참 동안 꿈에 나타난 계향의 모습을 떠올렸다. 계향이가 그의 꿈속에 나타난 것은 처음이었다. 신재효는 꿈에 나타난 계향이의 모습을 떠올리면서 지금쯤 그녀가 얼마만큼 나이가 들었을까 하고 곰곰이 생각해 보았다. 계향이가 고창 기생청에서 자취를 감추었을 때 열여섯 살이었으니, 어디엔가 살아있다면 지금쯤은 중년의 나이에 어미가 되었을 것이라고 짐작했다.

봉선이의 꿈을 꾼 다음날 신재효는 서둘러 단신으로 초산까지 금선이를 찾아갔다. 늦게나마 계향이의 소식을 알고 싶었다. 아무래도 꿈이 예사롭지가 않은 듯싶었기 때문이다. 그는 봉선이의 꿈을 꾸고 난 후에야, 그간 자신이 봉선이한테 소홀했던 점을 반성하고 심한 자책감을 느꼈다. 자신이 조금만 따뜻하게 봉선이를 보살펴 주었던들 고창 기생청에서 자취를 감추어 버리지도 않았을 것이고, 설사 종적을 감춘 후에라도 다시 나타나 도움을 청했을지도 모른다는 생각이 들었다. 봉선이는 한번 종적을 감춘 후에는 다시 신재효 앞에 모습을 나타내지 않았다. 어린것이, 더욱이 아비마저 사별하고 이 세상에 피붙이라고는 한 사람도 없이 홀홀단신 고단한 처지에, 얼마나 서운한 생각을 품었으면 단 한 번도 소식을 주지 않았더란 말인가. 신재효는 그렇게 자신을 탓하며 초산행을 서둘렀다. 그는 이제라도 봉선이를 찾아보고 형편이 어려우면 도와줄 생각이었다.

신재효가 그동안 봉선을 찾지 않았던 것은 나름대로 생각이 있었기 때문이었다. 첫째는 세상 사람들의 오해가 싫었고 둘째는 기생청을 떠나 살다가 지치면 다시 신재효를 찾아오겠거니 생각했었다. 그러다가 세월이 훌쩍 지나가 버린 것이다. 그는 오래 전에, 그러니까 봉선이가 자취를 감추어 버린 삼 년쯤 지나, 금선이로부터 얼핏 봉선이의 소식을 들었을 뿐이었다. 그때 금선이의 말로는 봉선이가 무장에서 농사꾼한테 시집을 가서 살고 있다고 하였다. 그래서 신재효 생각에 기생이 되는 것보다는 차라리 농사꾼의 아낙이 되어 한평생 평범하게 사는 것이 훨씬 좋을 듯하여 마음을 놓기까지 했었다. 그런데 전날 밤에 불현듯 봉선이의 꿈을 꾸게 된 신재효는 필시 봉선이한테 무슨 곡절이 있을 것 같은 예감에 그대로 지나칠 수가 없었던 것이다.

초산에 당도하여 기생청으로 금선이를 찾아간 신재효는 헛걸음을 치고 말았다. 금선이는 기생청을 그만두고 갈재 밑에 주막을 냈다고 하였다. 신재효는 기왕 내친 김에 갈재까지 길을 재촉하였다. 그가 갈재 밑에 있는 주막에 당도했을 때는 어느덧 해가 기울기 시작했다. 다행히 금선이를 만나게 되면 몰라도 그렇지 않을 경우에는 밤길을 되짚어 돌아가야 할 판이었다.

금선이는 주막에 있었다. 그녀는 신재효를 한눈에 알아보고 반가움보다 부끄러움이 앞서는지 고개를 무겁게 떨어뜨렸다. 오랜만에 본 금선이의 모습은 옛날 같지 않게 왜소하고 초라했다. 나이 탓인지 아니면 세파에 시달려 온 탓인지 얼굴에는 주름살이 보였고 귀밑머리가 희끗했다. 금선이는 신재효를 보더니 눈물부터 훔쳤다.

"금선이 자네가 이런 주막에서 묻혀 살다니…."

금선이와 마주앉은 신재효는 어찌 된 일인지 마음이

아팠다. 금선이가 이렇게 된 것이 자기 탓인 듯싶기만 하였다.

"어차피 천하게 생겨난 이 한 몸, 기생청에 붙어살면 어떻고 산간의 주막에 의지하고 살면 어떻습니까요. 이나 저나 마찬가지 아닌감요. 그저 아무데서나 사는 날까지 살다가 땅에 묻히면 그만이지요."

금선이는 한숨을 섞어 가며 푸념하듯 말했다. 신재효는 그런 금선이가 가여웠다.

"소리 선생은 왜 그만두었는가?"

"과음한 탓에 목이 칵 잠기고 말았구만이라우."

"과음이라니…?"

"세상이 싫어지면서부텀 술 없이는 못 살겄드만요. 나으리 탓도 있지라우."

"내 탓이라니?"

"왜 모르는 척 하십니까요."

"하긴…, 그렇기도 하겠구만…."

그러면서 신재효는 연민의 눈빛으로 한동안 금선이의 늙어 가는 얼굴을 찬찬히 바라보았다. 한동안 금선이는 신재효를 사모한 나머지 여러 차례 고창으로 신재효를 찾아오곤 했었다. 금선이는 신재효한테 소첩으로 거두어 달라고 애원하다시피 했으나 거절을 당했다. 그래도 금선이는 신재효를 잊지 못해 고창 기생청으로 옮겨 오겠다고 했었다. 신재효가 이를 말렸었다.

"다 지나간 과거지사로구만요. 젊었을 적 이야기여요. 나리를 알고 난 처음 몇 년 동안은 나리께서 끝까지 쇤네를 거두어 주시지 않자 죽을 생각을 다 했구만요. 그러고 나리가 쇤네를 거두어 주시지 않은 것은 봉선이 년 때문이거니 싶어 그 어린것을 죽이고 싶었구만이라우. 헌디 봉선이 때문이 아니라는 것을 알고부텀 무담시 쇤네 마음이 약해짐시로 더 서글퍼지드라니께요. 해서 마음을 독하게 묵기로 작정을 했지라우. 나리를 잊을라면 독한 맘을 묵어야 허겄드만요. 그러자니 술과 가까워지고 말았지라우. 쇤네는 그래서 나리 잃고 나서 목청까지 잃었지라우."

신재효는 더 할 말이 없었다. 그는 어느덧 귀밑머리가 희끗하게 늙어 가고 있는 금선이의 처지를 어떻게 위로해야 좋을지 몰라 거푸 술잔만을 기울였다.

금선이의 궁색한 처지를 직접 눈으로 보게 되어 마음이 무거워진 신재효로서는 선뜻 봉선이의 소식을 묻기가 저어하여 한동안 미적거리고만 있었다.

"헌디…, 나리께서는 어쩐 일로 여기까지 오셨는그라우?"

한참 동안 신세타령을 늘어놓고 나서야 금선이는 약

간 겸연쩍은 얼굴을 하고 물었다.

　"만나 볼 사람이 있어 초산에 왔다가 자네 소식을 물었더니 여기에 주막을 냈다기에…, 얼굴이나 한 번 볼까 해서…."

　신재효는 말끝을 흐렸다.

　"산간 주막에 처백혀 살면서도 나리의 소식은 풍편에 종종 듣고 있구만이라우. 나리의 사랑에는 각처에서 몰려온 소리 광대들로 벅신거린담서요?"

　"내가 젊었을 적에 퉁소장이 국 영감과 금선이 자네를 만난 덕으로 소리 광대들을 좋아하게 되었다네."

　"나리께서 소리를 배워 독공을 하셨더라면 필시 득음을 하여 명창이 되고도 남았을 것이로구만이라우."

　"나는 귀명창으로 족하이. 그러고 보니 금선이 자네를 만난 지도 어언 스무 성상이 넘었네그려. 참으로 세월이 빠르구만."

　"세월이 휘모리가락만큼이나 휙 지나갔구만요."

　"금선이 자네를 회갑잔치 때 처음 만난 것이 엊그제만 같은데…."

　"좋은 시절 다 지나갔지라우. 인제는 뭣을 바라고 사는지 모르겠네요."

　"무슨 소린가? 아직 살아갈 날이 많은데."

259
— 아, 진채선

"쇤네는 나리를 사모하다 청춘을 다 보내고 말았지라우."

"나도 자네를 처음 만났던 그 시절을 잊을 수가 없다네. 그 몇 년 동안에 세상을 다 알아버렸던 것만 같어."

"쇤네의 귓전에는 아직도 이따금 퉁소쟁이 국 영감의 퉁소 소리가 아련히 들려오는 것만 같구만이라우."

"참, 그 후로 봉선이의 소식은 듣지 못했는가?"

신재효는 그제야 넌지시 봉선이의 소식을 물었다. 금선이는 이내 대답을 하지 못하고 한동안 멀뚱한 눈으로 신재효를 바라보기만 했다.

"언젠가 자네 말로는 무장에서 산다고 안 했던가?"

"그때가 언제 적 이얘긴디라우. 그러니까 봉선이가 고창 기생청을 훌쩍 떠난 지 이삼 년 후가 아니었던감요?"

"그랬던가?"

"그러니께 뭣이냐…, 그때 봉선이가 초산으로 쇤네를 찾아와서는 나리의 소식을 묻더라는 이야기는 말씀드렸지라우? 그때, 시방 어디서 어찌 지내고 있냐고 물었더니 무장에서 사는듸 곧 혼인을 허게 된다고 했구만이라우. 정혼자가 누구냐고 물어도 입을 열지 않다가 하룻밤을 쇤네한테서 묵고 떠날 적에야 신랑감이 당골네 아들로 무장에서 농사를 짓는다고 허데요."

260

"그 후로는 소식을 모르는가?"

"죽었구만이라우."

금선이는 신재효의 눈빛을 피하며 잠긴 목소리로 말했다.

"죽다니…? 봉선이가 죽었단 말인가?"

"오래 전 일이구만이라우. 쇤네가 초산에 있을 적에 기생청 찬모가 무장 사람이었는듸 추석 때 친정에 갔다와서는 그럽디다. 당골네 아들한테 시집간 봉선이가 목을 매어 죽었다고."

"그 아이가 죽다니…, 봉선이가… 죽다니."

신재효는 깊은 탄식과 함께 잠시 눈을 감았다가 떴다. 그리고 전날 밤 꿈에 보았던 봉선이의 모습을 다시 떠올려 보았다. 봉선이가 죽은 것은 오래 전의 일이라는데 왜 이제야 다시 꿈속에 나타난 것인지 괴이하게 생각되었다. 그는 심한 자책감에 가슴을 치고 싶었다.

"봉선이가 그리 된 것은 나리 탓도 있구만이라우."

금선이가 신재효의 눈치를 살피며 조심스럽게 입을 열었다.

"내 탓이라고?"

"그렇고 말고라우. 봉선이는 이 세상에서 오로지 나리만을 믿고 의지하며 살고 싶었는듸 버림을 받고 말

261
— 아, 진채선

았으니….”

“버림을 받다니, 누가 누구를 버렸다는 겐가?”

“버림받는 것보다 마음을 몰라주고 무시당한 것이 더 고통스럽다는 것을 아시는감요?”

“허나 봉선이는 나이가 어리지 않았는가. 그런 아이를 낸들 어쩔 수 있었겠는가.”

“나이가 어릴수록 무시해서는 안 되지라우. 나이가 어린 아이가 어른한테 무시를 당하면 평생 잊지 못하는구만이라우. 쇤네도 나리한테 무시를 당했지만 그래도 나이가 들었으니께 속으로 삭이고 이겨낼 수가 있었지라우.”

“듣고 보니 그렇구만. 다 내 잘못이네. 내가 참으로 못할 짓을 했는가 보이. 봉선이는 나 때문에 죽었는지도 모를 일이구만. 아마도 그래서 꿈에 나타난 모양일세. 내가 원망스러워서…, 저승에 가서도 나를 원망하는 모양일세그려.”

신재효는 금선이의 말을 듣고 보니 마음이 더 무거워졌다. 봉선이가 바라던 대로 머리를 얹어주었더라면 죽지는 않았을 것이라는 생각을 했다. 그제야 그는 봉선이가 꿈에 나타난 연유를 짐작할 수가 있을 것 같았다.

“봉선이 가족은…, 그러니께 남편은 어찌 살고 있는지, 소생은 있는지…, 혹시 아는 것이 없는가?”

"모르는구만이라우. 봉선이가 목을 매고 죽었다는 것만 들었으니께."

신재효는 한동안 말이 없다가 천천히 일어섰다. 어느덧 방안이 어두워지고 있었다. 주막에서 마을까지 내려가자면 서둘러야 할 것 같았다.

"아니, 그냥 가실란감요?"

신재효가 맥없이 일어서는 것을 보자 금선이는 서운해 하는 목소리로 물었다.

"초산에 내려가서 묵고 가야겠네."

"주막이 누추해서 그러시는구만요. 하기야 이런 누추한 산간 주막에서 나리 같은 지체 높으신 어른이 유하실 수가 있겠는그라우."

금선의 그 말에 신재효는 차마 방문을 열고 밖으로 나갈 수가 없어 엉거주춤한 자세로 서 있었다. 어쩐지 금선이의 목소리에 원망과 비탄이 흠뻑 젖어 있는 것처럼 들렸던 것이다. 신재효 생각에 이대로 주막을 떠나 버린다면 금선이는 밤새도록 울음을 그치지 못할 것만 같았다.

"그렇다면 나를 재워 줄 수가 있겠는가. 자네가 재워주기만 한다면 서둘러 내려갈 이유가 없지 않겠는가."

신재효가 금선이를 돌아보며 은근한 목소리로 말했다.

"붙잡지는 않겠으니 나리께서 정하시지요."

그렇게 말하며 금선이가 고개를 떨어뜨리고 있을 때 신재효는 다시 자리에 앉았다.

그날 밤 신재효는 금선이의 방에서 대취하였고 금선이는 신재효한테 소리를 들려주는 대신에 춤을 추어 술맛을 돋우어 주었다.

"주막에 눌러앉기를 참으로 잘했네. 그냥 내려갔더라면 금선이의 고운 춤을 영영 볼 수가 없었을 터인데…."

신재효는 북 장단을 맞춰 주면서 말했다.

"그러고 보니 나리 앞에서 춤을 추어 보기는 처음이로구만요."

"차라리 춤꾼이 될 것이지, 왜 그리도 소리 광대가 되고자 했던가?"

"뼈를 깎는 독공도 제대로 하지 않음시로 명창이 되고자 했으니께 그 벌로다가 목이 잠겨 분 것이 아니겠남요. 허나 다행히 팔다리는 성하니께 춤은 출 수가 있구만이라우…. 나리께서도 북채 내던지고 쇤네와 같이 춤을 추시지 그러시요."

그러면서 금선이는 신재효의 팔을 잡아끌었다. 신재효는 금선이가 잡아끄는 대로 일어서서 춤을 추기 시작했다. 신재효는 금선이와 함께 밤이 늦도록 술을 마시고 춤을 추었다.

"헌데 나리, 왜 그때 봉선이를 받아들이지 않으셨던
가요?"

금선이가 춤을 추면서 물었다.

"봉선이는 딸 같은 아이가 아니었던가."

"허면 왜 제 청은 거절허셨나요?"

"글쎄… 나는 처음부터 소리꾼을 첩으로 맞을 생각을
하지 않았다네."

신재효의 그 말에 금선이가 춤을 멈추었다.

다음날 아침 날이 밝자 그는 서둘러 떠날 차비를 하
였다. 금선이는 머리를 감은 후 새 옷으로 갈아입고 마을
어귀까지 따라 내려와 배웅을 해 주었다.

"쇤네가 죽게 되면 나리한테 소식을 전하고 싶은듸 그
리해도 괜찮을란가 모르겄네요."

"이 사람아, 자네보다 내가 먼첨 죽을 텐듸 무신 소린가."

두 사람은 그 말만을 남기고 헤어졌다.


계향이의 꿈을 꾼 지 열흘쯤 지나서였다. 아침에 관아
에 나가려고 서두르고 있는데 행랑아범이 밖에 누가 찾
아왔다고 통기해 왔다.

"퇴청할 때까지 사랑에서 기다리게 허게."

신재효는 또 소리꾼이나 풍류객이 찾아 왔겠거니 하고 행랑아범에게 그렇게 말했다.

　　"웬 처자가 어저께부텀 어르신을 뵙고자 허는구만요."

　　"처자라고?"

　　"어저께 찾아 왔었는듸 어르신네가 밤늦게 돌아오신 바람에…."

　　"시방 어디 있는가?"

　　"대문 밖에 있습니다요."

　　"그렇다면 들어오도록 허게."

　　신재효는 행랑아범에게 말하고 섬돌 아래로 내려섰다. 무르익은 봄날의 아침햇살이 어느덧 행랑 뒤꼍의 오동나무 잎에 화사하게 꽂혀내리고 있었다. 신재효는 신발을 꿰고 햇살에 반짝이는 오동나무 잎을 쳐다보며 그를 찾아왔다는 처자가 대문 안으로 들어서기를 기다렸다.

　　이윽고 대문 안으로, 늙고 허약한 행랑아범의 뒤를 따라 연두저고리에 다홍치마로 곱게 치장한 처자가 고개를 깊숙하게 숙인 채 천천히 들어서고 있었다. 신재효는 무엇에 홀린 듯 한동안 넋을 잃고 아담한 키에 박꽃처럼 희고 고운 처자의 얼굴을 바라보았다. 어디선가 익히 보았던 것처럼 결코 낯설지 않게 느껴졌다. 아, 그렇구나. 녹의홍상 차림의 저 처자는 바로 신재효가 며칠 전에 꿈

266

에서 보았던 봉선의 모습이 아닌가.

신재효는 처자를 보고 너무 놀라 한동안 할 말조차 잊은 채 넋을 잃고 우두커니 서 있기만 하였다. 햇살 때문인지 눈앞이 흐려지면서 잠시 다리가 휘청했다.

"소녀의 성은 늘어설 진에 이름은 채색 채 신선 선, 진채선이라 하옵니다요."

처자는 섬돌 아래 서 있는 신재효 앞으로 조심스럽게 다가와서는 정중하게 허리를 굽히며 이름을 말하였다. 그때까지도 신재효는 꿈에 나타난 봉선의 모습을 떠올리며 넋을 잃다시피 하고 있었다.

"진채선…, 진채선이라…."

"어르신한테서 지침을 받고자 찾아왔습니다요."

"그래, 생각해 보니 얼마 전에 기생청 행수 기생한테서 네 이야기를 들은 것도 같구나."

신재효는 그렇게 말하고 정신을 가다듬어 다시 한 번 진채선의 용모와 몸매를 자세하게 하나하나 되작거리듯 뜯어보았다. 꿈에 나타났던 봉선이보다 얼굴이 더 해맑고 고와 보였다.

신재효는 기생청 행수 기생으로부터 군계일학의 미색에 목청이 출중한 동기가 있으니 시험삼아 구경을 하라는 이야기를 듣고 있었다. 처음 본 진채선은 비록 나이는 어

렸으나 갸름한 얼굴에 이목구비가 뚜렷했고 눈이 시원스
러웠으며 콧대가 실하고 피부가 맑았다. 적당한 키에 몸
피가 야리야리하게 가냘픈데다가 흰 목이 길어 귀티가 자
르르 흘렀다.

"그래 집이 어디냐?"

"기생청에 들어오기 전에는 무장에 살었습니다요."

"무장? 무장이라고 했느냐?"

"예."

"네 아비가 누구이냐?"

신재효가 다소 놀라는 목소리로 물었다. 대답을 하는
처자의 목소리가 탱글탱글 했다. 그는 대답하는 목소리
만 들어도 득음을 할 수 있는 목을 타고났는지 아닌지를
알아낼 수가 있었다.

"무장에서 농사를 짓고 사셨사옵니다."

"무장에서 농사를…? 허면 너의 어미가 소리 광대
더냐?"

신재효는 계향이를 떠올리며 물었다.

"제 어미가 소리를 잘 했다는 이야기는 들었습지요."

"그래? 허면 네 어미는 어디 사느냐?"

"소녀의 어미는 십 수 년 전에 세상을 떴습니다요."

봉선을 그대로 닮은 채선이라는 동기의 그 말에 신재

효는 잠시 기력이 혼몽해져 하마터면 쓰러질 뻔했다.

"기생청에 가 있거라. 내 짬을 내어 한 번 찾아가 보마."

신재효는 동기를 돌려보내고 나서 행랑아범을 시켜 냉수 한 사발을 떠오게 하여 단숨에 벌컥벌컥 마셨다. 그는 한참을 마루에 앉아 있다가 한껏 무거워진 발걸음으로 관아에 나갔다. 그리고 해가 떨어지기가 바쁘게 서둘러 기생청으로 발길을 재촉했다.

"동기로 들어온 지 반년이 겨우 넘었는디 어찌나 총명한지 북, 장고, 가야금을 모두 다룰 줄 알고, 노래도 두 번 가르칠 필요 없이 잘 부릅니다요."

행수 기생이 진채선에 대한 칭찬을 아끼지 않았다. 그러면서 행수 기생은 진채선에게 <춘향가> 중에서 춘향이와 이 도령이 이별하는 대목을 한 번 불러 보라고 하며 북채를 잡았다. 진채선은 부끄럼 없이 중모리로 소리를 뽑았다.

이것이 웬일이오. 내 몰랐소. 내 몰랐소. 대장부 행사가 다 그러하오. 일장표서 맺은 적에 백년해로 하잤더니 만난 지가 언제이기에 백년이 다 되었단 말이오. 표서가 여그 있으니 먹도 아직 안 말랐소. 사또 승소허셨으니 우리의 큰

269
— 아, 진채선

경사요, 부부 이별할 터이니 큰일이라. 서로 웃고 치하허고 서로 잡고 안 놀 텐데, 해가 지고 날이 새도 자초 소리 고사하고 이렇단 말이 없으니 이것이 대장부의 행실이오….

신재효가 듣자니 진채선은 목청이 고운 데다 성량 또한 풍부하였다. 신재효는 기생청 동기 진채선의 소리를 듣는 순간 문득 자신이 이십여 년 전으로 되돌아가서 봉선이를 앞에 앉혀 두고 노래를 듣고 있는 것 같은 착각에 사로잡혔다. 진채선의 목청이 봉선이와 너무도 닮은 것에 놀랐다. 용모며 목청이 봉선이와 비슷한 진채선을 마주 보고 앉아 있던 신재효는 자신이 꿈을 꾸고 있는 것이 아닐까 하고 생각했다.

다음날부터 신재효는 성심으로 진채선에게 직접 소리를 가르쳤다. 그는 그동안 권삼득을 비롯하여 여러 명창들에게서 듣고 익혔던 창법을 모두 동원하여 진채선을 지도했다. 그가 이렇듯 한 제자에게 혼신을 다한 것은 처음이었다. 신재효도 그런 자신에 대해 놀랐다. 진채선은 하나를 가르치면 둘을 알아들을 만큼 일취월장 소리가 늘었다.

신재효는 진채선을 가르치는 그날부터 이십여 년 전에 자취를 감춰 버린 봉선이에 대한 생각을 잠시도 떨쳐

버릴 수가 없었다. 자책감도 조금씩 없어지는 것만 같았다. 그는 진채선을 잘 가르치는 것이 봉선에 대한 자책감을 줄일 수 있다고 생각했다. 그는 봉선이가 죽어서 진채선으로 환생한 것이 아닌가 하는 생각에 사로잡히기까지 하였다.

"채선아, 너의 외가는 어디냐?"

어느 날 진채선을 앞에 앉힌 신재효는 잠시 망설이다가 용기를 내어 물었다.

"소녀의 아비 말로는 한 때 제 어미가 장성에서 살았다는 이야기만 얼핏 들었구만요. 아비는 외가에 대해 자세한 이야기는 하지 않았사옵니다."

"너는 어렸을 적에 외가에 가 보지도 않았단 말이냐?"

"그렇구만요."

진채선은 부끄러운 듯 무겁게 고개를 떨어뜨리며 겨우 알아들을 수 있게 나지막한 목소리로 대답했다.

"그렇다면 네 어미의 성씨는 알고 있느냐?"

"모르옵니다. 마을 사람들이 장성댁이라고 부르는 것을 들었구만요."

"장성댁이라, 장성이라면…, 그렇지, 봉선이가 그러니까…. 성씨가 유 씨인 홀아비와 장성 솔재 밑에서 살았었

271
— 아, 진채선

지. 그때 봉선이를 처음 보았었지. 그렇다면 혹시…?"

신재효는 혼잣말처럼 나지막하게 중얼거렸다.

"봉선이가 누구신지요?"

"봉선이? 아, 아니다. 아무것도 아니니라."

신재효는 거칠게 고개를 흔들기까지 하였다. 그는 잠시 눈을 감고 오랫동안 봉선이의 옛 모습을 떠올렸다. 솔재 밑에서 처음 보았던 모습에서부터 남원 송흥록 문하에서 소리공부를 하고 고창으로 그를 찾아왔을 때, 그리고 자신의 머리를 거두어달라고 애원하던 모습이 차례로 떠올랐다. 돌이켜보니 젊었을 때 내장산 영은사에서 하룻밤을 묵던 날 밤, 꿈속에서 봉선이에 대한 부처님의 계시를 까맣게 잊어버리고 살아온 자신이 부끄럽기까지 하였다.

"외가는 그렇다치고…, 친가 중에 재인의 피를 타고난 사람이라도 있느냐?"

"아비의 말로는 지 생긴 모양이며 목청이 영락없이 어미를 쏙 빼닮었다고 하시더이다."

신재효가 묻고 진채선이 대답했다.

"어미를 빼닮았다고?"

"아비가 그 말을 자주 하셨구만요."

"니 아비가 시방 무장에서 농사를 짓고 산다고 했더냐?"

"작년에 탈상이 지났구만요."

"허면 세상을 떴구나."

신재효는 가볍게 탄식하듯 한숨을 쉬었다. 그가 진채선의 아비를 만날 수조차 없다는 사실이 어쩐지 절망감으로 다가왔던 것이다. 그러면서 그는 채선이가 설마 봉선이의 소생일 리가 없다고 마음속으로 거듭 부정을 해보기도 했다. 그러나 부정을 하면 할수록 그의 마음은 더욱 혼란스러워졌고 진채선을 향한 연민과 애틋한 마음은 깊어만 갔다.

신재효가 그의 세 번째 부인과 사별했을 때 채선의 나이는 스물두 살로 난숙한 여자가 되었다. 그만하면 소리꾼으로 대갓집 잔치에 나가도 손색이 없을 만큼 득음의 경지에 이르렀다. 그러나 신재효는 채선을 놓아주지를 않았고, 채선도 스승의 곁을 떠나고 싶어하지 않았다. 신재효는 하루라도 채선을 못 보면 마음 한구석이 텅 비어 버린 것처럼 허전했다. 그러는 스승의 속마음을 잘 알고 있는 채선도 하루도 스승의 곁을 떠나지 않았다.

하루는 진채선이 정창업과 함께 영광 조 진사 댁 회갑연에 소리꾼으로 초대되어 간 일이 있었다. 고창에서 영광까지는 반나절 길의 가까운 거리였으나, 아침 일찍이

정읍을 출발한다 해도 온종일 잔치놀음을 하자면 하룻밤
은 영광에서 쉬어 올 수밖에 없었다.

진채선은 잔치놀음이 끝난 석양 무렵이 되자 정창업
을 졸라 서둘러 고창으로 돌아가자고 졸라댔다.

"기왕 하룻밤을 영광서 묵고 가기로 해 놓고 느닷없
이 밤길을 걷자니 어찌 된 겐가?"

진채선이 갑자기 서두르는 영문을 알 턱이 없는 정창
업은 참으로 난감해졌다.

"선생님 때문에 그래요."

"선생님이라니?"

"혼자 우두커니 먹방에 앉아 계실 우리 선생님 땜시…."

"허허 이 사람아, 선생님께서도 하룻밤 쉬어 오라고
허시지 않았는가!"

"그래도 가야 해요. 혼자라도 가겠어요."

"미쳤는가? 날이 어둡기 시작하는데, 자네 혼자서 어
찌 가겠다는 겐가."

진채선은 기어코 혼자서 길을 떠났다. 그녀의 눈에는
쓸쓸하게 혼자 앉아 있는 신재효의 모습이 자꾸만 눈에
밟혀왔다. 그 무렵 신재효는 세 번째 부인마저 잃고 그
쓸쓸함을 오로지 진채선이 옆에 있음으로 하여 이겨내고
있었다. 채선이가 장터목을 지나는데 정창업이 함께 가자

고 뛰어왔다.

"채선이 자네 고집도 참 대단하구먼."

헐근거리며 뒤따라온 정창업이 말했다.

"선생님 땜시… 선생님이 걱정되어서…."

"채선이 자네 혹시 선생님을 사모하고 있는 게 아닌가?"

정창업이 농담 반 진담 반으로 묻는 말에 채선은 갑자기 발걸음을 멈추었다. 그녀는 한동안 말없이 어둠이 흐르는 정창업의 얼굴을 쳐다보는 것 같더니 고개를 숙이고 다시 걷기 시작했다. 정창업은 채선이가 틀림없이 동리 선생을 사모하고 있을 것이라고 믿었다. 그렇게 생각하는 사람은 그 한 사람뿐만이 아니었다.

진채선과 정창업은 자정이 가까울 무렵에야 고창에 도착했다. 정창업은 사랑으로 들어가고 진채선 혼자 신재효가 거처하는 방으로 갔다. 방에는 불이 꺼져 있었고, 기침소리와 담배통 터는 소리가 들려 왔다. 불 꺼진 방에 신재효 혼자 담뱃대를 물고 생각에 잠겨 있었다.

"선생님, 선생님. 채선이옵니다."

진채선을 알아본 신재효는 버선발로 섬돌 아래까지 뛰어 내려왔다.

"네가 왔구나. 오늘 밤 네가 올 줄 알고 있었느니라."

채선은 다리가 아픈 것도 잊고 밤길을 재촉하여 돌아

온 것에 만족하며 신재효를 부축하여 방으로 들어갔다.
이렇듯 두 사람은 하루라도 얼굴을 보지 못하면 사무치
도록 아쉬워하였다.

"그래 하룻밤 쉬어오지 않고 이 밤중에 먼 길을 걸어
왔느냐?"

신재효는 되도록 감정을 억제하며 나지막이 말했다.

"혼자 계시는 선생님 땜시… 걱정이 되어서… 잘했
지요?"

진채선의 물음에 신재효는 말 없이 담배통만 거듭 빨
아댔다.

그로부터 며칠 후 저녁, 진채선은 신재효와 마주 앉아
소리를 하고 있었다. 진채선은 고개를 똑바로 쳐들어 불
빛 그림자가 내려앉은 신재효의 얼굴에 시선을 못 박고
애원처절한 목소리를 뽑아올렸다. 신재효는 약간 고개를
옆으로 돌려 한사코 진채선의 눈길을 피했다. 진채선의
시선이 어찌나 뜨겁고 강렬하던지 마주 볼 수가 없었다.
마치 진채선의 눈길이 자신의 몸을 친친 감고 꼼짝 못하
게 옥죄어오는 것 같으면서, 뜨겁게 닳아 오르는 것을 느
꼈다.

"고개를…. 조금 숙이고 눈길을… 내리거라. 그렇게
똑바로 나를…. 보지 말거라."

신재효가 더듬거리는 말투로 말했다.

"왜요? 저는 선생님 얼굴을 똑바로 보면서 소리를 해야 마음이 맑아지고 목이 살아나는 것 같은듸요?"

진채선은 그 말에 오히려 고개를 바짝 쳐들고 더욱 강열한 눈빛으로 스승을 마주보았다.

"마음을 목에 가두어야지 눈에 모으면 생각이 흩어지는 법이다."

그러면서 신재효는 갑자기 헛기침을 쏟아냈다. 말을 하는 동안에도 신재효는 진채선의 얼굴을 마주보지 않았다.

"이만하면 득음의 경지에 도달했으니 내게서 떠나 네 갈 길을 가거라. 이제 나는 너에게 더 가르쳐 줄 것이 없구나."

어느 날 채선을 앉혀 두고 신재효가 낮은 소리로 말했다.

"선생님, 아닙니다요. 저는 아직도 멀었습니다요."

진채선은 스승이 이제 떠나라는 말에 소스라치게 놀랐다. 그녀는 스승의 곁을 떠나고 싶지가 않았다. 그 다음날부터 진채선은 신재효 앞에서 소리를 하다가 일부러 목을 부러뜨리는가 하면 끄윽끄윽 생목소리를 내고 사설을 잊고 쩔쩔매는 시늉을 하기도 하였다. 신재효는 채선이가 일부러 하는 짓이라는 것을 알고 마음속으로 빙긋이 웃음을 삼켰다. 다른 때 같았으면 눈에서 불똥이 튀길 것 같은 불호령이 떨어졌을 터인데 한마디도 나무라지 않았다. 진채선은 그런 신재효의 마음을 꿰뚫어보고 있었다.

신재효가 진채선에게 이제 더 가르칠 것이 없으니 동리정사를 떠나라는 말을 한 후부터 진채선은 자주 사설이 잊고 버벅대기 일쑤였다.

"어찌하여 소리를 주저앉히느냐. 이러다가는 바탕소리부터 다시 배워야겠구나!"

신재효가 이렇게 채선을 나무라면 채선은 한껏 고개를 깊숙이 숙였다.

"선생님은 이러는 제게 어찌 득음의 경지에 이르렀다고 허십니까. 아직 당당 멀었습니다요"

진채선의 마음은 오래도록 스승의 옆에 있고 싶을 뿐이었다.

그로부터 며칠이 흘렀다.

"불을 끄거라."

북으로 장단을 맞추며 진채선의 소리를 듣던 신재효가 눈을 지그시 감더니 갑자기 불을 끄라고 큰 소리로 재촉했다.

"불을 끄다니오? 왜요?"

소리를 멈춘 진채선이 눈을 크게 뜨고 신재효를 똑바로 바라보며 되물었다. 신재효는 눈을 뜨지 않았다. 차마 눈을 뜨고 진채선을 마주볼 수가 없었다. 불빛에 비친 진채선의 아리따운 자태를 마주보고 있을라치면, 마음이 바람맞은 갈대처럼 살랑살랑 일렁이면서 온몸의 열기가 뜨겁게 뻗질러 올랐다. 거듭 담배를 피워 물고 마음을 가라앉히려고 애썼지만 마음대로 되지 않았다.

"앞으로는 밤에 나와 마주앉아 소리를 할 때는 불을 끄도록 하거라."

신재효는 그렇게 말하고 자신이 등잔불을 껐다. 진채선은 하는 수 없이 어둠 속에서 소리를 해야만 했다. 어둠을 보고 소리를 하자니 자꾸만 목이 꺾이면서 진정이 되지 않았다. 응고하는 신재효의 북소리만 더욱 크게 어둠을 울렸다. 진채선이 도중에 소리를 멈추고 불을 키겠다고 했으나 신재효가 버럭 화까지 내면서 허락하지 않았다.

그날 이후부터 신재효가 채선을 가르칠 때는 방에 불을 끄고 멀찍이 떨어져 앉아서 소리를 하라고 이르고 응고를 했다. 신재효가 밤이면 방에 불을 끄고 채선을 가르

279
— 아, 진채선

치게 되자 제자들 사이에 쑥덕공론이 일었다. 그 무렵 동리정사에는 남자 소리 광대들뿐만 아니라 수많은 젊은 기녀들이 소리를 배우기 위해 출입하였다. 그들은 늘 서로 시새움하면서 신재효를 둘러싸고 있었기 때문에, 신재효와 진채선의 사이를 이상하게 생각하고 야릇한 소문까지 만들어 냈다. 그들은 두 사람의 관계가 사제지간의 정을 넘어선 것으로 생각했다.

그날도 채선은 날이 어두워지자 동리정사 신재효의 방문 앞에서 머뭇거리고 있었다. 채선은 방에서 스승의 기침 소리가 들려오자 토마루로 올라섰다.

"선생님, 채선이옵니다."

동리정사 사람들은 신재효를 이방 나리니 이방 어르신이라고 불렀으나 채선만은 꼭 선생님이라고 하였다. 신재효가 그렇게 불러 주기를 원했기 때문이다.

"어서 들어오지 않고 뭘 꾸물거리고 있는 게냐."

신재효의 언성은 아쟁 소리처럼 날카롭고 꼬장꼬장했다. 그 즈음에 신재효가 채선을 대하는 태도가 전에 없이 냉랭해진 것만 같아 그녀는 스승 앞에 나서기가 두렵기까지 했다.

그날도 신재효는 깜깜한 방에 앉아서 채선을 기다리고 있었다.

"오늘은 등잔에 불을 밝히겠습니다."

"안 된다."

"선생님은 지가 그렇게도 뵈기 싫은가요?"

"그렇구나".

"참말로 지가 뵈기 싫어서 불을 끄신 겁니까요?"

"그렇다니께."

"그래도 지는 선생님 얼굴을 마주보면서 소리를 하고 싶구만요."

"소리는 입으로 허는 거제 눈으로 헌다더냐?"

"그래요. 지는 눈과 귀로 소리를 허는구만요."

"헛소리 말고 냉큼 앉아서 오늘은 기생점고 허는 대목을 한 번 해 보거라."

그러면서 신재효는 북채를 들고 덩그덩 하고 소리를 냈다.

"그런데… 저어… 저어…."

그러나 채선은 무슨 말인가 할 듯 말 듯 미적거리고만 있었다.

"기생점고 허는 대목을 뽑아 보라니께 뭘 허고 있는 게여."

신재효가 사뭇 언성을 높이며 재촉했다. 그러자 진채선이 벌떡 일어서더니 문을 박차고 방에서 나갔다. 신재효는 진채선의 느닷없는 행동에 놀라 한동안 말없이 앉아 있다가, 무슨 일인가 싶어 마루로 나갔다. 마루와 뜰이 달빛에 흥건히 젖어 있었다. 진채선이 온몸에 달빛을 받고 마루 끝에 앉아 두 손바닥으로 얼굴을 감싼 채 어깨를 들먹이며 울고 있었다.

"채선아 왜 이러느냐? 오늘 무슨 일이 있었던 게냐?"

신재효가 조심스럽게 물었으나 진채선은 대답을 하지 않았다. 한참을 그렇게 울고 나더니 진채선이 일어서서 신재효를 마주보았다.

"저어… 불을 밝히겠사옵니다."

"아니, 오늘따라 왜 그러느냐?"

신재효의 목소리가 약간 누그러졌다.

"여쭙기 민망한 일이오나…, 말들이 많습니다요."

"말이 많다니?"

"등불을 밝히지 않은 것 땜시…."

"내가 말허지 않았느냐. 마음이 흐트러지는 것을 막기 위해 일부러 등촉을 밝히지 않은 것이라고."

신재효는 더 이상의 변명을 하고 싶지가 않았다. 기실 그가 채선을 가르칠 때 불을 밝히지 않은 것은 차마 그녀의 얼굴을 바로 보지 않기 위해서였다. 등불에 비치는 채선의 자태를 바라보고 있자면 그의 마음이 걷잡을 수 없을 만큼 요동을 칠 것만 같았던 것이다. 그는 등불 아래에서는 채선의 얼굴을 보지 않으려고 애써 시선을 돌려야만 했다. 순간순간 어쩌다가 두 사람의 눈길이 마주치기라도 할라치면 차마 억누를 수 없는 정을 느끼고 와락 채선을 끌어안고 싶은 충동이 솟구쳤다.

"그래, 채선아. 너는 여지껏 내가 너를 가르칠 때 불을 밝히지 않은 연유를 모르고 있었더란 말이냐."

한참 후에 신재효는 목소리를 부드럽게 가라앉히고 원망 어린 감정을 섞어 말했다. 채선은 할 말을 잃어버린 듯 잠자코 있었다. 기실 그녀는 등촉을 밝힌 방에서 스승과 마주앉아 소리 공부를 할 때 얼핏얼핏 날카로우면서도 은근하고, 부드러우면서도 찐득하게 느껴지는 스승의 눈길과 마주치는 순간마다 숨이 막히면서 온몸이 진흙처럼 착 가라앉는 기분을 느꼈다. 그리고 채선은 스승의 그 같은 눈길이 무엇을 말하고 있는지 짐작할 수가 있었다. 스승의 그 같은 눈길을 대하는 날 밤에는 쉽게 잠을 이루지 못하고 새벽까지 몸을 뒤척이곤 하였다.

"말해 보거라. 진정 너는 내가 등촉을 밝히지 않은 연유를 모른다는 게냐?"

신재효가 다시 묻자 채선은 가슴이 울렁거리기 시작했다.

"알고… 있사옵니다."

채선은 겨우 입을 열어 들릴락말락한 목소리로 말했다.

"그렇다면 됐다. 어서 들어가자. 그리고 앞으로는 등 촉을 밝히자는 말을 다시 입밖에 내지 말거라. 그리고 너는 주변 사람들의 괜한 말에 귀를 기울이지도 말거라. 내 말 알아듣겠느냐."

"예, 선생님."

"자, 그렇다면 어서 들어가서 소리를 뽑거라."

이날 밤 채선은 그녀의 소리 중에서 특장의 한 대목인 <춘향가> 기생 점고하는 대목을 뽑았으나 스승인 신재효로부터 더늠이 신통치가 않다고 호된 꾸지람을 당했다. 그녀는 밤늦게 동리정사를 나오면서 눈물을 주체 못하고 흐느껴 울었다. 스승이 무정하게 생각되면서 알 수 없는 서러움과 외로움 때문에 저절로 눈물이 쏟아졌다.

진채선은 차츰 어둠 속에서 소리를 하는 것에 익숙해졌다. 이제는 불을 끄고 소리를 해도 모든 것이 확연하게 잘 보였다. 처음 얼마 동안은 너무 깜깜하여 집중이 되지 않아 걸핏하면 소리가 꺾이거나 뒤집히고 사설이 뒤엉키기 일쑤였으나, 한 달쯤 지나자 눈을 감고 소리를 해도 스승의 얼굴이 환하게 보였다.

그것은 신재효도 마찬가지였다. 처음에 불을 끄고 장

단을 맞출 때는 박자가 엇나가기도 하고 괜히 어색하여 헛기침을 쏟아댔다. 그러던 것이 차츰 익숙해지면서부터는 마음이 안정되고 진채선의 소리도 더 귀에 쏙쏙 잘 들어오는 것 같았다. 소리가 빛이 된 듯, 소리를 통해 진채선의 얼굴과 마음까지도 훤히 보였다.

"선생님, 이제 깜깜해도 지 눈에는 선생님 얼굴이 훤하게 다 보여요."

소리를 끝내고 나서 진채선이 뚜벅 입을 열었다.

"무슨 말이냐?"

"밤에 잠자리에 들 때마다 지는 마음속으로 선생님 얼굴을 그려본답니다요. 시원한 이마와 깜한 눈썹, 실한 콧날이며 뭉뚝한 콧방울, 높지도 야찹지도 않게 적당한 광대뼈, 도톰한 입술과 야무진 입, 가지런한 치아, 옴쏙한 턱과 수염을 차례로 그리고 나서, 마지막으로 눈을 그린답니다요. 눈을 그릴 때는 잡념을 버리고 직심으로 마음을 모아야 하는구만요. 정성을 다해서 은근하면서도 송곳 끝 같은 눈빛을 그려넣으면 그대로 선생님 얼굴이 된답니다요. 밤마다 선생님 얼굴을 다 그리고 나면 잠이 스르르 온답니다요."

진채선의 말에 신재효는 아무 말도 하지 않았다.

"선생님은 여직 한 번도 마음속에 지 얼굴 그려본 적

이 없으시지요?"

진채선이 다그치듯 물었으나 역시 신재효는 입을 열지 않았다. 그는 진채선이 돌아간 후에 혼자 잠자리에 누워서, 진채선이 했다는 대로 마음속으로 채선의 얼굴을 그려보았다. 그의 마음속에 진채선의 얼굴이 한 떨기 고운 도리화로 피어났다.

이 무렵 신재효는 <명당가>와 <방아타령>, <성조가> 등을 짓고 작곡하여 진채선에게 가르쳤다.

　… 성관은 평산 신 씨 이실 재 효도 효는 장적의 함자이요, 일백 백 근원 원은 친구간의 자호로다. 리오니 너도 공부하랴기면 가끔가끔 찾어오소. 에용, 어허 우겨라 방아로구나….

이 대목은 진채선에게 가르친 <방아타령>의 앞소리이다.

그로부터 얼 마 후, 경오년 칠월 대원군으로부터 경복궁 경회루 낙성연에 소리 광대를 올려 보내라는 연락이 내려왔다. 신재효는 한편으로 기쁘기도 하고 다른 한편으로는 걱정이 되기도 했다. 그는 솔직히 진채선과 헤어지고 싶지가 않았다. 채선이가 한양으로 올라가면 다시 내려올 수 없게 될지도 몰랐기 때문이다. 그렇지만 대원군의 명을 거역할 수가 없지 않은가. 그는 한동안 진채선에게 한양 이야기를 하지 않았다. 그렇다고 언제까지나 숨길 수는 없는 일이었다. 결국 신재효는 사랑하는 제자 진채선을 올려 보내기로 하였다.

그날 밤 신재효는 오랜만에 방에 등잔불을 밝히고 진채선을 기다렸다. 진채선은 방에 불이 켜져 있는 것을 보고 소스라치듯 놀랐다.

"아니, 선생님 오늘 저녁은 무슨 일이셔요? 왜 불을 밝혔어요? 차마 지를 떨쳐버리실려고 이러시는 것은 아

신재효는 채선을 좋은 말로 꾸짖었다.

"선생님도 함께 가셔요. 그래야만 저도 가겠어요."

"냉큼 한양 떠날 채비 하라는 데 웬 딴말이 많으냐!"

"선생님도 안 계시는데 떨려서 대원위 대감 앞에서 어찌 소리를 합니까."

"가서 <춘향가>를 부르거라. 너는 <춘향가> 중에서 기생 점고하는 대목이 가장 뛰어나니라."

그러면서 신재효는 한양으로 떠나기 전에 자기 앞에서 <춘향가>를 열세 번을 부르고 가라고 하였다. 진채선은 스승의 말을 거역할 수 없음을 알아차렸다.

진채선은 신재효의 명대로 한양으로 떠나기 전까지

287
— 아, 진채선

매일 한 번씩, 열세 번 <춘향가>를 불렀다. 열세 번 <춘향가>를 부른 동안에는 불을 끄지 않았다.

한양으로 떠나기 전날 저녁, 불을 밝히고 열세 번째 <춘향가>를 부르던 진채선은 기생점고 하는 대목 소리를 하다 말고, 울음을 터뜨리고 말았다. 이때 신재효는 무릎걸음으로 진채선 가까이 가서 그녀의 등을 다독여주었다.

"잘 하고 내려오너라. 그러고 내일 떠날 때는 나헌테 하직인사 하러 오지 말거라."

신재효의 그 말에 진채선의 울음이 더욱 거칠어졌다.

# 천년을 기다려도…

　진채선은 남장차림을 하고 떠나기 싫은 상경 길에 올랐다. 그녀는 스승의 곁을 잠시도 떠나기가 싫었으나, 신재효의 불길 같은 성화에 못이겨 하는 수 없이 고창을 등지고 머나먼 한양 천리 길에 올랐다. 채선은 초행인 한양 길이 두렵기만 했다. 더구나 경회루의 낙성연 때 대원위 대감 앞에서 소리를 해야 한다는 것을 생각하니 사뭇 심신이 무겁게 떨려 왔다.

　다행히 조금 안심인 것은 이날치가 고수로 동행을 하

게 된 것이었다. 채선보다 스물일곱 해 먼저, 고창에서 그리 멀지 않은 담양에서 태어난 이날치는 한동안 줄타기와 고수로 명성을 떨치다가, 박유전과 신재효의 문하에서 지침을 받아 명창으로 발돋움하기 시작하고 있었다. 신재효의 부탁을 받은 이날치는 진채선의 고수로 한양에 가고 싶지가 않다고 하였다. 소리를 하러 간다면 몰라도 한갓 신출내기 여류 소리꾼의 고수라니 자존심이 상했던 것이다. 그는 결국 스승인 신재효의 간곡한 청을 거절하지 못했다.

"내 대신 자네가 채선을 잘 돌봐주게. 자네와 같이 보내야만 내 마음이 놓일 것 같아서 부탁을 하는 것이네."

신재효는 그러면서 낙성연이 끝나는 대로 꼭 진채선과 같이 내려오라고 당부를 했다.

이날치는 그동안 여러 차례 한양을 왕래했기 때문에 어디에 주막이 있고, 어디에 험한 고개가 있는 것까지도 환하게 알고 있었다.

일행은 세 사람이었다. 고수로 이날치가 동행을 하게 되었고, 잔심부름을 시킬 동기 설단이를 데리고 나섰다. 경회루 낙성연은 칠월칠석날이었다. 한 달 앞서 고창을 떠났으니 더위가 한창 기승을 부렸다. 아침나절에는 바람이 살랑거려 걸을 만하였으나 한낮이 되면서부터는 턱 끝까지 숨이 헉헉 막혀 왔다. 전주까지 걷고 전주서부터는 가마를 탔다.

한양에 당도하여, 신재효가 써 준 서찰을 가지고 고창의 경주인을 찾아가자 숙소를 마련해 주었다. 진채선은 숙소가 정해지자 이날치의 안내로 경복궁부터 구경했다. 가까이는 갈 수 없어 먼발치로 한 바퀴 둘러보았다. 그렇게 큰 집은 난생 처음이었다. 선원전(璿源殿), 교태전(交泰殿), 근정전(勤政殿), 경회루(慶會樓)의 으리으리한 전각들이 즐비했다.

경복궁을 짓는 동안 전국 각처에서 많은 사람들이 몰려와 구경을 하였다고 했다. 이날치도 한창 근정전을 짓고 있을 때 한양에 올라와 얼핏 구경을 한 일이 있었다. 이날치는 진채선에게 경북궁 지을 때 있었던 이야기를 해 주었다.

인부들은 열 명씩 반을 만들고, 다시 열 개의 반으로 일 대를 이루었는데, 공사에 나선 수가 삼백 대나 되었다. 일하는 사람들은 머리에 종이 고깔을 만들어 쓰고, 고깔 위에는 종이로 만든 꽃과 술을 매달아 몸을 움직일 때마다 종이꽃과 오색의 술이 너울너울 춤을 추듯 하였다. 각 대에서 큰 기를 들고 공사장에 들어서는 모습이 장관이었는데, 기에는 '서민자래'(庶民自來)라는 큰 글씨를 써, 백성

들이 자진하여 부역한 것을 나타냈다. 기의 뒤에는 인부의 어깨 위에 올라선 무동이 덩실덩실 어깨춤을 추었다. 대의 뒤에는 호적이며 징, 북, 장고 등 농악대가 악기를 울리며 들어와 인부들의 사기를 돋우었다고 했다.

한양 천도 오백년에
영웅이 나시사
이제야 경복궁을 다시 짓네
엘렐루야 경사로다.

공사를 시작한 지 일 년이 못 되어 선원전, 교태전, 근정전이 세워졌다. 선원전은 조선조 역대 왕들의 초상을 봉안한 전각으로, 전내(殿內)는 십일실로 나누어졌으며, 제일실에는 태조고 황제(太祖高皇帝), 이실에는 세조(世祖), 삼실에는 원종(元宗), 사실에는 숙종(肅宗), 오실에는 영종(英宗), 육실에는 정조(正祖), 칠실에는 순조(純祖), 팔실에는 문조(文祖), 구실에는 헌종(憲宗), 십실에는 철종(哲宗), 십일실에는 고종(高宗)을 각각 봉안하였다.

교태전은 왕의 침전으로 원래는 태조 삼 년에 처음 지었으나 화재로 불타 버린 것을 명종 십 년에 다시 지었고, 이것이 다시 임진왜란 때 불에 타서 없어진 것을 대원군이 복원한 것이다.

근정전은 경복궁의 정전(正殿)으로 임금의 즉위식이나 공식적인 대례(大禮)를 거행하는 곳이다. 남쪽에는 근정문(勤政門)이 있고, 또 그 남쪽의 문을 홍례문(弘禮門), 동쪽은 일화문(日華門), 서쪽은 월화문(月華門)이라 하였다. 홍례문 안에는 개울이 있고, 그 위에 다리를 놓아 금천교(錦川橋)라 하였으며, 그 동쪽에 융문루(隆文樓)를 서쪽에는 융무루(隆武樓)를 각각 세웠다. 선원전, 교태전, 근정전이 완성되자 곧 왕이 사연장(賜宴場)으로 쓸 경회루를 다시 짓기 시작했다.

병인년(丙寅年, 고종 3년) 3월 초엿샛날 새벽 동십자각(東十字閣) 앞에 경회루를 짓기 위해 쌓아 두었던 재목에 불이 나서 거의 타버리고 말았다. 그러자 대원군은 양반들의 묘소에 있는 재목들까지 베어 오게 하였다. 곳곳의 묘소에서는 재목을 베는 톱질 소리가 멎지를 않았다.

정묘년(丁卯年, 고종4년) 봄부터 다시 공사를 시작, 근정전이 완성되자 고종은 그해 동짓달에 근정전에 나가 낙성연을 크게 베풀었다.

대원군이 경회루를 짓기 시작하면서 누구든지 돈을 많이 내는 자에게는 벼슬을 주겠다고 하자, 다투어 원납전을 바쳐 오위장(五衛將)이나 참봉(參奉) 벼슬을 얻었다.

경회루는 공사를 시작한 지 넉 달 동안에 완성을 보았다. 화강석 돌기둥 마흔여덟 개를 세웠다. 겉 기둥은 방형(方形)이고 안 기둥은 상원형(上圓形)이었다. 사방에는 연지(蓮池)로 두르고, 그 연못 안에는 봉래(蓬萊), 방장(方丈)의 가산(假山)을 만들었다. 동쪽에는 돌다리 세 개를 가설하였고, 천장은 거의 격자천정(格子天井)으로 격간(格間)마다 다섯 개의 초화문(草花紋)을 장식했다.

마침내 경회루 낙성연이 베풀어지는 칠월칠석날이 되었다. 진채선은 새벽부터 몸단장을 서둘렀다. 곱게 몸단장을 한 스물세 살의 진채선은 한창 물이 올라 도리화처럼 아름답고 탐스러웠다. 아침밥도 먹는 둥 마는 둥하고 녹의홍상 차림을 한 채선은 이날치를 따라 경복궁으로 들어갔다. 돌기둥의 웅장한 경회루를 보자 다시 마음이 죄어들었다.

전각 앞 높은 단 위에 대원위 대감이 자리를 하였고, 좌우에 문무백관들이 위엄을 갖추고 둘러앉아 있었다. 단 아래는 햇빛을 가리는 차일이 쳐 있고, 바닥에는 용문석을 깔아 놓았다. 악공들이며 무희들도 보였으며, 쟁쟁한 명창과 고수들도 한곳에 모여 있었다. 소리꾼들 가운데 여자는 진채선 한 사람뿐이었다.

이날치가 채선에게 낙성연에 참가한 명창들의 이름을
한 사람 한 사람 이야기해 주었으나 그녀가 아는 얼굴은
하나도 없었다. 모두 이름으로만 들어왔던 명창들이었다.

이날 진채선은 신재효가 지어서 특별히 그녀에게 가
르쳐 준 <성조가>(成造歌), 〈명당 축원가〉〈明堂祝願歌〉, <방
아타령>을 불렀다.


하날 우의 백옥루(白玉樓) 달 가운데 광한전(廣寒殿) 순 임
금의 남훈전(南薰殿), 주문왕(周文王)의 영대(靈臺)이며, 노
나라의 영광전, 한나라 미앙궁, 만고천지 세어 보면 좋은
궁궐 많건만은 부상고국(扶桑古國) 삼천리요, 선이장춘(仙李
長春) 억만년의 비경지시(非經之時) 서민자래(庶民自來) 경복
궁이 좋을씨고, 에용 에헤용 어화 우겨라 방애로다. 한강
수 깊은 물의 청룡 황룡이 마주 굼실노다.
요순 같은 우리 임금 경복궁에 계옵시니 강구연월 우리 창
생 화봉삼축(華封三祝) 하옵기를 남산같이 수(壽)하사 무너
지지 마옵소서. 냇물같이 복이 흘러 끊어지지 마옵소서. 헌
원씨(軒轅氏) 본을 받어 이십사남 두옵소서. 남산 북악 높은
복의 봉황 울고 기린 논다.
삼월 춘풍 저 두견아 촉나라이 머다 하되 삼천도도(三千島
道) 터졌으니 네 몸의 두 나래로 훨훨 날아 아니 가고 적막

공산 달밝은데 불여귀 슬피 울어 독수공방 하난 사람 얼마 아니 남은 간장 마디마디 다 끊는다. 사창을 열고 보니 은 하수는 기울어지고 북두칠성이 앵도라졌다.

채선이가 <방아타령>을 부르자 대원위는 희색이 만면하여 소리를 내어 웃기까지 했다. <방아타령>, <성조가>, <명당 축원가>는 신재효가 경복궁 낙성을 심축하는 마음을 모아 짓고 오랫동안 정성을 다해 채선에게 가르쳐 왔다.

"생긴 것도 꽃다운 것이 참으로 소리를 잘하는구나. 너의 특장이 무엇이더냐?"

<방아타령>, <성조가>, <명당 축원가>를 다 부르고 나자, 대원군이 물었다.

"저의 스승님께서 <춘향가> 중에서 기생점고 하는 대목을 잘한다고 하시었사옵니다."

진채선은 떨리는 심신을 가라앉히느라 목울대에 힘을 주고 입을 열었다.

"너의 스승이 누구냐?"

"예, 고창 신재효이십니다."

"그렇다면 사랑가를 부를 수 있겠느냐?"

"예, 스승님께 배운 대로 하겠나이다."

채선은 목을 가다듬어 중중모리로 <사랑가>를 뽑고 나서 아니리를 이었다. 그녀는 <사랑가>를 부르면서 먼발치로나마 얼핏얼핏 대원위 대감의 안색을 살폈다. 대원위는 잠시도 딴 곳으로 시선을 팔지 않고 뚫어지도록 채선이만 바라보았다. 이따금씩 만면에 희색이 흘렀다.

춘향이 부끄러워 옷고름을 꽉 잡으니 도령님이 개유하여, 이것이 웬일이냐. 신랑 신부 첫날밤에 옷고름이 떨어지면 좋다고 안 하더냐. 벗자 벗자 어서 벗자 중동에서 야단났구나. 상하 의복 훨썩 벗겨 이불 속에 안아 뉘고 촉대의 불을 끈 후에 도령님이 훨훨 벗고 꼭 끼어 드러누워 속옷을 벗기려니 춘향이가 두 손으로 속옷 끈을 꽉 잡고서 양반 행세 안 되었소. 염치없이 첫날밤에 속옷조차 벗기려네. 춘향아, 이 판 되어 양반이 어디 있으며 염치가 왜 있으리. 두 손을 한데 쥐고 속옷 끈을 끌러 내어 두 발로 미적미적 속옷을 벗겨 밀친 후에 맨몸으로 둘이 누워 온갖 장난 다한 후에 미명에 일어나서 책방에 들어와 낮이면 글을 읽고 밤이면 찾아다녀 온갖 희롱 온갖 교태에 정이 점점 깊어 갔겄다. 어쩌다가 공관 되면 밤낮 없이 출입하니 어찌 소문이 안 났겠는가. 사또가 짐작하고 금차 수가 없고 과색하면 병이 날까 주야 염려로 지내더니, 남원 부사 선치 수령 성상이 아시고 내직으로 승소하여 경방자가 내려왔겄다.

채선이가 부끄러움을 무릅쓰고 이 도령과 춘향이가 합방하는 대목을 아니리로 이어 내려가자, 여기저기서 얼씨구 절씨구 하는 추임새가 쏟아져 나왔다. 채선은 대원위도 여러 차례 환하게 웃음을 날려보내는 것을 보았다. 그녀는 너무 떨려 부끄러움조차 잊었다.

채선은 아니리에 이어 다시 이 도령과 춘향이가 이별하는 대목을 애원처절하게 중모리로 불러 넘겼다. 그녀의 애원성에 좌중의 분위기가 찬물을 끼얹은 듯 가라앉았다. 이 대목은 채선이가 한양으로 떠나오기 전날 밤에 신재효 앞에서도 불렀다. 신재효는 이날 밤만은 등촉을 밝히게 하여, 시종일관 채선의 얼굴에서 눈길을 거두지 않고 그윽하고도 애틋하게 마주보고 있었다. 그리고 신재효는 소리가 끝나자 채선이 가까이로 바투 앉더니, 등을 토닥여 준 다음 조심스럽게 채선의 두 손을 모아 쥐고는 한숨을 깊게 내쉬었다.

이리저리 생각허니 오늘날 이 이별은 당연히 할 터이니 조금도 섧쟎으되 구곡간장 깊은 걱정 잊을 망짜뿐이로세. 일장분수 가신 후에 팔자 좋은 도령님은 동방화촉 정실 얻고 낙교청운 급제하여 금마옥당 좋은 벼슬 부귀행락하실 적에 보는 것이 미색이요 듣는 것이 풍악이라. 천리 남원 천첩 춘향 손톱만큼이나 생각할까.

대원위는 채선의 소리가 끝나자 곧 자리를 떴다.

"만록 총중에 홍일점인 채선의 소리가 기중 으뜸이드만."

낙성연이 파하여 숙소로 돌아오면서 이날치가 채선에게 말했다.

"너무 떨려 어떻게 소리를 했는지 모르겠어요."

"대원위 대감께서 아주 흡족해 하시데."

"어찌 그것을 아십니까?"

"응고 중에도 대원위 대감 눈치 보느라 정신이 없었다네."

"고창에 돌아가서 선생님께 꾸중이나 안 들을지 모르겠네요."

"꾸중은 왜?"

"고창 선생님 앞에서보다 훨씬 못 부른 것만 같아서요."

"대원위 대감께서 상을 내릴 것일세. 두고 보면 알 것일세."

응고를 해 준 이날치가 진채선을 칭찬했으나 그녀는 숙소에 돌아와서도 왠지 마음이 떨리기만 하였다. 그녀는 하루빨리 고창 선생님 곁으로 돌아가고 싶은 생각뿐이었다.

그날 밤 운현궁으로부터 진채선의 숙소에 사람이 찾아왔다. 대원위 대감이 은밀하게 진채선의 소리를 듣고 싶다고 한다며 가마까지 보내왔다. 채선은 도망치고 싶었다. 고창 스승의 얼굴이 떠올랐다. 그러나 대원위의 부름에 응하지 않을 수가 없었다.

가마를 타고 한참 후에 솟을대문 앞에 내렸다. 그녀를 데리러 온 남자에 안내되어 방으로 들어가자 작달막한 체구의 대원위가 술상을 앞에 두고 앉아 있었다.

"낙성연에서 너의 소리가 하도 고와서 다시 한 번 더 듣고 싶어 불렀느니라."

그러면서 대원위는 진채선에게 서 있지만 말고 가까이 앉으라고 하였다. 마지못해 자리에 앉은 진채선은 차마 고개를 들 수 없었다. 마치 얼음판 위에 앉아 있는 기분이었다.

"네 이름이 채선이라고 했느냐?"

"그러하옵니다."

"소리도 곱거니와 네 자태 또한 미색이로구나."

진채선은 아무 말도 못하고 고개만 무겁게 떨군 채 앉아 있었다.

"고개를 들어라. 그리고 술 한 잔 따라라."

그제야 진채선은 들돌을 들어올리기라도 하듯 힘겹게 고개를 들어 조심스럽게 술잔을 채웠다. 그리고 비로소 방안을 한번 둘러보았다. 삼층 장롱이며 화초장, 문갑, 경대 등 방안 등물이 가지런히 정돈된 큰 방에는 여기저기 족자가 걸려 있고, 대원위가 앉은 등 뒤로는 일지매 병풍이 둘러 있었다. 여자가 거처하는 안방임이 분명했다.

"고창에서 올라왔다고 했더냐?"

"예."

"너에게 소리를 가르쳐 준 사람이 누구라고 했더냐?"

"예, 고창현 호장 신재효이십니다요."

"내가 듣지 못한 사람인데, 그 사람도 소리꾼이더냐?"

"소리꾼은 아니오나 많은 소리꾼들이 그 선생님 밑에서 공부를 하고 있습니다요."

"그래, 어서 소리를 들려주거라."

진채선이 채운 술잔을 천천히 기울이던 대원위는 그녀에게 고향은 어디이고, 소리를 가르쳐 준 선생이 누구이며, 나이는 몇 살이냐는 등 이것저것 묻고 나서 소리 한 대목을 뽑으라고 하였다. 채선은 <춘향가> 중에서 기생 점고하는 대목을 불렀다.

소리가 끝나자 대원위는 진채선에게 다시 잔을 채우게 하여 거듭 비웠다. 술기운이 거나해지자 고수를 물리쳤다. 방안에 대원위와 진채선 두 사람뿐이었다. 진채선은 이번에야말로 도망치고 싶은 생각뿐이었다. 다시 스승의 얼굴이 눈에 밟혔다. 온몸이 땀에 흠씬 젖었다.

"오늘부터 채선이 네가 거처할 집이니라."

진채선은 대원위의 말을 잘 알아듣지 못했다.

"네게 소용될 것들을 대강 들여놓았다만 더 필요한 것이 있으면 네가 알아서 사도록 하거라. 내일 아침에 용전을 좀 보내 주겠다."

대원위는 그날 밤 소리만 듣고 그냥 돌아갔다. 대원위가 돌아가자 언제 왔는지 동기 설단이가 나타났다. 설단이의 말로는 진채선이 가마를 타고 숙소에서 나간 후, 곧 운현궁의 비자가 와서 진채선의 짐을 꾸리게 하여 불문곡직 따라오라기에 예까지 왔다는 것이었다.

잠시 후에는 운현궁에서 보내서 왔다는 종과 비녀가 마당에 서 있는 진채선 앞에 머리를 조아렸다.

"쇤네들은 대원위 대감께서 아씨를 돌보라고 하여 왔습니다."

비녀의 이야기에 진채선은 할 말을 잃은 채 우두커니 어둠 속에 서 있을 뿐이었다. 운현궁에서 보내서 왔다는 노자와 비녀는 진채선이 그만 들어가 쉬라는 말을 해서야 그녀 앞에서 물러났다. 이렇게 하여 진채선은 경회루 낙성연이 베풀어진 날부터 자신도 모르는 사이에 대원위한테 붙잡힌 몸이 되고 말았다.

그러던 중 이른 아침에 이날치가 행장을 차리고 진채선을 찾아왔다.

"나는 오늘 내려가겠네."

"혼자서만 내려가시다니, 저는 어쩌고요?"

"자네는 이제 대원위 대감 옆에 있어야 할 사람이네."

"저도 당장 고창으로 내려가고 싶어요."

"큰일 날 소리. 자네가 허락도 없이 내려간다치면 선생님이 무사하시겠는가?"

"그러면 어쩌지요. 우리 선생님이 기다리실텐디… 도망칠 수도 없고…"

"자네는 이제 옛날 진채선이가 아니네. 대원위 대감의 눈에 들었으니…"

"저는 우리 선생님 곁을 떠날 수가 없구만요."

"대원위 대감께 행여라도 고창으로 내려가고 싶다는 말은 하지 말게. 그러면 잘 있게. 이제 어쩌면 자네를 다시 볼 수 없을지도 모르겠네."

"우리 선생님께 진채선이 기필코 선생님 곁으로 갈 것 이니 기다려주시라고 말씀 전해주셔요."

진채선은 눈물바람을 하며 이날치와 헤어졌다.

그로부터 대원위는 닷새 거름으로 진채선한테 들렀 다. 그리고 주연을 베푸는 자리가 있을 때마다 진채선을 불러 노래를 시켰다. 진채선은 한양에 올라온 지 한 달도 미처 안 되어서 이름이 장안에 널리 퍼졌다. 여류 명창 진 채선의 이름을 모르는 사람이 없을 정도였다.

진채선은 처음 얼마 동안은 고창의 스승 곁으로 도망 쳐 가고 싶은 생각뿐이었으나, 대원위가 참석하는 주연에 부름을 받아 소리를 하고, 장안에 자신의 이름이 퍼지기 시작하자 하루하루 바쁜 가운데서도 즐거웠다. 고창의 신재효 선생도 얼핏얼핏 잊을 때가 많았다.

진채선이 대원위의 총애를 받으며 바쁜 나날을 보내 고 있는 동안, 고창의 신재효는 시름으로 세월을 보냈다. 경회루 낙성연이 끝나는 대로 내려오겠다던 진채선은 한 양 간 지 일 년이 지나도록 돌아올 줄을 몰랐다.

신재효는 진채선을 기다리느라 해넘이 무렵이면 동리 정사 앞에 나가보기까지 하였다. 겨울이 지나고 복숭아꽃이 피는 봄이 되도록 진채선은 돌아오지 않았다. 편지 한 장 없었다.

신재효는 진채선을 기다리는 애틋하고 안타까운 마음에 <도리화가>(桃李花歌)를 지었다. 날마다 곁에 두고 아끼며 정성껏 소리를 가르쳤던 진채선이가 한양으로 올라간 후 돌아오지 않자, 신재효는 뼛속으로 파고드는 외로움을 느끼게 되었다. 그지없는 그 외로움은 어느새 사무치게 그리운 연모의 정으로 변하였던 것이다. 그렇다고 해서 대원군의 지극한 사랑을 받고 있는 채선을 불러올 수도 없었다. 번민 끝에 노래를 지어 보냈다. 진채선이 그 노래를 듣고 불현듯 고창으로 내려올지도 모른다는 기대에 취한 채 연모의 정을 <도리화가>에 쏟았다.


　　스물네 번 바람이 불어 만화방창 봄이 되니
　　귀경가세 귀경가세 도리화 귀경가세
　　도화는 곱게 붉고 흼도흼사 외얏꽃이
　　향기 쫓는 세요충은 저때북이 따라가고
　　보기 좋은 범나비는 너픈너픈 날아든다
　　붉은 꽃이 빛을 믿고 흰 꽃을 조롱하야
　　풍전의 반만 웃고 향인하여 자랑하니
　　요요하고 작작하여 그 아니 경일런가


305

꽃 가운데 꽃이 피니 그 꽃이 무슨 꽃고
웃음 웃고 말을 하니 수령궁의 해어환가
해어화 거동 보소 아름답고 고울씨고
구름 같은 머리털은 타마계 아닐런가
여덟 팔자 나비 눈썹 서 귀인의 그림인가
환환한 두살작은 편편 행운 부딪치고
이슬 속의 붉은 앵화 번소가 아닐런가
자개 엮은 흰 잇속은 맹옥누의 건조고자
형산의 빛난 옥이 깎아내내 얼골이요
연농십리 가는 버들 소만의 허리로다
천생여질 고은 양자 연지분지 쓸데없네
금니족접 치마 위의 육수경삼 떨쳐 입고
가븨야이 발을 옮겨 걸음걸음 연꽃이라
부용안색 추월정신 예듯고 이제 보니
져나산의 채갑녀는 깁을 빨다 왔다던가

　　신재효는 진채선이 그립기도 하고 야속하기도 했다.
'스물네 번 바람 불어 만화방창 봄이 피니…'는 진채선의
나이가 스물네 살이라는 것을 암시하고 있다. 그때 채선
은 스물네 살이었고 신재효는 쉰아홉이었다. '붉은 꽃이
빛을 믿고 흰 꽃을 조롱하야'는 아리따운 채선이가 나이

많은 신재효를 모른 척하는 것 같은 야속한 심사를 은근히
나타낸 것이다. 그리고 신재효는 채선을 수령궁의 해어화
(解語花)에 비유하였다. 해어화는 미인을 말하며 기생을 의
미하기도 한다.

 신재효가 보낸 <도리화가>를 받아 본 진채선은 눈물
을 흘리며 울었다. 그러나 그녀는 이미 스승의 곁으로 돌
아갈 수 없는 몸이 되었다. 대원위 대감이 자신을 놓아주
지 않을뿐더러, 그녀 자신도 막상 화려하고 풍요로운 생
활 속에 파묻혀 살다보니 다시 고창으로 돌아가기가 차
마 망설여졌다.

 진채선은 그녀의 방에 앉아 옛날 고창의 동리정사에
서 스승의 가르침을 받을 때처럼 불을 끄고, 어둠 속에서
청청하고 슬픈 목소리로 《도리화가》를 부르며 아픈 마
음을 달랬다.

 진채선은 다음날 인편에 신재효의 화갑 때는 꼭 고창
에 내려가겠노라고 기별을 보냈다. <도리화가>를 받고
보니 잠시 스승을 잊고 지냈던 자신이 한없이 부끄러웠
다. 당장 스승에게로 달려가고 싶은 생각이 간절했다.

 그런데 막상 스승의 회갑날이 닥치자 또 생각이 달라
졌다. 약속을 지키지 못할 자신이 야속하기만했다. 진채
선은 스승의 회갑연에 돌아갈 수 없는 안타까운 마음에

<도리화가>를 부르며 눈물을 흘리고 있었다. 예고도 없이 불쑥 찾아온 대원군이 채선의 눈에서 눈물을 발견하고 무슨 일이냐고 물었다.

"왜 울고 있느냐. 무슨 언짢은 일이라도 생겼느냐?"

"아무것도 아니옵니다."

"이곳 생활이 싫은 게냐?"

"아니옵니다."

"그렇다면 어찌 울고 있었느냐. 어려워 말고 말해 보거라."

진채선은 어쩔 수 없이 신재효가 지어 보낸 <도리화가>를 대원위한테 보였다.

"내일 모래가 스승님의 환갑이옵니다. 저를 애지중지 보살펴 주시고 가르쳐 주셨던 스승님의 환갑연에 내려갈 수 없음이 이렇듯 마음이 아픕니다."

"내 그것을 몰랐었구나. 허나 과히 심려 말거라. 네가 내려갈 수 없는 대신에 신재효에게 좋은 소식을 보낼 테다."

"좋은 소식이라니, 무슨 소식 말씀이오니까?"

"벼슬을 내리겠다."

"벼슬을 내리시겠다고 하셨나이까?"

"벼슬을 내릴 만도 하지. 신재효는 경회루 낙성을 축

하하기 위해 특별히 <방아타령>과 <명당 축원가>를 지어 보내지 않았더냐."

대원군은 신재효에게 오위장의 벼슬을 내렸다. 오위장은 으뜸가는 군직(軍職)으로 종이품관이었다. 임진왜란 이후 오위는 병제로서 기능을 상실하고 도성을 경비하는 직책만을 담당하였다. 이때 와서 정삼품으로 고쳤으며, 점차 그 기능이 마비되어 법전상의 관제로만 남아 있었다.

고창에서 자나깨나 진채선 돌아오기만을 기다리던 신재효는 오위장의 벼슬을 받았다. 벼슬이 내려지던 날 채선으로부터 간단한 사연의 편지도 받았다.

… 선생님 보옵소서. 채선은 선생님의 슬하를 떠나온 후 몽매지간에도 사무치는 정을 잊지 못하오나, 차마 하행하지 못하옵고 일자상서로서 애타는 마음을 대신하옵게 되었습니다. 크게 꾸짖어 주시옵기 바랄 뿐입니다. 채선은 한양에 올라온 후 대원위 대감의 지극하신 보살핌을 받아 편안히 잘 지내고 있사옵니다. 오위장 벼슬을 제수받으신 것을 경하드리오며, 내내 강녕하시기를 바라옵니다. 채선은 선생님이 생각날 때마다 선생님께서 지어 보내 주신 <도리화가>를 부른답니다….

오위장의 벼슬과 채선의 편지를 받은 신재효는 차분히 마음을 가라앉혔다. 그리고 한양에 가 있는 채선을 기다리는 것이 참으로 부질없는 일이라는 것도 알았다. 그때부터 신재효는 마음을 가다듬고 판소리의 사설을 정리하는 데 더욱 심혈을 기울였다.

그는 마흔 살이 조금 넘어서부터 처음으로 <적벽가> 사설을 정리하기 시작했었다. 그는 한때 <적벽가>에 깊이 빠져들었다가 학문의 부족함을 자탄하고 더 열심히 한학을 공부하였다. <적벽가>는 중국의 역사 등 학문의 깊이 없이는 사설을 바로잡기가 어려웠다. 그는 고창에서 오십 리 떨어진 선운사에 한학자가 은거해 있다는 것을 알고, 그곳을 자주 찾아다니며 사마천의 <사기> 등 중국 역사 공부를 하였다. 공부에 매진하고 사설정리에 심혈을 기울이는 동안만은 진채선을 잊을 수가 있었다.

처음으로 <춘향가> 사설의 기록을 끝낸 다음 <토별가>, <심청가>, <박타령>순으로 정리했다. <토별가>, <춘향가>, <심청가>, <박타령>은 모두 회갑을 전후하여, 진채선을 기다리며 정리를 끝마친 것이다.

동리정사에는 신재효로부터 소리의 지침을 받기 위해 몰려든 소리꾼들로 넘쳤다. 전국에서 모여든 기생만도 여든 명이 넘었다. 신재효는 그를 찾아온 소리꾼들에게 집을 주고 먹여 주기까지 하였다.

　이 무렵 신재효는 호장의 자리에서 물러나 동리정사 깊숙이 파묻혀 판소리 사설 정리에 몰입하면서도 소리꾼들을 가르치는 일에 시간을 보냈다.

　소리꾼들 중에서 신재효가 특별히 사랑하는 제자는 이경태였다. 이경태는 목소리가 출중하지는 않았으나 사설이 정확하고 이론에 빈틈이 없었다. 이경태가 하루는 진주 목사 정현석 앞에서 신재효가 정리한 <춘향가>를 불렀다. 정현석은 호가 미금당(美錦堂)으로 《교방제보》(敎坊諸譜)를 쓴 사람이며 소리를 정확하게 듣는다 하여 귀명창 중 귀명창이라고들 하였다.

　미금당 정현석이 이경태의 소리를 듣고 사설의 정확한 음이며 뜻을 바르게 이해한 것을 높이 칭찬해 주었다. 미금당은 "내가 신 오위장의 이야기는 여러 번 들었으나 그의 제자 소리를 듣고 보니 과연 가르침이 어떠한가를 알 수가 있겠다"고 하면서 치하했다.

　이경태는 미금당이 청하는 대로 <춘향가>, <심청가>, <흥부가>, <토별가>를 모두 완창했다. 미금당은 며칠 동안 이경태의 소리를 다 듣고 나서 "신 오위장의 사설이 다른 광대의 것보다 훌륭하다"고 거듭거듭 칭찬했다.

　신재효는 <춘향가>를 남창, 여창, 동창의 세 가지로

나누어 정리하였다. 그는 남창에서 방자의 사설을 점잖고 충실한 노복으로 등장시켰으며, 춘향이가 광한루에 나오지 아니하고 향단이를 대신 보내어 이 도령의 선을 보게 하였다. 또한 방자가 춘향이를 데려오지 못하고 그냥 돌아오자, 이 도령은 오히려 춘향의 행실을 칭찬하는 것으로 하였다. 이 도령이 오언일구(五言一句)를 적어 주니, 춘향이도 오언일구로 답례하였을 뿐 결코 두 사람이 만나지 아니 하게 만들었다. 이 도령이 춘향이를 집에까지 찾아간 날에도 월매가 나와서 대접하고 춘향이는 부끄러워하며 어머니의 방에 숨는 것으로 하였다. 사또가 내직으로 옮겨가게 되어 이 도령이 사또에게 춘향 일을 아뢰었을 때도, 이 도령은 종일 골방에 갇혀 춘향과 이별의 정조차 나누지 못하고 안타까워하고 있던 차에, 춘향이가 향단을 앞세우고 오리정에 나와 기다리는 것으로 고쳤다.

신재효는 이렇듯 남창에 있어서 이 도령을 장부로 내세워 양반다운 행동에 어긋남이 없도록 하였다. 그는 양반 자제 이 도령이 퇴기 딸인 춘향을 눈정으로 본다 할지라도, 항상 절도와 행실에 거리를 두게 하였다. 또한 여러 <춘향가>들이 첫 머리에 연대를 나타냈으나 신재효는 '절대 가인 생길 적의 강산 정기 타서 난다'로 그 허두를 완전히 다른 것으로 바꾸어 놓았다.

동창은 비록 오리정 이별로 끝나긴 했지만 남창에 비해 방자의 행동을 활발하게 고쳤고, 춘향이 역시 월매의 동의 없이 자기 의사대로 이 도령을 만날 수 있게 했다. 이 도령은 대장부 양반의 표상이라기보다는 애정을 중히 여기는 순수한 총각으로 형상화한 것이다.

··· 방자 허허 웃고 춘향아 올라가자. 춘향이 올라가서 사리치계 안진 거동 안진방이 초롱 접듯 요만하고 안저노니 수집은 도령님이 속에는 잔득 조나 부끄러워 말 못하고 낯빗이 벌거쿠나. 방자를 돌아보며 팔씨름이나 하여 보자. 춘향이하고 두꺼비 씨름이나 하시요. 말도 아직 안 고하야어서 말삼하시요. 제가 몬 저 물어래라 계집아이 사내보고 몬저 뭇난 법 잇소, 나난 참아 부끄러워 말할 수 없을 테니 도로 건너 보냅시다. 보내지는 못하지야. 그러하면 말하시요. 내 대신 너 말해라. 춘향은 부끄러워 빗밧을 사람갓치 우두커니 안진 모양 하릴 업난 부체로다···.

신재효는 이렇게 도령, 방자, 춘향을 모두 동자로 등장시켰다. 그는 춘향과 이 도령의 이별 장면도 동자들의 행동으로 바꾸었다. 어른스럽지 못한 이들의 이별 장면은 아이들처럼 귀염성 있어 보이기까지 한 것이다.

… 춘향 문전 당도하여 우름인지 말소렌지 춘향이 겨우 한 번 부르드니 우름보가 탁 터져에 애애애애 춘향이 깜짝 놀래 보선발로 급히 나와… 이것이 웬일이요 가졌든 새새끼를 방자에게 빼끼였소 객사에서 공치다가 통인에게 욕먹었소…. 벽에 걸린 삼척나건 옥수로 나려들고 목에다 감아매니 도령님이 깜짝놀래 달여들어 손잡으며 너를 만일 잇거드면 인사불성 될 것이니 죽지 마라 죽지 마라, 그까지게 맹세라고 내가 믿고 살 터이오. 수건끗을 조루라니 도령님이 겁을 내어 주홍덩이 같은 맹세 냉수먹듯 하난구나. 소다 못써 개다 못써 속헤쳐 못 보이고 갑갑하여 똑 죽것고 바로 네 아들이다….

여창에서는 춘향이를 통하여 부덕이 어떤 것인가를 나타내려고 하였다. 그는 <춘향가>의 십장가에 있어서도 '…십장가가 질어셔는 집장하고 치난 매의 언의틈의 할 슈 있나 한 귀로 몽구리의 안작은 제 글자요 밧작은 육담이나… 이부 아니 섬긴다고 이거조난 당치안소…'라고 그 긴 사설의 불합리한 점과 비사실성을 과감하게 고쳤다

<심청가> 사설을 정리하면서 신재효는 제자들과 함께 효에 대해서 문답을 계속하고 자신의 생각을 미리 말

314

해 주었다.

"나는 심 봉사를 양반의 신분으로 올려놓고 싶다."

"굳이 심 봉사를 양반으로 만들겠다는 이유가 무엇입니까요?"

"양반들은 삼강오륜을 서민들보다 더욱 철저하게 이행해야 하기 때문이다. 그래야만이 효의 정신을 살려낼 수가 있느니라."

"선생님, 그렇다면 서민들은 효를 행하지 않는다는 말씀이옵니까?"

"그런 것은 아니다."

"그렇다면 심 봉사가 양반이 아니라도 무방하지 않을까요?"

"너희들은 하나만 알고 둘은 모르는구나. 심청이가 황후가 되고, 심 봉사가 국구가 되려면 심학규가 양반족이어야 할 것이 아니냐?"

"그렇지만 <심청가>나 <춘향가>는 양반들보다는 서민들이 더 좋아하지 않습니까요."

"나도 알고 있느니라. 그래서 심학규를 양반으로 만들되 양반의 의젓한 품성을 잃고 서민같이 된 타락한 양반으로 만들 테다."

─ 천년을 기다려도…

… 심 봉사 셰간사의 요족키 되여꾸나. 자고로 색계상의 영웅열사 업겨꺼든 심 봉사가 견디것나. 동내 과부 잇난 집을 공연니 차져단여 션우슘 풋장담을 무한이 하난구나…. 원언니 죠흔약은 동삼웃슈 업쓰너구 공교이 절머쓸 졔 두뿌리 먹어떠니 지금도 쵸젼역의 그것시 일어나면 물동우꾼 당기도록 그져 뻣뻣하여꺼든 풍담을 벗셕하니 그 동네 뺑덕어미라 하난 홀엄미가 잇난듸, 생긴 형용 하난 행실만 고사기 다 보와도 짝이 업난 사람이라….

신재효는 심 봉사를 양반으로 등장시키되 서민과 다를 바 없는, 삶이 적나라한 남성으로 그려냈다.

심청이가 몸을 팔게 된 것도 청이가 자진하여 희생하는 방향으로 유도하여 효녀의 입장을 더욱 강하게 만들었다. 소리꾼들이 오랫동안 불러온 <심청가>는 공양미 삼백 석을 심 봉사가 심청에게 전하는 것으로 되어 있었지만, 신재효는 심청이가 직접 화주승을 만난 후 시주를 자원하게 만들었다.

… 무슈이 통곡따라 다시금 일어나셔 바람마진 병신갓치 이리 빗틀 져리 빗틀. 치마폭을 물음씨고 압이를 아드득 물고 아이고 나 쥭내 소리하고 물의가 풍 빠졋다 하되 그러

316

하여서야 회녀 죽임 될 슈 잇나 두 손을 합장하고 하나님
젼 비난 마리 도화동 심청이가 맹인 아비 해원키로 생목슘
이 쥭사오니… 뱃머리의 셕 나셔셔 만경창파를 제 안방으
로 알고 풍 빠지니….

　신재효는 심청이가 물에 빠져 죽을 때도 인간으로서
의 죽음에 대한 공포를 그대로 나타냈다. 비록 아버지 심
봉사의 눈을 뜨게 하기 위하여 죽음을 스스로 택하긴 했
으나, 인간인지라 그 공포는 어찌할 수가 없는 것이라고
생각했다.
　"비록 심청이가 나 죽네 소리하고 풍덩 빠져서 죽었지
만 효를 살리기 위해서 부친을 세 번 불러 통곡토록 했다."
　신재효는 심청이가 물에 빠져 죽는 대목을 다 쓰고
나서 제자들에게 말했다. 그는 그때까지 심청의 이름 청
자를 맑을 '淸', 푸를 '靑' 등으로 썼던 것을 눈망울 '睛'자
로 고쳤다. 이 대목을 '봉사님이 아이 일흠일랑 심청이라
지어 쥬오. 쳥짜난 눈망울 쳥짜 우리 부부 평생 한이 눈
업난 게 한이오니…' 하여 눈망울 청자로 바꾼 것이다.
　신재효는 또한 <춘향가>에서 부덕과 절개에 대해 관
심을 쏟았고, <심청가>에서는 효를 다루었으며, <토별
가>에서는 충을 나타내 보려고 하였다.

신재효는 어느 날 동리정사에 와 있는 광대들을 한자리에 모이게 하여 저마다 자신들이 알고 있는 <토별가>의 사설들을 적어 내도록 하였다. 광대들 중에는 글을 모르는 사람도 많았는데 그들에게는 글을 아는 광대들이 대신 적어 내도록 했다.

　　광대들이 대충 적어 내놓은 <토별가>의 사설들을 읽어 본 신재효는 모두가 토막난 이야기들이라는 것을 알았다. 이야기들이 여러 대목으로 토막이 나서 앞뒤가 제대로 연결되지 않았다. 또한 중심이 분명하지가 않은 것도 마뜩찮게 생각되었다. 오히려 토막난 이야기들은 그 중심이 주부보다는 토끼에 있는 것같이 되어 불만스러웠다.

　　"<토별가>의 중심을 주부의 충성에 두었는지, 아니면 토끼의 간교함에 두었는지 분명치가 않구나."

　　신재효는 광대들에게 그렇게 말하고 나서 자기는 <토별가>의 중심을 주부의 충에 두겠다는 것을 밝혔다.

　　"토막난 것들을 앞뒤가 맞게 잇고, 주부의 충에 중심을 두되 토끼의 간교함도 빠뜨리지 않겠다."

　　신재효의 말에 여러 광대들도 그렇게 고치는 것이 좋겠다고 하였다.

　　"주부는 충신이고 토끼는 책사로군요."

　　제자 이경태의 말에 신재효는 만족스러운 듯이 미소

를 머금었다.

"경태, 네가 생각하기에 <토별가>에서 왕이 지나치게 어리석지 않은 것 같더냐?"

"그렇기도 한 것 같습니다요."

"왕이 지나치게 무능한 게야. 토끼 간을 구하러 사신을 고를 때 어쩌면 그렇게 왕이 어리석게 보이는지 모르겠다."

신재효는 사설을 정리하면서 그렇지 않아도 무능해 보이기만 한 왕을 더 어리석게 만들었다. 그는 당시 조선 사회의 수령이나 아전의 가렴주구와 신하들의 권력 투쟁을 은근히 암시해 보려고 하였다.

… 저의들이 못생겨서 남의게 복개이여서 잡혀먹네 걱정 하제 날과 갓치 행세하면 아무 걱정 업제 아모데를 가더라 도 주관하는 주인에게 비우만 마치이면 일성이 편한 신세…

신재효는 이런 비유로 사회상의 한 면을 노출시켜 보려고 하였다. 그는 <토별가>를 중모리와 중중모리로 만들었다.

<토별가>에서 주부와 토끼를 각각 충신과 지략가로 대변시키고 주부의 충을 작품의 중심으로 삼는 등 종래에 광대들이 나름대로 불러 왔던 중심 성격을 바꿔 놓은 것

319
— 천년을 기다려도…

이다. <박타령>에서도 놀보와 흥보의 사람됨을 뒤바꿔 놓았다. 신재효가 손을 대기 전의 <박타령>에서는 형은 현명하고 아우는 어리석은 사람으로 되어 있었다.

　… 츙쳥졀라 경상남도 월품의 사난 박가 두 사람이 잇시니 놀보는 형이요 흥보는 아우인데 동부동모 소산이되 셩졍은 아조풍미우지불상급이였다…. 날이 새면 행악질 밤이 들면 도적질. 흥보의 마음씨는 져의 형과 아조 달라 부모의게 효도하고… 굴머서 죽을 사람 먹던 밥을 더러주고… 남의 일만 하노라고 한푼 돈도 못 버느니 놀보 오작 미워하랴.

　신재효는 이렇듯 형인 놀보를 나쁜 사람으로, 아우인 흥보를 착한 사람으로 뒤집어 놓았다.
　"선생님은 어찌하여 놀보와 흥보 두 형제의 성정을 반대로 바꾸셨는지요?"
　어느 날 제자 이경태가 물었다.
　"그것은 오륜사상 때문이다."
　"어떻게 하여 오륜을 살리자는 것인지요?"
　이경태가 다시 물었다.
　"형제간의 우애를 살리는 것이 바로 오륜을 살리는 것이니라."

신재효는 <박타령>에서 형우제공(兄友弟恭)을 이 작품의 중심이 되게 하고 싶었다.

··· 장군 희군하신 후의 가산을 도라보니 일패도지 하여꾸나 방성통곡하고 흥보집을 차져가니 흥보가 대경하야 극진이 위로하고 졔셰간 반분하야 형우제공 지내난냥 뉘 아니 충찬하니···

결국 흥보가 형 놀보를 위로하고 살림까지 나눠 주자, 놀보도 크게 감동하여 개심한 후 형제간의 우애를 되살렸다.

"<박타령>은 밥타령이고 돈타령인 게야."

<박타령>을 다 쓰고 나서 신재효가 웃는 낯으로 말했다. 신재효는 <박타령>에서 끝까지 웃음을 잃지 않도록 하였다. 날카로운 해학이 전편에 흐르도록 한 것이다.

<토별가>에서 충을 강조했던 신재효는 <적벽가>를 통해 다시 한 번 충에 대한 사상을 나타내 보고 싶었다. 그 무렵 <적벽가>는 <화용도타령>(華容道打令)이라고 하였는데, 현덕이 공명을 삼고초려(三顧草廬)하는 데서 시작하여 적벽대전을 겪은 다음, 동오(東吳)에 앞서 유강을 차지하는 데까지의 이야기로 되어 있었다.

신재효는 <적벽가>를 정리할 때, 적벽대전에서 조조가 패하여 관운장에게 가까스로 빌어서 목숨을 구해 도망하는 데에 역점을 두었다. 그는 <적벽가>에서 충을 강조하고 지혜와 용맹을 권장하며 간계를 징계하려고 하였다.

또한 화용도에서 공명의 놀라운 지략에 역점을 두었다면, 사설을 통하여 조조의 성격을 다각적으로 표현하였으며 병졸들의 염전(厭戰) 사상을 놓치지 않으려고 애썼다. 그는 <적벽가>에서 병사들이 전쟁을 싫어하는 양상을 여러 대목에서 그려냈다. 적벽강 대연에서 주고받는 병졸들의 대화 속에, 그리고 화전(火戰)에서 병졸들이 죽는 장면과 패주하여 화용도를 빠져 나가는 대목 등에서 전쟁의 참혹성과 조조에 대한 반항을 표현하려고 애썼다.

… 한 병사는 경판 버젓하게 문자로… 피차 초면이요 번년 불해병의 싸움으로 늙어오니… 고향이 어내 곳고… 당상의 학발노친 생각하여… 군법이 지엄하야 잠시 떠날 수 없네. 무상타 죠 승상은 군법도 모르던가. 무형제 독신 날을 귀향하라 아니하고 천리전장 다려다가 불효자가 되게 하네… 십세에 조실부모하니… 적수로 돈냥 모아 이십 넘어 장가 드니… 자식생각 간절하여… 전장에 잡혀와서 지금 발서

몇 해 되고… 신방에 들었다가 잡혀온 걸… 주물상 먹은 후에… 어서 벗고 누어 자세… 그리할 줄 알아드면 곳 시작하얏슬 듸 고생하던 이야기며 살림사리 할 걱정을 한 연후에 두 무릅을 한참 진퇴하노라니… 염치업난 우리 기총 방문 차고 달려들어 상투 잡아 이러내며 뺨을 치며 하난 말이 계명군령 모르관듸 이 짓이 웬짓이냐… 벗었던 옷 입어서 손으로 들고 따라와서 이때까지 못 갓스니 내 서름은 고사하고 주 장군이 더 서러워 이때까지 눈물방울….

… 어허 그놈 어여뿌다 쥐기자 하엿더니 중동해소 시켜 볼까. 갈대숩 깁푼 데로 끄을고 들어가서 업지르면 하난 말이 전장에 나온 제가 여러 해 되얏기로… 옥문관을 구지부득 너 지닌 황문관을 요긔시켜 보자. 춤도 아니 바르고서 생짜로 쑥 드러미니 생눈이 곳 솟는듸 뱃살이 꼿꼿하여 두 주먹을 아득 쥐고 압니를 뽀독 갈아 반생반사 막전디니 그 엽에서 굿보는 놈 어틈차례 달려들어 일곱 놈을 치웟더니… 그리해도 그 정으론 총은 아니 빠서가고 엽폐다 노앗기에… 총대 집고 이러서서 일보 일궤 오옵난듸….

<적벽가>에서 신재효는 사내들끼리의 성교, 즉 비역을 당하는 모습도 생생하게 그렸다. 그는 인간의 성욕을

추잡하다고 생각하지 않고 어쩔 수 없는 본성으로 보았다. 신재효의 인간 성욕에 대한 표현은 변강쇠에서 더 노골적으로 나타냈다. 그는 <변강쇠가>를 <횡부가>(橫負歌)라고도 하였다.

<변강쇠가>를 쓸 무렵에 동리정사에 허금파가 신재효의 지침을 받기 위해 들어왔다. 그녀는 순창 출신 김세종한테서 오랫동안 소리 공부를 한 후에 신재효를 찾아왔다. 김세종 역시 신재효의 제자로 문식이 넉넉하고 창악에 대한 이론과 비평의 안목이 뛰어났다.

"그래, 너의 특장은 무엇이냐?"

허금파를 처음 대한 신재효가 넌지시 물었다.

"김세종 선생님께서 <춘향가>라 말씀하시더이다."

"<춘향가> 중에서 어느 대목이냐?"

"<옥중가>라고 하시더이다."

허금파는 예의 바르고 겸손했다. 생긴 것은 진채선과 비교할 바는 못 되었으나 낮낮한 몸매와 작달막한 키에 복스러운 얼굴이 누구에게나 귀여움을 받을 만한 여자였다.

신재효는 허금파를 대하자 불현듯 한양에 가 있는 진채선의 얼굴이 떠올랐다. 그의 나이 어언 일흔하나. 진채선과 헤어진 지도 십이 년이나 지났다. 그동안 진채선은 한 번도 고창에 내려오지 않았다. 일 년에 한 번, 신재효

324

의 생신날을 잊지 않고 서찰과 선물을 보내오기만 하였다. 그는 죽기 전에 한 번만이라도 채선을 만나보고 싶었다. 그러나 아무에게도 그런 말을 하지는 않았다. 한양에서 내려오는 사람마다 붙잡고는 진채선의 안부를 물었다. 한번은 진채선이 너무 보고 싶어 조랑말을 타고 한양 길에 나섰다가 반나절도 더 못가서 되돌아와서는 몸살이 나기도 했다.

"그래 어디, <옥중가>를 한번 뽑아 보그라."

신재효의 말에 허금파는 목을 가다듬어 쑥대머리 귀신 형용을 뽑았다. 허금파의 소리를 듣고 난 신재효는 고개를 커다랗게 끄덕였다. 그리고 나서는 <도리화가>를 불러보도록 했다. 허금파가 부르는 도리화가를 듣는 순간 신재효는 눈을 감고 있었다. 그는 노래가 끝나고 한참이 지나도록 눈을 뜨지 않았다. 귀로는 허금파의 <도리화가>를 들으면서 마음으로는 진채선을 생각하고 있었던 것이다.

그 후부터 허금파는 신재효의 지침을 받아 소리 공부를 계속하였다. 그러나 신재효는 옛날 진채선을 가르칠 때처럼 불을 끄지는 않았다. 그는 불을 켜 둔 채 허금파를 가르쳤다. 허금파에 별다른 정을 쏟지는 않았다. 이미 신재효는 늙어서 삶의 기력을 잃고 있었다. 조금만 앉아

325

있어도 삭신이 쑤시고 가물가물 시야가 흐려졌다. 그는 이제 자신의 죽을 날이 멀지 않았음을 알았다.

그는 기력이 쇠잔한 가운데도 <변강쇠가> 정리를 멈추지 않았다. 그는 오히려 노인답지 않게 남녀의 정사를 노골적으로 나타냈다. 그는 <변강쇠가>에서 남녀간 본성을 긍정적으로 표현해 보려고 하였다. 그는 조금도 주저함이 없이 대담하게 남녀 관계를 표현했다.

… 훨씬 갈아바린 후에 여인에게 하직하야 풍유 남자 가리여서 백년해로 하게 하오. 나난 고향 도라가셔 동아부자 지낼테오. 떨떨이고 도라가셔 개과천션이 아닌가. 월나라 망한 후에 셔시가 쇼식 업고 동탁이 죽은 후에 쵸선이 간 데업다. 이 세상 오입객 이미 혼진을 모르고셔 야용해음분 대굴에 기인도차오평생고이 사셜 드러시면 징계가 될 뜻하니 좌상에 모흔 손임 노인은 백년향슈 쇼년은 청츈불노수 부귀 다남자에 성세태평 하옵소셔. 덩지덩지….

<변강쇠가>를 끝마쳤을 때 그의 나이는 일흔 셋이었다. 마지막 <변강쇠가> 사설을 정리한 봄부터 갑자기 기력이 뚝 떨어지기 시작하더니 끝내 몸져눕고 말았다.

그는 조용히 죽음을 준비하였다. 죽기 전에 진채선을 한

번만 보고 싶었다. 참을 수 없을 만큼 보고싶을 때는 허금파를 방으로 들게 하여 <도리화가>를 부르도록 했다.

"선생님, 저는 선생님이 유독 저한테 도리화가를 부르게 하시는 연유가 무엇인지요?"

어느날 애절한 목소리로 <도리화가>를 부르고 난 허금파가 뚜벅 물었다.

"연유라니…"

"선생님은 진채선을 생각하는 마음으로 저에게 도리화가를 부르게 하신다는 것 알고 있습니다요."

허금파는 용기를 내어 오랫동안 마음에 품고 있던 말을 투정을 부리듯 내뱉고 말았다. 그 말에 신재효는 화를 낼 줄 알았는데 눈을 감고 깊은 생각에 잠기는 듯하였다. 그 후부터 신재효는 허금파에게 <도리화가>를 부르라는 부탁을 하지 않았다.

햇볕 좋은 날 오후, 신재효는 몸과 마음을 가다듬어 동리정사의 뜰로 나갔다. 이제는 기력이 쇠하여 문밖에 나가는 것도 힘들었다. 그는 마당에 나가 일흔세 해 동안 자란 두 그루의 벽오동나무를 바라보았다. 그의 아버지가 신재효를 낳던 해에 심었던 벽오동나무 두 그루는 싱싱하게 살아서 판소리의 중중모리가락으로 잎을 흔들어댔다. 신재효가 오랜만에 마당에 나와 있는 것을 보자 제자들이 우루루 몰려나와 그를 에워쌌다.

"내가 죽은 후에도 저 벽오동나무는 몇 백 년이고 더 살아남아 있겠지."

그는 벽오동나무를 쳐다보며 제자들에게 말했다. 벽오동나무 두 그루가 하늘을 떠받치듯 꿋꿋하게 살아 있는 것을 보고 있자니까 이상하게 마지막 기력이 솟구치는 것만 같았다.

그날 밤 신재효는 방에 불을 끄고 혼자 누워 있었다. 벽오동나무 잎을 흔들어 대는 바람소리가 소리의 한 대목처럼 애원처절하고도 아름답게 들렸다.

그는 제자들을 방으로 불러들여 불을 켜고 밤새도록 노래를 하게 했다. 그는 죽기 전에 마지막으로 그가 정리한 판소리 여섯 마당을 다 듣고 싶었다.

"어서… 어서들 소리를 뽑거라. 어서 <토별가>를 불러."

<춘향가>를 다 듣고 나자 신재효는 다시 제자들에게 <토별가>를 계속 부르라고 성화였다. 제자들은 다시 <토별가>를 불렀다. 밤이 깊도록 동리정사 신재효의 방에서는 제자들의 노랫소리가 그치지 않았다.

"어서 소리를 허라니께…. 내 기어코 여섯 마당을 다 듣고 죽을란다."

제자들의 목청이 낮아질라치면 그는 손까지 휘저으면서 빨리 불러라고 닦달을 하는 것이었다. 그러나 이미 신재효의 몸에서는 서서히 기력이 빠져 가고 있었다. 그는 마지막 힘을 다해 제자들의 소리에 귀를 기울였다.

"소리를… 그치지 말거라. 소리를 그치면 내 명줄도 그치게 될 것… 만 같구나."

신재효는 눈을 감은 채 잦아들어가는 목소리로 겨우 입을 열었다.

"<도리화가>를 어서… <도리화가>를 불러다오."

잠시 눈을 뜬 신재효가 제자들을 보면서 희미하게 말했다. 옆에 있던 허금파가 촉촉한 목소리로 소리를 내기 시작했다. 그는 허금파가 부르는 <도리화가>를 들으면서 얼핏 죽음과도 같은 잠에 빠져 들었다. 그는 꿈속에서 봉선이와 채선이를 함께 만났다. 봉선이도 채선이도 처음 보았을 때의 모습이었다. 처음에 그는 누가 봉선이고 채선인지를 얼핏 구별할 수가 없어, 한참 동안이나 혼란에 빠져 있었다. 키도 비슷했고 생긴 모양새까지도 서로 닮은 듯하였다. 봉선이와 채선은 그의 양쪽 팔을 서로 나누어 붙들고 잡아끌었다. 그러나 그는 누구를 따라가야 좋을지 몰라 미적거리고만 있었다. 두 여자 아이는 신재효 앞에서 춤을 추기도 하고 소리를 뽑기도 하면서 서로 재

주를 겨루었다. 신재효는 꼼짝 않고 서서 두 아이의 춤과
소리에 도취되었다. 그런데 참으로 이상한 일이 벌어졌
다. 봉선이와 채선이가 하나로 합쳐진 것이었다. 그 순간
그는 손을 휘저으며 잠에서 깨어났다. 그때까지도 허금파
는 <도리화가>를 소리를 부르고 있었다.

어느덧 방문 밖이 희번하게 밝아 왔다.

"봉선이… 아니, 채선이를 불러라."

신재효는 여전히 오른손을 무겁게 저으면서 말했다.

"아니다. 계속 <도리화가>를 불러라. 어서… <도리화
가>를…."

허금파가 다시 <도리화가>를 불렀다.

… 형양포 가을 달의 기러기 짝을 일코 불승청원 셔리바람
여인하야 대를 끈내. 유막의 꾀꼬리난 아리따이 울어 잇고
만년지 앵무새난 무산 말삼 젼하난고. 산 가운대 져문 날
의 일새가 자자귄다….

<도리화가>를 미처 끝마치기도 전에 신재효는 눈을
감았다. 그는 벽오동나무 가지 끝에 햇살이 묻어 올 때까
지 다시 눈을 뜨지 못했다.

**문순태**

1965년 <현대문학>에 시 추천.
1974년 <한국문학>신인상에 소설 <백제의 미소> 당선으로 작가 등단.
소설집 <징소리>·<철쭉제>·<된장>·<울타리>·<생오지 뜸부기> 등.
장편소설 <걸어서 하늘까지>·<41년생 소년>·<타오르는 강> 등.
한국소설문학작품상, 이상문학상 특별상, 요산문학상, 채만식문학상,
한국가톨릭문학상 등 수상.

## 도리화가(桃李花歌)

초간 발행        1993. 8. 20
초간 발행처    도서출판 햇살
복간초판인쇄    2014. 12. 20
복간초판발행    2014. 12. 30

저  자    문 순 태
발행인    황 인 욱
발행처    도서출판 오 래
            서울특별시용산구한강로2가 156-13
            전화: 02-797-8786, 8787; 070-4109-9966
            Fax: 02-797-9911
            신고: 제302-2010-000029호 (2010. 3. 17)

ISBN 978-89-94707-05-1   03810

http://www.orebook.com
email orebook@naver.com

정가  12,500원

이 도서의 국립중앙도서관 출판시도서목록(CIP)은
서지정보유통지원시스템 홈페이지(http://seoji.nl.go.kr)와
국가자료공동목록시스템(http://www.nl.go.kr/kolisnet)에서
이용하실 수 있습니다. (CIP제어번호: CIP2014036508)